台湾研究系列

张晓婉 著

审美秩序的重塑

1950—1970台湾文学理论批评研究

九州出版社
JIUZHOUPRESS

图书在版编目（CIP）数据

审美秩序的重塑：1950—1970台湾文学理论批评研
究 / 张晓婉著. -- 北京：九州出版社，2020.8
ISBN 978-7-5108-9366-7

Ⅰ．①审… Ⅱ．①张… Ⅲ．①台湾文学－当代文学－
文学研究 Ⅳ．①I209.958

中国版本图书馆CIP数据核字(2020)第140669号

审美秩序的重塑：1950—1970台湾文学理论批评研究

作　　者	张晓婉　著
出版发行	九州出版社
地　　址	北京市西城区阜外大街甲 35 号（100037）
发行电话	(010)68992190/3/5/6
网　　址	www.jiuzhoupress.com
电子信箱	jiuzhou@jiuzhoupress.com
印　　刷	北京九州迅驰传媒文化有限公司
开　　本	720 毫米 ×1020 毫米 16 开
印　　张	9.5
字　　数	160 千字
版　　次	2020 年 8 月第 1 版
印　　次	2020 年 8 月第 1 次印刷
书　　号	ISBN 978-7-5108-9366-7
定　　价	36.00 元

谨以本书献给厦门大学台湾研究院

40 周年院庆

目 录

导　言

　　20 世纪 50—70 年代的台湾文学虽然深受国民党政治意识形态的钳制，但同时也涌动着暗潮，构成了多棱立体的台湾文学现场。尤其是大量期刊史料中相当数量的理论批评论述，真实记录下转折变动中台湾文学所面临的各种具体问题，对这一时期台湾文学审美秩序的重塑，起到了重要的理论导引与阐释作用。因此，这一可观的文学理论批评研究史料与其凸现出的美学位置与经验，正是我们重新梳理和考察国民党退台后台湾文学建设与发展的重要突破口。

一、问题与思路

　　两岸文学史书写对 20 世纪 50 年代以来的台湾文坛，往往强调的是国民党文艺政策统治下的台湾文坛是"白色而荒凉的"，[①] 宣传口号的鼓吹霸占了整个台湾文学发展的空间，文学的收成等于零，[②] 文学已沦为国民党的宣传工具，"思想内容概念化，艺术表现公式化……逐渐为人所厌"。[③] 近年来，两岸不少论者试图打破这种简单刻板的论述，在重写文学史中，试图挖掘出在文艺政策压制之下，台湾文坛更为复杂多元的现象。比如大陆学者朱双一的《台湾文学创作思潮简史》就提出了这一时期台湾文坛在"反共文学"之外，还存在着一股自由人文主义对"反共"八股的突围和反拨。[④] 台湾学者应凤凰的著作《五十年代台湾文学论集》，则挖掘出在当时主流的政治生态下，女作家创作的意义，以及本省作家的创作困境与创作实绩等。[⑤] 这些研究发现一再提示着我们在严密

[①] 叶石涛：《台湾文学史纲》，高雄：文学界，1987 年，第 88 页。

[②] 彭瑞金：《台湾新文学运动四十年》，台北：自立晚报社，1991 年。

[③] 白少帆等著：《现代台湾文学史》，沈阳：辽宁大学出版社，1987 年，第 266 页。

[④] 朱双一：《台湾文学创作思潮简史》，北京：九州出版社，2010 年，第 180 页。

[⑤] 应凤凰：《五十年代台湾文学论集——战后第一个十年的台湾文学生态》，高雄：春晖出版社，2004 年，第 165 页。

1

消极的文艺管控与实际文学创作之间，仍然存在尚未被充分问题化的中间地带。

目前研究者更多的将焦点放在官方文艺政策与多种突围力量的二元对立之上，这些论述确实打破了既有的僵化印象，构建出退台后台湾文学场域的丰富复杂。但是局限在主要作家作品与文学思潮上，较少从理论出发，系统捕捉与认知这一时期的文学理论批评，以及由此努力展开的审美秩序重塑的问题。本书则将焦点集中于更为具体的文学美学理论问题，即这一时期的台湾文学在文学理念、创作标准、批评方法上理论思想究竟有何特点，又有何种问题，这正是台湾文学得以运转的后台模板。而这一时期的台湾文学期刊史料更能真实而生动的反映当时台湾文学发展的情况和问题。

这一时期的文学期刊大致可分为三类，一类是官营的，如《文艺创作》《军中文艺》等，这类杂志并不多。第二类是表面看来是民营的，但或多或少有些官方的背景，这样的期刊占大多数，比如《文坛》《中华文艺》《中国文艺》等。第三种是"同人刊物"，如《笠》诗刊、《台湾文艺》等。在对这些期刊史料较为系统和专门的挖掘和整理后，总的来说，并非像我们想象的仅是政治意识形态的留声机，宣传口号的叫嚣。恰恰相反，几乎所有刊物都声称所谓纯文学的立场。上面刊载大量讨论如何欣赏美，如何鉴赏文艺，如何培养文学家的修养、风格、性灵等文章。即便是一些官方主办或具有官方背景的文学刊物上，"反共文学"与美学艺术的文学往往也是并行不悖的。这并不是偶见的零星色彩，而是当时一个普遍存在的现象。也就是说，在"反共文艺"之下，台湾文坛仍然十分强调文学的美学艺术实践和发展，事实上普遍存在着一种美学艺术的发展取向。这充分证明了20世纪五六十年代台湾文坛并非一片荒芜，或只有现代主义文学色彩。

因此，笔者即从这些第一手史料出发，主要爬梳和分析上面有关文学理念、创作方法、批评标准和方法等方面的理论问题和发展情况。以求总结、反思其理论成果，努力呈现出被遗漏和遮蔽的，这一时期台湾文学发展的审美秩序。并且力求对于当时台湾特定历史时期和现实环境下普遍流行的一些理论观念，做出进一步的解读与评判。这样的一整套文学价值理念和评判标准为台湾文学发展打下了基础，对于我们更深入、具体地书写诠释台湾文学发展的历史，也是很有价值的。这也是笔者预期开展的研究重心与论述成果。

二、框架与创新

本书以国民党退台后为起点，以 20 世纪 70 年代台湾文坛爆发"乡土文学"论战为迄点。1949 年国民党败退至台湾，实行"反共抗俄"文艺政策，台湾由此进入到"内战—冷战"双重架构的空间结构中，五六十年代台湾文学发展的基本格局和特点逐步形成。70 年代以来，"保钓"运动、"现代诗论战"的思想冲击，尤其是 1977 年"乡土文学论战"爆发，强调深切关注民族前途命运，真切关怀现实人生，对笼罩在台湾思想界的"冷战思维"和"反共意识形态"发起诘问和批判，引发社会思潮的强烈激荡，真正促成了台湾文学的发展走向实质性的重大转变。

不同于前述学者的研究角度，本书的重点并不是勾勒这一时期台湾文学理论的阶段性变化，而是集中针对当时台湾文学期刊史料中体现出来的，在文学理念、创作、批评等方面普遍呈现出一种文学审美性、人性论的美学特点进行归纳分析。这一取向直到被 70 年代一连串的重要文学论战所真正质疑和打破。因此，本书主要对这种审美性、人性论的理论现象和问题展开论述，肯定其理论价值和意义，并且对于这些理论的局限性和缺陷，力求做出深入的辨析。以此深化我们对这一时期台湾文学发展的认识。

本书篇章结构安排如下：

第一章主要考察国民党文艺政策与台湾文学发展。国民党文艺政策是考察台湾文学发展的重要因素。目前文学史对国民党文艺政策的认识，往往一味强调极端政治化的偏颇，却忽视对其文艺政策的理论内涵、逻辑建构、特点及缺陷的深入辨析。这种片面僵化的认识也造成了对国民党文艺政策的理论建构的一种"遗漏"。本章即努力对历来研究中含糊的地方和不够准确的评判进行辨析和讨论。主要选取了蒋介石、张道藩等重要文艺政策论述，以及"文化清洁运动""战斗文艺"等重要文艺运动展开分析，并通过整理大量期刊史料上的相关内容和论述，考察其实际运作的真实情况。讨论在既定的政治意识形态宣传下，国民党存在的另一更为隐秘，不易察觉的意识形态渗入。由此重新考察其对台湾文学发展的影响问题。

第二章主要讨论台湾文坛对于文学资源的重新选择和诠释的问题。这些经过筛选与规范的文学资源，也正是台湾文学理论批评的主要思想来源。本章分别从"五四"新文学文化的选择性继承，传统文学的肯定与吸收，外国文学的评价与借鉴这三个方面进行考察，具体呈现在时代政治与社会现实需要的选择性建构中，突出了什么，培养了什么，压抑了什么，又缺失了什么。由此形塑了一种什么样貌的文坛生态和思想环境。本书所考察的这些理论批评正是因应于上述的时代背景和文学生态。

第三、第四、第五章主要讨论当时大量的理论批评在具体的文学理念、创作方法、批评标准与方法等方面上，呈现出怎样的论述和观念。它们有何特点，又有何种问题，其背后的立场、倾向是什么，是如何影响台湾文学的建设和发展的。

第三章主要讨论当时的这些理论批评对文学价值的定义和定位。目前文学史更多地强调这一时期文学被政治宣传所扭曲，但是实际上，还是存在着大量美学艺术取向的文学理念和观点。通过对于当时期刊史料和相关著述的整理与分析，发现人性情感的调控与审美超越性，是当时理解与定义文学的核心和宗旨，形成了一套广为接受的文学理念。本章即从这两个方面，分别讨论这些文学观念的内涵，并且力求呈现出这一时期台湾文学在对情感与审美的理解、接受上的特点，立场和倾向。

第四章主要讨论这些理论批评在对创作的讨论中，形成了一种怎样的小说创作范式。结合前述的文学价值理念，当时的创作理论也正是普遍从细腻展现人性奥秘，内心情感体验的角度予以强调。目前文学史叙述往往强调现代主义小说兴起之前，台湾文学的创作都是政治的宣传与附庸，几乎没有什么真正的创作方法。但是通过对于这些史料的挖掘，发现台湾文学其实是积累了丰富的这种内向性、个人化的情感体验和创作经验。正是在这种创作趋势下，现代主义文学应运而生。本章正是通过对这些创作方法进行挖掘与整理，分析其特点与问题，并将现代主义文学放到这一创作趋向下，进行重新解读。

第五章主要讨论这些理论批评中关于批评标准与方法的观念主张。结合前述的文学理念和创作方法的论述，当时的批评标准同样也呈现出一种美学艺术标准和人性人生标准相结合的特点。目前文学史叙述基本上只涉及"新批评"理论方法的引介，除此之外，认为只是政治宣传或简单的读后感，没有什么有价值的批评。本章正是力图从这些史料的挖掘中，呈现出当时文坛其实一再提出建设一种广博精深的文学批评标准。正是在这样一种批评标准取向下，重新考察"新批评"理论方法的流行。

本书力图在选题、视角、材料发掘中有所突破：

1.在选题方面，当代台湾文学理论批评的研究热点集中在20世纪80年代以后"众声喧哗"的文学理论，从结构主义到后结构主义，从女权主义到现象学、语言学文学批评等等。相较而言，20世纪50年代以来，因国民党极端政治意识形态的推行，台湾文坛一向被认为是"文学的荒漠"，其文学理论批评也相应地被视为政治宣传的附庸，丧失了文学的生命力，没有多大的价值。因此，研究者对其的关注度就显得不足。本书则试图打破学界成见，将其视为台湾文学发展格局上的关键时期与关键环节，细致勾勒其中的文学现象与思想问题，并探究其深远影响。

2. 在研究视角方面，本书则试图在此基础上再深入引出，台湾文学的发展方向在何？如何培养作家？如何创作作品？这同样是萦绕在台湾文坛的重要关切。对于这些关切的理解凸显了台湾文学的另一重要视角：重塑秩序。本书正是从"重塑秩序"的视角，呈现台湾文学发展的基本尺度、方向、特点，而这正是深刻理解日后各种文学运动、社会思潮变迁的重要前提。

3. 在材料发掘方面，目前研究者主要关注《文学杂志》《自由中国》等个别期刊，本书力求突破这一时期台湾文学研究的史料困境，发掘20世纪50年代以来众多文学期刊、书籍史料，整理勾勒其中散落着的关于文学在理念、创作、批评等方面如何建设和发展的理论指导和批评。它们相互勾连，构成了一整套相对完整的文学价值体系和评价标准，正是我们重新梳理和考察台湾文学建设与发展的重要的线索与依据。总结、反思其文学理论与批评成果，以期深化我们对台湾文学发展脉络的总体认识。

三、历史轨迹

1945年8月15日日本宣布无条件投降，台湾光复，终于结束了50年的被殖民统治，回归祖国。这不仅仅是要在地理版图，行政管理上重回祖国怀抱，更是要在历史、文化、思想、语言等方面"再中国化"，重新恢复民族意识，复兴中华文化精神。因此，光复初期台湾的各项接收重建工作中，思想文化的振兴与重建首当其冲，甚为关键。在抵抗日本殖民统治形成的"皇民化"思想问题，尽快消除台湾同胞对祖国文化的严重隔膜，台湾进步知识分子与赴台大陆文化人并肩共战，出现了短暂而宝贵的两岸文化汇流，闪现了光复初期台湾文学文化秩序重建的重要契机。

台湾同胞对于光复曾怀有无比热情与憧憬。这一时期的诗文作品如王白渊的《光复》、陈保宗的《庆云歌》、陈波的《台湾光复纪念歌》、吴新荣的《祖国军来了》，小说作品如吴瀛涛的《起点》、龙瑛宗的《青天白日旗》等都表现了台湾同胞的这种强烈的情感，摆脱了日本殖民统治的残酷压迫，恢复了作为一个堂堂正正的中国人的无比快乐。日据时期备受压抑的反殖民的台湾作家更获得了一种自由的解放感，自觉介入光复初期文化重建的工作中，如龙瑛宗主持了《中华日报》日文版文艺栏，杨云萍成为《台湾文化》的主要编辑者。并且努力接续台湾新文学传统，在殖民体制瓦解之后，对于殖民历史经验和文化创伤进行自觉地整理反思，自我批判，自我"去殖民"。《台湾新报》就发表了《新台湾之建设与"御用绅士"问题》和《关于改姓名日籍台胞问题》等文章，警示那些"不能相信自己民族""失去民族精神"的人，吕赫若发表的小说《改姓名》，嘲讽了日据末期台湾御用绅士的"皇民化"表现。①

　　杨逵是这一时期最活跃最重要的台湾左翼作家。他先后担任了《和平日报》《力行报》等副刊编辑，参与创办《一阳周报》《文化交流》《台湾文学》三个刊物，积极参与各种文学座谈，对于重建台湾文学相关议题进行深入批判和讨论。除了整理出版他个人在日据时期的文集《鹅妈妈出嫁》《送报夫》等之外，还出版了中日文对照《中国文艺丛书》，编印了鲁迅的《阿Q正传》、茅盾的《大鼻子的故事》、郁达夫的《微雪的早晨》等作品。杨逵对于这些大陆作品的译介，显然是因为其中的抗争精神与自己的左翼精神同声相契，由此将日据时期台湾新文学的抗争传统与大陆五四传统结合起来。不同于国民党当局粗暴地将台湾的历史与现实斥为"殖民奴化"，而加深同胞间的伤痕和不信任，杨逵等台湾左翼作家是努力在台湾已有的反殖民文化氛围中真正实现文化重建与民族情感回归。

　　除了本省作家的活跃之外，大批赴台大陆作家为台湾文学文化重建输入新血。其中不少是中国现代文学史上知名的作家、艺术家，如许寿裳、李何林、台静农、黎烈文、李霁野、钱歌川、雷石榆、黄荣灿、何欣等。他们或任教于高校，或编辑出版报刊，或亲自撰文著书。大陆的文学作品也通过他们的介绍在台湾广泛传播，比如刘白羽的中篇小说《成长》，就被黄荣灿列为"新创造文艺丛书"，张天翼的《华威先生》也由何欣列为"国语文学名著选"，剧作家欧阳予倩率"新中国剧社"在台湾演出《日出》《郑成功》等剧，受到热烈欢迎。其中鲁迅的挚友许寿裳于1946年渡海来台，担负起光复初期文化重建的重要工

---

　　① 朱双一：《台湾文学创作思潮简史》，北京：九州出版社，2010年，第150页。

作，组建台湾省编译馆。编印大量教育图书和学术文化书籍，取代日文书籍教育和影响，传播中华文化传统，培养台湾同胞民族文化教养与精神。许寿裳在其草拟的《台湾省编译馆的设立》一文中指出，不仅要使台湾同胞充分获得并接受祖国文化精神食粮，而且也要"发扬台湾文化的特殊造诣，来开创我国学术研究的新局面"。①因此编译馆的核心工作组中，除了设置学校教材组、社会读物组和名著编译组之外，还下设了台湾研究组，邀请台湾本省作家杨云萍为组长，尊重并研究台湾的历史、文化、民俗，客观理性地对待日据时期的特殊经验，并将台湾现已取得的文化成果纳入文化继承的视野中。可见，许寿裳主持的编译馆在文化重建中并非单向度的强调祖国文化的强势输入，而是在普及中华文化的同时充分尊重并力图理解台湾本土的历史与现实，从而实现文化的双向交流融合。

当然，由于种种原因，省内外作家之间确实存在一些分歧和摩擦，但都仅局限于文学文化论争的范畴内，台湾本省作家未曾动摇对祖国文化的认同和憧憬。台湾文坛涌动起的"鲁迅风潮"和"桥"副刊上的台湾新文学论议是两岸文学文化汇流激起的标志性事件。1946年10月，鲁迅逝世十周年，以台中的《和平日报》为重要据点，台湾文化界展开了热烈的纪念活动。台湾作家杨逵发表《纪念鲁迅》《阿Q画圆圈》等文章，强调鲁迅直面现实、勇往直前的反抗精神，这种精神是进步的人们面对社会黑暗的一种勇敢选择，当时的台湾特别需要这种敢于揭露、反抗各种丑恶现象的斗争精神。紧接着11月的《台湾文化》还推出了纪念鲁迅特辑，刊出杨云萍、许寿裳、陈烟桥、田汉、黄荣灿、雷石榆等人的文章，编者坚信这本特辑对于台湾文化的贡献一定不少。此后《台湾文化》还陆续刊出了许寿裳的《鲁迅的人格和思想》、黄荣灿的《版画家凯绥·珂勒惠支》、李何林的《读〈鲁迅书简〉》等文，可见两岸进步知识者对鲁迅的崇仰，力求从鲁迅那里吸取现实斗争精神。1947年11月在《台湾新生报》"桥"副刊上发生的一场关于台湾文学的论争，格外引人注目。先后有欧阳明、杨逵、林曙光、叶石涛、朱实、彭明敏、雷石榆、阿瑞、胡绍钟、孙达人、田兵、萧荻、洪朗、陈大禹、姚隼、骆驼英、何无感（张光直）等投入论争。综观这场论争，其焦点主要集中在台湾文学的性质与创作路线、发展方向问题，与祖国文学的关系问题，台湾文学的特殊性问题。"桥"副刊的这场论争，是在

---

① 黄英哲、许雪姬、杨彦杰主编：《台湾省编译馆档案》，福州：福建教育出版社，2010年，第38页。

二二八事件之后，勇于揭露当局弊政和社会黑暗的现实主义文学的发展空间受到极大压缩，本省籍作家迫于现实环境而趋于消沉，一些富有社会使命感的作家试图改变这种文坛现状，重新彰扬文学的批判现实丑恶的斗争精神。①正是在这一点上，两岸作家再次同声共和，要求文艺必须具有反映社会现实、表达人民心声的功能，抵抗社会邪恶战斗性的现实主义文艺观得到了广泛的认同和呼应，战斗的现实主义逐渐成为构建光复后台湾文学秩序的总路向。同时也正是从反帝反殖民的抗争精神角度，更深层次的说明"台湾的文化绝不可以与祖国的文化分离"，"台湾文学始终是中国文学的一个战斗的分支"的实情。大陆二二八事件造成的省籍矛盾只是派生的，次要的，相应地，反压迫，争民主，抨击官僚统治，反映人民革命斗争是当时两岸文学共通的时代主题。②

从报刊杂志的蜂起兴盛到编译馆的文化传播与振兴，从光复初期"鲁迅风潮"涌起到"桥"副刊上台湾文学论争的推动，我们看到了两岸文化精神是如何汇合并结盟。赴台的大陆知识者中，虽然有部分与政府关系紧密，受聘参与光复后台湾思想文化重建工作，但是也并非意味着对国民政府的统治现状完全认同，他们大部分对国民政府的统治，对国内的形势有着自己清醒的认识和见解，③并且相较于当局对于台湾的"殖民余毒"，"奴化思想"的粗暴指责，还是能够充分尊重并体谅台湾本土的特殊经验与内心情感。特别是具有左翼思想的赴台知识者，他们更加看重台湾在50年殖民境遇中形成中的宝贵的民族坚守和反抗思想，他们也更加懂得这种台湾意识也是一种重要的中国文化精神。因此台湾的去殖民化重建应该根植于台湾已有的新文学传统中，以五四启蒙为旗帜，以反帝反封建，反阶级压迫为资源，迅速走向与祖国大陆文学文化的共感同构中，实现左翼的、进步的现实主义文艺占据主流的文坛秩序。

然而，这样的文学潮流与建设方向显然与国民党官僚统治形成对抗性矛盾，也必然引起当局的关注、围堵乃至禁压。1947年二二八事件爆发，文坛环境严重恶化和挤压，本省和外省的进步作家或被迫逃离台湾，或被捕入狱惨遭杀害，或被消音转入纯学术研究，"鲁迅风潮"就此消退。1949年"四·六"事件后，"桥"副刊上的论争也戛然而止。1949年底，从基隆中学中共地下支部遭破坏

---

① 朱双一：《台湾文学创作思潮简史》，北京：九州出版社，2010年，第139页。
② 同上，第153页。
③ 吉霙：《光复初期台湾文学的重建与大陆赴台作家研究》，山东大学硕士学位论文，2013年。

开始，台湾展开了数年的"白色恐怖"，刚刚建立起来的左翼抗争秩序遭到重创，左翼文学扑倒，取而代之的是极右的"反共文艺"。

1949年国民党败退台湾后总结其惨败的"教训"，将其归咎为文艺工作上的失败造成左翼文学的得势，蒋介石称其为"一捆一条痕"的切身教训。① 在此认知下，国民党退台后实行了严厉的文艺工作管控。在对左翼思想进行围剿、消灭的同时，大举提倡"反共文艺"，将文艺纳入为其"反共"政治服务的轨道。1949年11月，孙陵在各大报发表《保卫大台湾歌》，纯为"反共"口号的堆砌，在受到当局的高度奖赏后，又为《民族报》副刊撰写发刊词《文艺工作者底当前任务——展开斗争、反击敌人》，而成为"反共文艺"的开路先锋。紧接着，国民党领导人和文艺工作重要负责人，真正策划和鼓动了"反共文艺"风潮。1953年，蒋介石发表《民生主义育乐两篇补述》，被视为国民党文艺工作的纲领性文件，1954年张道藩发表《论当前文艺创作的三个问题》《三民主义文艺论》，呼应蒋介石的文艺要求，公开鼓吹"反共抗俄"的"载道"文艺，是"三民主义文艺"在台湾这一特殊时期的扭曲和变形。

除此之外，国民党当局对"反共文艺"的推动，还突出表现在"文奖会"和"中国文艺协会"等社团活动上。1950年3月1日，张道藩直接受蒋介石之命组建"中华文艺奖金委员会"，以发扬"反共抗俄"之意义者为原则，公开向社会征稿，并发放奖金或高额稿酬。得奖作品如潘人木的《莲漪表妹》、陈纪滢的《荻村传》、王蓝的《蓝与黑》等，充满了"反共"的叫骂。1954年夏天，"中国文艺协会"发起大规模的"文化清洁运动"，正是呼应蒋介石在《补述》中对文艺管控的指示。蒋介石指责共产党所提供的是一种"毒素文艺"，"把阶级斗争的思想和感情，借文学、戏剧，灌输到国民心里，于是一般国民不是受黄色的毒，便是中赤色的毒"，由此发出务必铲除这些"毒""害"，进行"文化清洁"的必要性。8月起，台北各报发表"自由中国各界为推行文化清洁运动厉行除三害宣言"，显然，所谓的"文化清洁"，重点就是反"赤"，这就更完全地将"五四"以来的左翼进步作家作品禁绝，切断了大陆20世纪三四十年代左翼文学与台湾新文学的联结与融合。紧接着就是所谓"战斗文艺"的提倡，在《补述》中，蒋介石提出了"鼓舞战斗精神"的思想，1955年，更直接提出了"战斗文艺"的号召。由此，国民党主要宣传干部、党营刊物紧紧跟上，举办

---

① 国民党中央文工会编：《第二次文艺会谈实录》，1977年，第13页。

"战斗文艺"讨论会，发表社论、笔谈或推出专号。"文化清洁运动"与"战斗文艺"成为国民党推行"反共文艺"路线的两翼。

然而，"反共抗俄"的文艺政策虽然表面上十分风光有效，但是实际上存在着诸多问题和弊端。最重要的就是其意识形态的论述力十分有限，思想含混而缺乏理论阐释力、凝聚力，往往流于表面口号的宣传与叫嚣，因此这样的"反共文学"就难免虚假性和公式化的弊端，注定了它的跌落。而"反共文学"风潮也并未完全渗透到台湾文学场域中，20 世纪 50 年代《文学杂志》《自由中国》连接起的自由人文主义脉络就是对"反共文学"愈趋僵化与八股化的抵制和背离，提出了描写人生，挖掘人性的文学。而从 1957 年起，特别是 60 年代以后，急迫而严峻的政治局势得到缓和，国民党的文化管控从赤裸裸的"反共"宣传也开始转向强调人性、人生，宣传仁爱的软性抒情统治，它强调"执两用中，不走极端"，[①] 开始试图从消极统治到积极主导，从直接的政治高压转向对"社会、文化和政治力量"的调和与整合，[②] 而这些都为国民党退台后台湾文学建设打开了一些相对自主的文学文化空间。由此，一些文学理论家开始争取这有限的自主性，致力于一种文雅精致，非政治化的美学秩序的重建。虽然这突破了"反共文学"苍白乏味的政治视野，但是在威权统治时期也无法对当局的政治基础提出真正的挑战，事实上在某种程度上也受到了国民党所认可的美学范畴的支撑与挪用，文雅温煦的人性、审美主张很容易就被既存体制所吸纳与驯化，怂恿知识分子回避赤裸裸的阶级矛盾和底层疾苦，蕴含了微妙的政治正当性。这样一套美学秩序发展出来的保守的文学生态对台湾文学的感受、创作、批评发挥了深远影响。70 年代爆发的"乡土文学论战"正是对其的猛烈抨击与批判。

---

① 朱双一：《台湾文学创作思潮简史》，北京：九州出版社，2010 年，第 170 页。
② 张诵圣：《台湾文学生态：从戒严法则到市场规律》，镇江：江苏大学出版社，2016 年，第 9 页。

第一章 重塑秩序：国民党文艺政策的美学成规

国民党文艺政策是考察 1949 年后台湾文学发展的重要因素。尽管 1949 年后国民党充分反省了他们在文化工作方面的失利，加强了对文艺的管束，进行了广泛深入的宣传动员，取得了在大陆时期无法做到的巨大影响。但是总的来说，国民党文艺政策始终没有提出具有强大吸引力和说服力的文学主张。这让很多研究者感到其各项文艺举措徒具口号宣传。

目前文学史对国民党文艺政策的认识，仅仅简单指出了极端政治化宣传的叫嚣，却忽视对其文艺政策的理论内涵、逻辑建构，实际运作的特点及缺陷的深入辨析。这种片面机械的论述也造成了对国民党文艺政策的理论建构的一种"遗漏"。本章即努力通过整理期刊史料上的重要论述和相关内容，考察其实际运作的真实情况，对历来研究中含糊的地方和不够准确的评判进行辨析和讨论。由此重新考察其对台湾文学发展的影响问题。

第一节 蒋介石《民生主义育乐两篇补述》

考察 1949 年以后台湾文学的发展，国民党文艺政策的制定和实施显然是一个至关重要的因素。国民党制定和推行文艺政策，并不是从败退至台湾之后，才有意识的策划和鼓动，早在国民党统治大陆时期就组织和发动了种种文艺运动和理论宣传。比如三民主义文学的提出，民族主义文艺理论的建设，通俗文艺运动和抗战文学等的开展。退台后，国民党将台湾作为"反共复国"的复兴基地，其文艺政策总体上延续了大陆时期的立场和倾向。三民主义与民族主义作为国民党文艺政策和文艺运动的理论基础，其重要性未尝稍减。其他大陆时期开展的文艺运动和工作也时时成为其在台思想文化统制的主要资源和借鉴。国共十年的较量，尤其是内战的惨败，使得包括蒋介石在内的许多国民党人，特别是一些文化官员，将失败的原因归咎于文化领导与控制的不力，"文化与文艺战线上的失败，乃不能不说是一捆一条痕的切身的经验教训"。①

1953年9月蒋介石发表《民生主义育乐两篇补述》（以下简称《补述》），一直被普遍认为是退台后国民党在文化层面的施政纲领，是相关文艺举措、运动的发端。②所谓"补述"，就是蒋介石对国民生活中的关于生育、养育、教育、娱乐等问题的阐述，补充民生主义的精神和目的，完备三民主义的理论内涵。孙中山曾提出民生问题除了食衣住行之外，还有育和乐，③但是，对民生育乐问题的阐释只是散见于各种言论中，尚未形成系统的讲述。总的说来，孙中山强调少有所教，老有所养，男女老幼各得其所，人人享安乐，由此提出了"育幼、养老、济贫、救灾、医病"等各项公共事务的建设大纲。④

蒋介石的《补述》正是在此思想基础上，对人口生育、儿童养育、老人养老丧葬、疾病残废救济保障，以及学校、家庭、社会教育，国民身心健康、娱乐诸问题，进行了详细论述。可见，《补述》本身并不是专门针对文艺政策及相关问题所做出的权威性指导和规定。但是，其中涉及了对大陆时期文化工作的反思，以及对当下文艺活动、创作现象的意见，隐含了蒋介石对于文艺的基本认识和态度。这些观点虽然尚嫌不够系统明确，但比之前蒋介石发表的文告，至少不再是口号的呼喊，对文艺的相关问题进行了一定的解说，较清晰而有推论地指出了文艺统制的基本方向。⑤在退台甫定，急需建立文化秩序的关键时期，迅速被国民党文艺工作者反复征引、阐释、发挥，成为日后历次文艺运动开展的思想依据。由此，赋予了它重要的意义。

《补述》中关于文艺方面的内容主要集中在"心理的康乐"的阐述上。所谓"康乐"就是指国民的"身心能够保持平衡"，"情感与理智能够保持和谐"，达到"自由平等博爱的境域"。⑥蒋介石从现代工业化社会对人的影响角度，指出

① 国民党中央文工会编：《第二次文艺会谈实录》，1977年12月，第13页。
② 郑明娳：《当代台湾文艺政策的发展、影响与检讨》，郑明娳主编：《当代台湾政治文学论》，台北：时报文化出版社，1994年7月，第24页。封德屏：《国民党文艺政策及其实践（1928—1981）》，淡江大学中国文学系博士学位论文，2009年6月，第93页。
③ 叶青：《国父育乐两篇研究》，中国政治书刊出版合作社，台北：帕米尔书店，1954年3月，引言第1页。
④ 同上，第17页。
⑤ 蔡其昌：《战后台湾文学发展与国家角色（1945—1959）》，东海大学历史研究所硕士学位论文，1996年1月，第88页。
⑥ 蒋介石：《民生主义育乐两篇补述》，台北："中央"文物供应社，1953年11月，第61页。

面对生活上过度的紧张、刺激，或沉重的压迫，如何能保持心理的健康与平衡，成为民族健康上重大的问题。而解决这一社会问题的关键，是如何正确利用闲暇时间，以娱乐身心，充实精神生活，而文艺正是"人生最高尚的娱乐"。①蒋介石分别从文学、音乐、美术、电影、广播等方面指出文艺具有"影响人的情绪，减少人的疲劳，解除人的痛苦"的重要作用，②并将其与宗教并举，作为安定精神、增进心理康乐的方法。很显然，蒋介石是将文学艺术定位于高尚的精神娱乐活动，强调的是"品德的修养，性情的陶冶"与"智德合一，身心和谐的境界"等的审美教化。③也就是说，文学的作用不是革命斗争，改变现实问题的思想武器，恰恰是如何节制情感、调和情感，以疏导化解社会的不良情绪和矛盾关系。正是由于国家疏于对群众闲暇娱乐的关心，使得国民精神不振，德行缺失，才让左翼思想有机可乘，将阶级斗争的思想情感灌输到国民的心里去。④

蒋介石将最迫切的政治意识形态问题归为一个审美娱乐的问题，希望在审美教育的净化与升华功能下，感化调和现实矛盾与痛苦，实现精神的完满和谐。蒋的这种文学主张，实属把文学作为精致调和社会问题的手段，如果现实矛盾无法彻底解决，那么可以把各种苦闷与冲动转化为精神层面，而非行动上，更伟大、更杰出的审美体验与追求，由此，一切都能得到和谐的调解。

蒋介石对于文艺的这一态度，也让我们看清国民党对于文学再怎样重视，对文艺的认知程度也不出娱乐身心，陶冶情绪，调剂枯燥生活趣味的范围内，⑤而无法达到文学组织化、体制化的高度，即将文学作为政党内部的一个重要的有机组成部分加以重视。这是国民党文艺统制的一个重要面向。

《补述》虽然是20世纪五六十年代国民党文艺运动的重要凭借，张道藩等国民党宣传干部在《文艺创作》等重要刊物上进行了一连串的撰文解说，"文协"更是成立专门的研究小组，座谈会，"恭读研究"，提出"心得与建议"，其

---

① 蒋介石：《民生主义育乐两篇补述》，台北："中央"文物供应社，1953年11月，第74页。

② 同上，第70页。

③ 同上，第75—76页。

④ 同上，第84页。

⑤ 刘心皇：《关于战斗文艺的讨论——战斗性第一，趣味性第二》，刘心皇编选：《当代中国新文学大系：史料与索引》，台北：天视出版社，1981年8月，第24—28页。"战斗性第一，趣味性第二"是贯穿于20世纪五六十年代国民党文艺政策的重要口号。一般往往简单地认为"趣味性"只是用来宣传的一个说辞借口，然而，在当时诸多文章中，"趣味性"是被视为仅次于"战斗性"的重要方面提了出来，"即使是战斗的生活，有时也需要一些非战斗性的调剂"，"趣味是战斗文学表现上的主要条件"，以趣味来调剂人生，滋养人性，这是国民党对于文艺的性质、功能、任务等的基本定位和标示。

至殷切期望党内从速制定"民生主义社会文艺政策"，"早日颁布，以资遵循"。①但是，国民党始终没有以重要文件条文的形式，形成一个明确的文艺政策，给予权威性的正式颁行。②即便是后来的"文化清洁运动"和"战斗文艺"等的开展，国民党诚然在其中实行扶持、动员与领导职责，但是那更多是一种事务性与功能性的。国民党推行文艺运动的一贯手法就是民间倡导发起，各社会团体动员表态，政府回应支持。但是，我们无法在具体运作、组织与管理上，发现国民党以执政党的身份，建立起哪些控制与支配的绝对标准和缜密运行的系统，正如论者指出的，"表面看起来十分有效，但内部十分脆弱"。③

其实"文化清洁运动"和"战斗文艺"自出台伊始，就是一种粗糙的政治意识形态论述。1954年"中国文艺协会"发动大规模的"文化清洁运动"，依据蒋介石《补述》中指责左翼文学为一种"赤色的毒素文艺"，再加上淫邪靡乱的"黄色的毒"，揭人阴私敲诈勒索的"黑色的毒"，要求在文坛进行"除三害"，发表了"自由中国各界为推行文化清洁运动厉行除三害宣言"，签名人数号称百万。

"文化清洁运动"主要利用道德文化论述，将左翼文学与卑污下流，不道德的黄色文艺、黑色文艺联系在一起，一方面对共产党进行"污名化"处理，以求建立自身的合法性，但是在另一方面，国民党对道德论述的操作缺乏意识形态的"询唤"，对于什么是"赤色""黄色""黑色"的文艺，其评判标准到底是什么，没有通过严厉的否定排他，真正树立一个不可动摇的权威标准。这些宣传者只是说，"只要作家秉持自己的道德良心，不是津津于情色诱惑读者，就不是黄色文艺"。④当时文坛上下对这项运动的认同感仅仅是建立在一种自我约束的美德上，寄希望于作家良知的醒悟，"那些可怜的正陷入自我堕落状态中的作家们，应该醒醒了吧！请你们笔下留情，对于社会少起些腐化麻痹作用吧！为

---

① "中国文艺协会"理事会编：《文协十年》，台北："中国文艺协会"，1960年5月，第四章附录。相关情况可参见郑明娳：《当代台湾文艺政策的发展、影响与检讨》，郑明娳主编：《当代台湾政治文学论》，台北：时报文化出版社，1994年7月，第30页。李瑞腾：《"中国文艺协会"成立与一九五〇年代台湾文学走向》，《台湾新文学发展重大事件论文集》，台南：台湾文学馆，2004年12月，第87页。

② "文协"作家穆中南就指出："过去二三十年我们在这种盲目的途径上摸索着，最近领袖提出文化总动员和战斗文艺，可叹的，我们仍然没有一套文艺政策。"穆中南：《文艺思想战》，《写作的境界》，台北：文坛社，1960年12月，第21页。

③ 封德屏：《国民党文艺政策及其实践（1928—1981）》，淡江大学中国文学系博士学位论文，2009年6月，第136页。

④ 葛贤宁：《论文艺清洁运动》，《革命文艺》，1957年4月，第13期，第1页。

了你们自己，为了社会，为文艺的前途，为了民族文化的生机，都应该歇歇手了"！①

　　蒋介石和国民党文艺宣传者始终未曾体会到，政治、社会问题不能化约为道德修养问题，政治领导不能单靠道德说教，而应在路线和政策上领导，也就是在意识形态上领导。②因此，"文化清洁运动"缺乏"对遵循规范与接受价值的正式控制"，而只有"笼统的非正式控制手段"。③当时文坛上就有作家感叹，"文化清洁运动之最高潮，是在于内政部停刊十家刊物的那一道公文"，④"而当这十家不清洁的杂志被停刊之后，这个运动似乎已失掉了目标"。⑤"文化清洁运动"淡薄的政治意识形态内涵无法深入到文学生产的内部进行管控，只能是一味地外部查禁。时常有论者无奈的指出这些毒素的作品往往"披上新装以另一种无耻的面目死灰复燃"。⑥

　　"战斗文艺"更是一种极度泛化和不确定的政治概念。1955年，蒋介石提出"战斗文艺"的号召，于是官营刊物、党属文人掀起了一阵倡导"战斗文学"的风潮。很多宣传者为了避免"战斗文艺"的枯燥化，八股化，而称"关于战斗文学，我们应该有深一层的理解。我们不能仅仅将其局限于前线作战的描写，这样会嫌太狭义，太肤浅。我们应从广义和深度去看，凡是战斗的人生，都是战斗文学所应表现的内容……人生无日不在战斗，人生本来就是战斗的，不战斗则无以生存。文学所反映和表现的人生，就是这种战斗的人生"。⑦"人类的生存和发展，原就是在战斗与创造的夹缝中艰难成长的"，"人们生活着的生存空间，都是战场"，"'战斗文艺'便是为适应这样的要求而出现的，它是这么的自然地产生"。⑧"战斗文艺这一名词的提出，虽然是近两年的事，但战斗文艺的创作却是自古以来就有的。人类自有史以来，为了求个人的，宗族的，以及国家的生存，曾经不断地和危害人类生存的一切力量战斗过。因此，我们可以

---

①　太史慈：《黄色与低级趣味》，《幼狮文艺》，1959年2月第10卷2期，第4页。

②　石佳音：《中国国民党的意识形态与组织特质》，台湾大学社会科学院政治学系博士学位论文，2008年1月，第130页。

③　萧阿勤：《国民党政权的文化与道德论述（1934—1991）——知识社会学的分析》，台湾大学社会学研究所硕士学位论文，1991年6月，第54页。

④　杜蘅之：《文坛走笔》，《晨光》，1954年10月第2卷8期，第21页。

⑤　杜蘅之：《文坛走笔》，《晨光》，1954年11月第2卷9期，第34页。

⑥　朱白水：《掀起另一次文化清洁运动》，《革命文艺》，1961年5月第62期，第4页。

⑦　殷作桢：《生存主义与文学创作——从民生史观看文学并论战斗文学》，《革命文艺》，1956年9月第6期，第4页。

⑧　南郭：《战斗·文艺·其他》，《军中文艺》，1955年2月第14期，第2页。

肯定地说，人类的全部历史就是一部生存的战斗史。文艺是表现人生的，凡是表现人类战斗生活的文艺作品，都可以称它为战斗文艺。人生代代无穷，而战斗也就没有停止的一天……战斗文艺在全部发展史中，只有形式上的不同，而殊少内容上的差异。换句话说，战斗文艺具有永久性的。"①

总之，"战斗文艺"不是"只能描写刀、枪、飞机、大炮、砍、杀、打倒、消灭"，"凡是好的文艺，使人向真，向善，向美，向上追求的力量，换言之，也就是一股伟大的战斗力量"，②"不管所写者是战争也好，恋爱也好，日常生活也好，非常事件也好，只要是能提高人的情操，增进人的德行，诱导人积极、向上、奋发、进取而没有副作用的，都可称为战斗文艺"。③总之，"所谓文学的战斗性，也并非要求每一部作品，都以战争为题材。并非要求每一篇小说每一章散文和每一首诗，都有金鼓战伐之声，都是英雄人物的描绘和忠勇故事之赞颂。这是不可能的。而是认为文学作品应有正面的社会价值和积极的思想价值，应有肯定人性、激励人生、鼓舞人类奋斗向上的功能；对于社会的黑暗面、邪恶的思想、和魑魅魍魉的罪恶丑行，应有匡正、教导和讨伐的作用"。④

这种全能型的"战斗文艺"论述，看似可以方便地收编当时各式各样的不同意见，但是像这样对"战斗文艺"宽泛无边的解义，在说明"战斗文艺"话语日趋神圣正义的同时，更存在着粗疏、暧昧和任意化趋势。所谓的"战斗"也只是一个强化民心士气的形容词，对"战斗文艺"意识形态内涵的设定几乎没有什么作为。而这带来的最大问题就是"战斗文艺"官方意识形态的失焦，使其无法产生核心理念，来加强其论述的权威性和论战力。"战斗文艺"无所不包，也就什么都没有包含了，也就取消了其特定意识形态内涵和主张，必然朝向分化的结构发展。

国民党的文艺宣传每每在替"反共文艺"从"反共八股"中解套时，却忽视了这样一个根源性的问题。因此，国民党的每一项措施或运动的推行，时常显得后继乏力，在如火如荼的宣传中，往往悄没声息的偃旗息鼓了。比如1950年，张道藩受蒋介石之命组建的重要文艺机构"中华文艺奖金委员会"，高额奖励"反共抗俄"的文艺作品，并推荐出版，一时间作品汇集如山，但到了1956

① 邓绥宁：《战斗文艺的先例》，《革命文艺》，1956年5月第2期，第2页。
② 王蓝：《爱情小说与战斗文艺》，《复兴文艺》，1956年12月第1期，第9页。
③ 王集丛：《战斗文艺论》，台北："国防部总政治部"，1955年10月，第2页。
④ 金达凯：《中国文学的战斗性》，王更生等著，"国军战斗文艺理论研究会"主编：《中国文学的探讨》，台北："中央"文物供应社，1981年6月，第47页。

年"文奖会"在公布最后一批得奖名单后悄然消失，该会所属的重要刊物《文艺创作》也于同年 12 月宣告停刊。

有不少研究者指出其失败的原因正在于其过于与政治紧密关联，意识形态性太强，但恰恰相反，"反共抗俄"在政治内涵上非常模糊脆弱，关于"反共抗俄"文学到底写什么，怎么写的问题，张道藩向来只是强调"只要有积极性的、有奋斗性的，有警惕性的，有创造性的，足以发扬我民族精神，争取反共抗俄光荣胜利的文艺，我们应该一致赞扬"。[①]"无论老作家或是后进，古典派，浪漫派或是写实主义者，都能捐弃一切成见和偏见，集中精神为民族文艺的发展而努力。"[②]张道藩始终无法发动意识形态强有力的论战，论辩，使"反共抗俄"真正制度化，权威化，而是一味营造论述的包容性，调和各种不同意见，却模糊了"反共抗俄"的焦点，只能导致"反共抗俄"消融在暧昧多义的论述中，因而难以为继。

因此，当时国民党虽然也有不少热辣逼迫的"反共"宣传运动，但这类宣传仅止于表面上的声嘶力竭，却毫无意识形态的论战力可言。在实际运作上是通过调和收编各种不同意见，使之形成一种无所不包的庞杂体系，来树立自己的领导权威。这不是加强论述的论战性，而是营造论述的包容性与和谐性。于是，我们看到国民党只有一些笼统涣散的文艺言论，几乎没有针对一系列具体问题、具体作品展开一次次针锋相对的批判运动，通过意识形态严厉的否定排他，形成一种强大的控制力，从而真正确立自己的支配地位。

有不少论者在与左翼文艺思想工作的比较下，已经指出国民党在文艺管控上的无能与无力。[③]从根本上说，国民党不是对文艺的重要性懵然无知，也不是在文艺工作上无所作为，而是作为其意识形态思想根源的三民主义，根本不会提供这样的理论资源，使国民党把文艺问题纳入有机的政治系统中。

孙中山提出的三民主义虽然内容宏大，包罗极广，但是从意识形态建构的角度来看，"三民主义缺少可以用来统帅、整合其庞杂内容的核心价值，没能形

---

① 张道藩：《一年来的文艺运动》，《火炬》，1951 年 1 月第 2 期，第 6 页。

② 同上，第 1 页。

③ 可参见倪伟：《"民族"想象与"国家"统制：1928—1948 年南京政府的文艺政策及文艺运动》，上海：上海教育出版社，2003 年 9 月。李怡《含混的"政策"与矛盾的"需要"——从张道藩〈我们所需要的文艺政策〉看文学的民国机制》，《中山大学学报（社会科学版）》，2010 年第 5 期，第 53—56 页。姜飞：《从"写实"到"主义"——论张道藩的国家文艺思想》，《四川大学学报（哲学社会科学版）》，2011 年第 2 期，第 44—50 页。计璧瑞：《张道藩与国民党的文艺政策》，《中国现代文学研究丛刊》，2012 年第 1 期，第 46—59 页。

成为一个精密的理论体系"。① 孙中山承续中国传统道德文化，又引入西方的社会政治思想，却没能对其进行精密化，体系化的提炼，使其真正整合一体，各种学说在内涵上存在着很多相互矛盾的地方，而且始终处于一种含混散乱的状态，"它基本上只是中外古今的一些思想观点的大杂烩"，甚至很难称得上是一种意识形态，"而是接近纲领、信条、或许称之为准意识形态反倒更为恰切些"。②

因此，国民党政权"缺乏精密的意识形态作为政权的向导"，"有的只是粗糙的意识形态，甚至只是一种心态"。③ 孙中山不重视意识形态建设对内强化党组织的重要作用，④ 而只是致力于调和平衡各种矛盾因素，"他似乎从来没能意识到要调和这些相互对立的价值理念之间的矛盾是多么地困难，在他乐观地认为已经解决了问题的地方，实际上却仍然是矛盾丛结"。⑤ 结果就是这种松散的思想内涵，难以贯通形成强大的内聚力和统一性，其追随者和信奉者往往各执一端，都以正统自居，国民党内裂变成众多派系和集团，内耗严重，自然无法一致对外。而三民主义理论上的脆弱性、薄弱性更使其无法发挥对社会现实的干预和阐释能力，在大陆时期，面对左翼文艺思想的强大进攻时，提不出什么具有说服力的文学主张给予反击。

退台后，国民党虽然加强了文艺思想建设，但是仍旧无力把文学生产与政党组织建构相结合，将其提升为建立和强化政党组织和思想控制力的重要政治问题，而仅仅是用来调和平衡身心情绪的审美娱乐问题。因此，作为一项娱乐活动，调剂趣味的文学，难怪会被国民党内的一些政治人物轻视，"是与现实政

---

① 倪伟：《"民族"想象与"国家"统制：1928—1948年南京政府的文艺政策及文艺运动》，上海：上海教育出版社，2003年9月，第26—27页。

② 同上。

③ 萧阿勤：《国民党政权的文化与道德论述（1934—1991）——知识社会学的分析》，台湾大学社会学研究所硕士学位论文，1991年6月，第23页。

④ 石佳音：《中国国民党的意识形态与组织特质》，台湾大学社会科学院政治学系博士学位论文，2008年1月，第20页。

⑤ 倪伟：《"民族"想象与"国家"统制：1928—1948年南京政府的文艺政策及文艺运动》，上海：上海教育出版社，2003年9月，第27页。这种调和平衡的心态更体现在国民党对于社会矛盾的保守调和上，正如王奇生所指出的，国民党企图把本身的基础建立在彼此利益相互冲突的各阶级联盟之上，想同时获得资本家与劳动者的支持和拥护，往往使其处于左右为难，两不讨好的尴尬处境。事实上几乎没有一个阶级真正认同或感觉到国民党确实代表他们的利益，国民党自然也没有一个真正属于它的社会阶级基础。参见王奇生：《党员、党权与党争：1924年—1949年中国国民党的组织形态》，上海：上海书店，2003年。

治没有多大关系的'另类'，近乎小孩子们的把戏，可有可无"。①

　　蒋介石痛定思痛下的文学主张也没能察觉出三民主义意识形态的含混性和脆弱性。在承续三民主义思想宗旨的同时，继续以能够调和平衡各种矛盾为方法，以此标榜其理论兼容并蓄，全面科学。因此，蒋介石《补述》的发表不会解决长久以来国民党政治意识形态操作中的根本问题，对国民党文艺政策的效能也不会产生实质的助益。退台后，国民党对台湾文坛的领导权和控制力仍旧主要依靠外部的钳制和查禁上，而这又是在没有强劲对手的情况下才实现的。

　　这种以调和、平衡、节制为核心的意识形态建设是国民党文艺政策的弊端所在，但从另一方面说，也是其重要特征，带出了台湾文坛运转的真实面貌。

　　在蒋介石的调和平衡身心的审美要求下，一方面掩饰了诸如阶级矛盾、民族分裂等社会现象与问题，抑制了文学的现实批判功能。另一方面，关于想象、灵感、意境、意象等文学的审美性研究，获得了一定程度的正当性与合法性。而"反共文学"在艺术上的乏善可陈，更让从文艺工作负责人到普通创作者，深感要加强对艺术规律和技巧的讲授和练习。

　　正是在这一政治的直接需要与间接影响下，当时台湾文坛出现相当数量的，古今中外的审美艺术论、创作技巧论等的引介和讨论。因此，20世纪五六十年代的台湾文坛并非一片荒芜，而是存在着非常值得深入讨论的文学理论问题和现象。

　　这一独特而重要的现象不能简单视作对官方文艺政策的突围缝隙，相反，它就是国民党文艺政策所召唤的另一面，或者说就是意识形态生产的一部分。正如《补述》中所指出的，文学应有助于"维护民族仁爱的德性，培养民族审美的心情"。②通过这些艺术美感，可以使民众专注于一种高雅的趣味、高尚的修养、博爱的胸怀、宽仁的精神，特别是当"反共文学"在维持和巩固政治宣传和统治上，逐渐证明自己缺乏深刻的思想号召力和感染力而变得枯燥乏味时，这种文学审美经验的传达就成为调和社会矛盾、稳定人心，维持统治秩序的最有效的意识形态话语表达。因此，20世纪五六十年代台湾文学理论关于"意蕴

---

　　①　国民党内著名作家彭歌日后不无感慨地说："国民党的缺点，就是'差不多先生'的缺点，对什么事都是'差不多'便好，从来不求彻底……对文学亦如此"，"国民党虽然偶尔也会表示'重视文艺'，但止于开开大会，喊喊口号，形式化远过于实质的重视"，"在某些政治人物内看来，甚至认为文学是与现实政治没有多大关系的'另类'，近乎小孩子们的把戏，可有可无"。彭歌：《感时忧国与文学》，《印刻文学生活志》，2012年1月第8卷5期，第139页。

　　②　蒋介石：《民生主义育乐两篇补述》，台北："中央"文物供应社，1953年11月，第76页。

中和""美感和谐""优美圆融"等的执着追求，绝非偶然。《补述》正是在这个意义上，初步预设了台湾文学的美学艺术成规。

第二节　张道藩《我们所需要的文艺政策》
《三民主义文艺论》

张道藩是国民党文艺工作中一位举足轻重的人物。这位国民党文化要员，历经退台前后国民党文艺工作的发展变动，多年来深受蒋介石的信任和任命，掌管文艺工作的大权，亲身参与重要文艺刊物、社团的创办和组建，一生致力于宣传、阐释、发展国民党文艺思想，试图为国民党文艺政策提供坚实的理论支撑。

早年在大陆时期，张道藩就提出了《我们所需要的文艺政策》，堪称国民党文艺政策的纲领性文件。退台后，又相继发表《论当前文艺创作三个问题》[1]《论当前自由中国文艺发展的方向》[2]《论文艺作战与反攻》[3]《三民主义文艺论》[4] 等重要论述。这些论述具体而详细地阐释了孙中山、蒋介石等的思想，集中体现了国民党对当下文艺的规定和要求。正如有研究者所指出，张道藩的文艺政策观"逐渐汇聚形成政府当局的文艺政策，从而对文艺界产生巨大的影响"。[5]

因此，要更深入考察国民党文艺政策内涵，张道藩的文艺论述是一个重点突破口。以下就重点围绕张道藩的《我们所需要的文艺政策》《三民主义文艺论》分别给予具体分析。虽然前者是大陆时期的文艺论述，但有鉴于退台前后国民党文艺思想的承续性，所以也将其纳入讨论的范围，可以使我们了解来龙去脉，对国民党官方文艺思想有完整清楚的认识。而后者正是张道藩对蒋介石《补述》的详尽阐释，昭示着国民党退台后文艺政策的内涵和方向。

《我们所需要的文艺政策》发表于 1942 年 9 月，正是毛泽东发表著名的《在延安文艺座谈会上的讲话》之后的 4 个月。鉴于这一敏感的时间背景，研究者通常从两党文艺政策对峙对垒的角度，指出张道藩论述内容的针对性，企图

---

① 张道藩：《论当前文艺创作三个问题》，《联合报》，1952 年 5 月 4 日。
② 张道藩：《论当前自由中国文艺发展的方向》，《台湾新生报》，1953 年 1 月 1 日。
③ 张道藩：《论文艺作战与反攻》，《中央日报》，1953 年 5 月 4 日。
④ 张道藩：《三民主义文艺论》，《文艺创作》，1954 年 1 月第 33 期至 1954 年 4 月第 36 期。
⑤ 计璧瑞：《张道藩与国民党的文艺政策》，《中国现代文学研究丛刊》，2012 年第 1 期，第 48 页。

对抗左翼文艺思想。这当然是国民党文艺宣传的题中之义。但在另一方面，它也是国民党文化纲领基本精神的体现，在与左翼思想的对抗中，同时也带出了其文化思想建设的知识理路与逻辑上的某些特点。

在这篇文章中，首当其冲要讨论的问题就是"三民主义与文艺之必然关系"，[①]也就是论述文学与政治的关系问题。张道藩虽然在一开始便表明了文艺需要三民主义，三民主义文艺就是要拿文艺组织民众，统一民众意识，为"建国"的推动力。[②]但是，这一立论的基础却是建立在文学与政治的一种自发自任的联系状态。张道藩认为文艺一方面是自由发展的，另一方面文艺也总会不自觉，无意识地反映政治、受政治的束缚。每一时代都有每一时代的文艺，既然封建社会、资本社会、共产社会都有他们独特的文艺，那么我们以三民主义建设属于自己的文艺，是再自然不过了，既然文艺天然就与时代、政治相关联，那么我们用文艺组织民众，统一民众意识，也是合情合理的。[③]

可见，张道藩的思路是基于这种文艺与政治的普遍而一般的看法上，没有对其进行高度整合体系化，使之上升为一种精密的国家理论，由此具体而深入思考文学在政党的整个事业中的定义、位置和关系。这就使得张道藩关于文学与政治关系的解释，缺乏作为政策表述该有的决断气势和不容含糊的态度，而是"小心翼翼的探讨和措辞谨慎的分析"，[④]充满了调和折中的姿态。

因此，实际上张道藩通篇关于文学与政治论述的重点，不是文学必然与政治发生关系，而是文学可以与政治发生联系。张道藩认为政治与文艺它们都有同一来源，都是从人生与事物而来，它们的区分不在本质，只是观察人生的态度，表现的方式方法不同而已。以此作为二者的结合点，进而努力平衡二者之间的关系。对于政治来说，如果能将政治观念用文学的方法来表现，经由文学的艺术感召，潜移默化的发挥政治的作用，那么"政治上的理论即可变为艺术"，对于文学来说，提供这种潜在的政治作用，不但没有违反艺术的基本规律，反而丰富了其思想艺术上的表现力。

因此，张道藩对三民主义文艺合法性的诠释就建立将政治还原为日常生活

---

① 张道藩：《我们所需要的文艺政策》，《张道藩先生文集》，台北：九歌出版社，1999 年 10 月，第 598 页。

② 同上，第 598 页。

③ 同上，第 598 页。

④ 李怡：《含混的"政策"与矛盾的"需要"——从张道藩〈我们所需要的文艺政策〉看文学的民国机制》，《中山大学学报（社会科学版）》，2010 年第 5 期，第 55 页。

事物，使其转化为文学创作的众多对象和素材之一，这在努力说服人们相信文学可以与政治相联接的同时，却回避了文学与政治究竟是什么关系的清晰阐释，实际意味着政治对文学的领导权却削弱了。20 世纪 50 年代在回答"为什么非反共抗俄的文学不鼓励"的问题时，张道藩将"反共抗俄"与"非反共抗俄"文学的问题比作一个人是该恋爱还是该革命，那么"该恋爱的时候恋爱，该革命的时候革命"，倘若权衡轻重，则"不妨革命成功再谈恋爱"。文学也是如此，"该言志的时候言志，该载道的时候载道"，"假若权衡轻重的话，不妨完全载道而舍弃言志"。① 也就是说，文学与政治的联结不是必须如此的，而是权宜之下的选择。

张道藩无法提出一种强大而令人信服的认知模式，来阐释政党对于文学的绝对领导权，无由导出政治与文学的高度整合，而只是在政治与文学之间形成一种既定的调和倾向。

循此思路，张道藩提出的"六不五要"，也正是这一思路下的产物。研究者已经指出这其中充满了矛盾和漏洞，无力对抗左翼的阶级论述。张道藩牵强的解释，与其说是三民主义对文学直接的政治要求，不如说是以三民主义调和文学创作的诸多问题。在"不专写社会黑暗"，"不挑拨阶级的仇恨"与"要为最苦痛的平民而写作"的观念中，很多论者都指出其中相互矛盾之处，并对张道藩的曲为解说不以为然。其实这更暴露出张道藩太想迎合社会各阶层全体民众的欢心，想同时获得统治集团和底层劳动者的支持和拥护。一方面承认社会黑暗、阶级矛盾的存在，文学要反映苦痛平民的问题，但又不能"专写"，不能"挑拨"，文学在反映最痛苦的现实时，更负有"'改进'现实，'发展'社会，'美化'生活的责任"，② 要达到感化各阶级，联合各阶级的效果，"使社会各阶层的人都负有革命的精神"，以此完成"全民的革命"。③ 张道藩援引孙中山遗教，指出使"社会上大多数的经济利益相调和"正是三民主义的基本要义，也是三民主义文艺所要表现的意识形态。④

---

① 张道藩：《论当前文艺创作三个问题》，《联合报》，1952 年 5 月 4 日。转引自联副三十年文学大系编辑委员会主编：《联副三十年文学大系·评论卷 5·文学论评》，台北：联合报社，1981 年 12 月，第 505 页。

② 张道藩：《我们所需要的文艺政策》，《张道藩先生文集》，台北：九歌出版社，1999 年 10 月，第 607—608 页。

③ 同上，第 618—619 页。

④ 同上，第 603 页。

　　由此，在这种保守调和的立场态度下，张道藩虽然指出象征主义、唯美主义、印象主义、古典主义等与三民主义文艺不相适宜，但并非进行彻底的否定和排除，以确立唯一的写实主义的形式，而是希望作家在学习"莎士比亚、狄更斯、巴尔扎克、托尔斯泰、罗贯中、曹雪芹"的同时，不忘记他们的局限和弱点，调和现有的艺术形式，从而创作出新文艺的形式。这种形式既不带对社会问题的"悲观的色彩"，也不表现盲目热情的"浪漫的情调"，而是通过刻苦的艺术训练与冷静的思考，"要从理智里产生作品"，以此调和节制个人不良情绪的表达，"不写无意义的作品"，"不表现不正确的意识"，进而在个人意识与民族国家立场中达成一种平衡。①

　　赴台后，张道藩发表了重要的《三民主义文艺论》，以阐释蒋介石的《补述》为宗旨，更加全面发展了这种调和论的思想内涵。在实质论中，张道藩已经将调和社会矛盾的态度，明确的阐释为三民主义文学的本质：表现各阶级在政治、经济利益上的平衡；表现个人与国家政府间的平衡；表现自由与组织两种力量的平衡；表现政治力量与道德力量的平衡；表现心与物的平衡；表现人与自然的平衡。人与人之间由仁爱产生的互助，是一切平衡的基础，凡合乎公平与仁爱的平衡，即予以赞美和歌颂，凡不合乎公平与仁爱的平衡，呈现凌乱与偏倚，流于过激与病态，即予以否定、讽刺，但否定讽刺的动机，仍是谋求社会政治经济上的诸种平衡。②

　　凭此，张道藩更将这种平衡上升为民族文化的特质，从传统文化中寻找平衡和谐的话语资源。蒋介石曾在《补述》中提出发扬中国传统礼乐文化，以调和节制国民情感，张道藩则进一步阐释中国文化是"内倾型的道德文化"，又称为"和谐型文化"，相较于西方的"外倾型的英雄文化"，表现阶级与阶级，政治与道德，情感与理智、灵与肉的矛盾冲突，中国文化则是政治与道德合一，"心物成一元，灵肉趋于一致"，"对外对内，对自然，对物对人，都表现出谧静的平衡与和谐"。即使是谴责世态乱象，讽刺贪官污吏，也是"从仁爱出发，而含道德的规讽"，从无鼓动斗争的意思，而是具有"温柔敦厚的诗教之旨"。③因此，三民主义文艺正是要承续民族文化中的和谐精神，以期抗拒外来不良文化

---

　　①　张道藩：《我们所需要的文艺政策》，《张道藩先生文集》，台北：九歌出版社，1999年10月，第626页。

　　②　张道藩：《三民主义文艺论》，《文艺创作》，1954年1月第33期，第4—6页。

　　③　同上，第7—10页。

的侵略，在个人、国家、民族间发展出新的平衡，产生新的和谐。① 传统文化由此成为国民党意识形态频繁操作的议题，直接影响了其在 20 世纪五六十年代台湾文坛的继承样貌，下节再做仔细分析。

在创作方法论中，张道藩以上下两章篇幅，大量举例，详细论述了古今中外，从诗词到小说，从古典主义到现代主义等各种文学思潮，创作流派等的优长与偏蔽，希望创造出一种"可以打破一切偏蔽锢塞，趋于中正宏大"的新的写实主义，它可以"不偏于任何一个阶级，可以不偏于个人，也不偏于社会……既不偏于唯心唯情，也不偏于唯物唯理。写现实黑暗，也写现实的光明；写科学的物质文明，也写宗教与道德的精神力量……表现现实的表层，也表现现实的里层与核心；表现人类外在活动，也表现人类意识与精神的一切内在活动。从现实中去寻找宇宙人生的真善美，也从现实中去表现文艺的真善美"。②

张道藩以这种调和的文学观念，试图对写实主义从性质到价值作重新定位。但是，他缺乏有力的理论推导，没有任何有力的依据来说明写实主义为什么要表现这种平衡。

下章中提出的"写实主义的综合"更体现出这种调和的心态。即以写实的创作方法为主，兼采众长，"一方面汲取中国传统文艺的优美技巧，一方面也要汲取欧美文艺的优美技巧；一方面发展写实主义的基本技巧，一方面也要汲取其他各种文艺的技巧"，③作巧妙和谐的综合。写实主义可以综合一部分浪漫派的表现技巧，形成"浪漫的写实主义"，从细致的写实里流露浪漫的热情，从民族国家的描写中寄予个人的理想；可以综合一部分古典主义的表现技巧，形成"古典的写实主义"，重理智，尚道德，表现"社会事务的各种形象和个人事务的各种形象，是居于平衡地位，而非对立"，呈现出"平静、匀整、典雅与宏大的美"；还可以综合一部分理想主义的表现手法，形成"理想的写实主义"，表现苦难现实中的希望、快乐和理想，给人们安慰和鼓励，使"平凡枯燥的生活有调剂"，使"人与人、人与自然、心与物、呈现一种无比的和谐"。"作暂忘现实的神往，或激起改革现实的决心"。④除此之外，其他文学流派技巧，亦可根据现实的需要，作有限度的综合运用。

---

① 张道藩：《三民主义文艺论》，《文艺创作》，1954 年 1 月第 33 期，第 11—12 页。
② 张道藩：《三民主义文艺论》，《文艺创作》，1954 年 3 月第 35 期，第 4—5 页。
③ 同上，第 12 页。
④ 同上，第 13—14 页。

　　在这些举例阐释中，我们发现前述《我们所需要的文艺政策》中所指出的不适宜的浪漫主义与古典主义，即刻变成了可以学习运用的艺术技巧。这种前后内涵上的微妙变化，不仅仅可以用来推论国民党文艺政策出于现实政治的考虑而有所调整，而且更合于三民主义旨在调和艺术问题的认识。事实上，这种调整并没有引起其他政治举措的调整跟进，也就是说，张道藩的立意并不是要对文艺路线本身进行调整，而恰恰是要发挥文艺路线的调和特点，使眼下的诸多问题、因素达成一种平衡状态，这是他的主要关切。

　　因此，这种"写实主义的综合"，仅仅是要避免其他艺术形式的偏蔽，以此标榜三民主义的写实主义兼容并蓄，全面科学。这在思想内涵上并不具有强烈的排他性，在理论体系上也远不够严密。虽然，张道藩指出这种"综合"是基于现实的考虑，并非"无涯端的拼凑与补缀"，① 但却始终没能拿出一套切实的甄别评判标准，对这种"综合"进行具体的指导与规约，由于缺乏实际的可操作性，这一"综合"往往就变成一种松散空泛的掺和。自然，这种创作方法论无法在文坛产生高度统一，强制约束的文学规范。

　　但是，我们还必须要承认这种"综合的写实主义"对台湾文坛的确产生了重要影响。关键就是张道藩对写实主义博采众长，转益多师的背后，隐藏着将写实标榜为一项精深的研究工作。他提出对于人物的刻画，必须具备"人种学、遗传学、解剖学、心理学"等各种知识与学问，才能深刻的把握人物的心理、情绪、精神与行为；对于现实社会各事物的描写，必须具有"历史、文化、语言、文字、风俗习尚、宗教信仰"等各种社会科学知识，才能"通达人情世故"，体会现实生活的各种情调、情趣与形象的美；对于自然环境与生活环境的描摹，必须具备"植物学、动物学、矿物学、地质学、天文学、气象学"等诸种自然科学知识，以及建筑学等实用科学的知识，才能对自然界与现代都市的各种景物，作深刻而精密的观察和认识。②

　　这种"写实"的理解方式，把对写实主义的认同转到"学问"与"知识"的探索中，无形中软化了"现实"所内含的必然的矛盾冲突。亦如蒋介石《补述》中视文学为一种高雅学识、教养、审美趣味的体现，以此转移、分化批判社会的行动倾向。于是，写实主义在台湾文坛的创作者、评论者笔下，逐渐变成了一种体现广博学识和丰富人生经验的高雅文学，写实主义作家往往不再做

---

　　① 张道藩：《三民主义文艺论》,《文艺创作》,1954 年 3 月第 35 期，第 12 页。
　　② 同上，第 6—7 页。

政治变革的设想去实际改变这个社会，而是逐渐沉浸在对现实人生的高级模拟与学术研究中。

总的来说，经过张道藩努力的阐释，这种调和论的文艺思想涵纳了文学活动的多个方面，形成了一套还算完整的体系，称得上是官方文艺政策最为完整详备的理论建构。虽然从表述到内涵上存在着种种自相矛盾、含糊其词的问题，但它仍然对台湾文学发展产生了不容忽视的影响，其中有关文学特性，功能，写实主义的性质、方法等内容的阐释与规范，影响了台湾文坛在文学观念、创作范式、批评标准等方面的理论倾向。

第三节 《当前文艺政策》的制定

20 世纪 50 年代以来国民党对于自身文艺思想的建设，虽然有蒋介石《补述》的重要指示，张道藩等主要文艺工作领导者的大力宣传，其他评论者发表的各类解说讨论也不计其数，但始终没有形成具有实质法律意味的"国家"文艺政策。直到 1967 年 11 月，国民党九届五中全会才正式制定并通过"当前文艺政策"。退台近二十年，这是国民党"第一次正式行诸文字的文艺政策"，[1]1968年 5 月，国民党才召开了第一次全国性的文艺会谈，集合全国文艺人士对"当前文艺政策"的内容条目及文艺工作的情况事宜进行讨论。

"当前文艺政策"总共八项四十条内容，从基本目标到创作路线，从文艺机构、经费到人才培养，从文艺工作的办理事项到业务分配，可说是细致周全，是对国民党文艺思想观念的一次总结，再次确认了文艺的价值正在于"提供高尚的娱乐，增进生活的情趣，扩大心灵的境界，以滋润人生，充实人生，美化人生"。文艺创作应避免偏激、偏见的观念表现，要"发扬民族伦理的精神"，展现"自由平等博爱的境域"，"照耀人性的光辉，启示生命的意义"，"创造纯真优美至善的文艺"，以"涵泳情趣，调和身心"，加强对文学、音乐、美术、电影、广播等各类文艺的辅导工作，以"寓社会教育于高尚娱乐之中，以收潜移默化之效"。[2]转年召开的第一次"全国文艺座谈会"，只是再次重申了这些

---

① 封德屏：《国民党文艺政策及其实践（1928—1981）》，淡江大学中国文学系博士学位论文，2009 年 6 月，第 153 页。

② 《第十六次大会议事日程》，《中国国民党第九届中央委员会第五次全体会议记录》，"中央"委员会秘书处印，1967 年 11 月。转引自封德屏：《国民党文艺政策及其实践（1928—1981）》，淡江大学中国文学系博士学位论文，2009 年 6 月，第 148—151 页。

观念，并没有提出新的内容。在这个文艺政策中，可以看到国民党落实文艺政策的重点在于发展一种软性的抒情文学类型。

有不少论者基于20世纪60年代国民党政权统治的稳定，认为国民党文艺路线在此时有了一种调整，相对于50年代"反共文艺"的战斗性、使命感，转向对传统文化、仁爱平和、人性人生的软性诉求。但是，从上述蒋介石、张道藩的文艺思想的分析中，可以看出借助这些软性文艺的宣传，调和、平衡、节制社会各方面的矛盾因素，正是国民党一贯的意识形态诉求，因此，与其说是转向不如说是最终走向，更让我们看清国民党文艺政策的性质和特点。由于缺乏一种鲜明有力的政治意识形态领导，国民党文艺政策体制化程度是很低的。台湾文坛的总体情况是一种压抑、冷感的政治低气压。国民党政权是希望民众和知识分子能远离政治，谨德慎行，温文尔雅，不要挑战当局权威，遵循"正确的"社会行为规范与道德指南。

然而，这种调和的思想观念，终究不是一个强有力的意识形态策略，不管是文学主张还是政治思想，都无法提供一个具有说服力的理论阐释，特别是在社会危机面前，它无法提出一套全新而有力的主张和方法，去应对迫切的现实问题，而总是显得不痛不痒，软弱无力。

在1977年、1981年，国民党又召开了两次"全国性"的文艺会谈。这三次文艺会议背后的时空背景不一，社会情势也起了很大的变化，[①]而国民党的文艺宣传仍旧是老调重弹，再次搬出了"创造高超与精致的文化，以提高人民生活的素质，达到物质与精神并重的均衡境界"。[②]如果说20世纪60年代现代主义先锋实验的离经叛道，国民党尚可继续凭借艺术审美精神的标榜，进行容忍与调和，使其成为另一种更高深、更精英的文学研究，那么70年代"保钓"运动的政治启蒙，"乡土文学"崛起的现实批判精神，都不再屈从于这种精致文化的崇拜，戳穿了这种审美意识形态的"正当"外衣，直至80年代思想的多元化趋势以及日益高涨的"解严"呼声，国民党再也无力维持社会思想文化的统合秩序，这种调和的意识形态最终走向了破产。

---

① 众所周知，此时发生的一系列台湾"外交"挫败的重大事件，让政治形势由缓慢腾挪而急剧变动。1970年发生"钓鱼岛事件"，1971年台湾当局被逐出联合国，1972年尼克松访华，《上海公报》发表，随即美国、日本等大多数国家与台湾地区"断交"。
② 孙运璿：《"行政院"孙院长六十八年言论集》，台北："行政院新闻局"，1979年，第118页。转引自萧阿勤：《国民党政权的文化与道德论述（1934—1991）——知识社会学的分析》，台湾大学社会学研究所硕士学位论文，1991年6月，第120页。

小结

国民党文艺政策是考察 20 世纪五六十年代台湾文学发展的重要因素。蒋介石、张道藩的重要论述在既定的"反共抗俄"政治宣传下，同时呈现出以维持现状，调和社会矛盾，保持既定秩序、习惯和价值为核心理念的意识形态诉求。在这种调和平衡的理念下，国民党更希望文学发挥修养身心，陶冶性情的作用，以此调和平衡不良情绪，疏导化解社会矛盾，最终实现完美和谐的境界。这种文艺政策的诉求其实暗示社会不满与矛盾，要得到控制，就必须得到升华。它把文学定位在一种高雅的学问、知识、艺术品位等的表现上，以此转移、分化批判社会的行动倾向。

虽然当时国民党也有不少热辣逼迫的"反共"宣传运动，如"文化清洁运动"、"战斗文艺"等。但是正如本章所分析的那样，这类宣传运动，仅止于表面上的声嘶力竭，却毫无意识形态的论战力可言，没有通过意识形态严厉的否定排他，形成一种强大的控制力，从而真正确立自己的支配地位。

在"反共文学"政治宣传的叫嚣乏味下，这种调和平衡的意识形态诉求，实际上对台湾文坛产生更为深远的影响。一方面掩饰了诸如阶级矛盾、民族分裂等社会现象与问题，抑制了文学的现实批判功能。另一方面，关于想象、灵感、意境、意象等文学的审美艺术性研究，获得了一定程度的正当性与合法性。而"反共文学"在艺术上的乏善可陈，更让从文艺工作负责人到普通创作者，深感要加强对艺术规律和技巧的讲授和练习。

正是在这一政治的直接需要与间接影响下，当时台湾文坛实际上发展出一批相当数量的美学艺术理论批评。因此，20 世纪五六十年代台湾文学发展并非是一片荒芜，而是存在着非常值得探讨的文艺理论问题和现象。这些美学艺术理论一方面突破了"反共"宣传的教条僵化，提升了台湾文学的发展水平。另一方面，这些美学艺术理论自身的局限性，使其很容易被官方意识形态收编、挪用。通过这些艺术美感，可以使民众专注于一种高雅的趣味、高尚的修养、博爱宽仁的胸怀。特别是当"反共文学"在维持和巩固政治宣传和统治上，逐渐证明自己缺乏深刻的思想号召力和感染力而变得枯燥乏味时，这种文学审美经验的传达就成为调和社会矛盾、稳定人心，维持统治秩序的最有效的意识形态话语表达。因此，在这个意义上说，20 世纪五六十年代台湾文坛大量出现的美学艺术理论批评，绝非偶然。

第二章　重塑资源：台湾文学理论资源的重释

台湾文坛对古今中外文学资源进行了重新选择与诠释，而这些经过筛选与规范的文学资源，也正是 20 世纪五六十年代台湾文学理论建设的主要来源。重评的范围主要涉及"五四"新文学文化、中国传统文学以及外国文学。其中"五四"以来的新文学文化尤其具有紧迫性。本章具体呈现在时代政治与社会现实需要的选择性建构中，培养了什么，又压抑了什么，由此形塑了一种怎样的文坛生态和思想环境。

第一节　"五四"新文学文化的选择性继承

"五四"精神与两岸的近现代文学文化、政治活动关联紧密，其中的左翼思潮不仅在大陆取得主导和胜利，而且也对台湾现代作家产生了广泛、深刻的影响。日据时期台湾的新文学与乡土文学的产生都与当时大陆以及世界性左翼思潮紧密关联，光复初期的"鲁迅风潮"，"桥"副刊上的台湾新文学论争更是左翼思想在台湾传播与发展的重要标志，而这些直接对溃败至台湾的国民党当局造成严重威胁。1949 年以来，国民党在台湾展开了数年的"白色恐怖"和长达五十年的戒严统治，左翼作家学者及其思想与作品被禁锢消灭。不仅如此，对于"五四"新文学中的非左翼的作家学者，只要是留在大陆的，一律被视为"附匪"，其作品也均被查禁。因此，难怪有学者就认为"到五十年代初期，五四的文学传统基本上已在台湾断绝了"。[①] 而蒋介石对"五四"的指责更加强了这一论断。

---

① 吕正惠:《战后台湾文学经验》，北京：生活·读书·新知三联书店，2010 年 4 月，第 365 页。

一、国民党对"五四"的态度和阐释

蒋介石反对"五四"由来已久，早在20世纪三四十年代，蒋介石就开始严厉批判了五四运动的反传统，将其视为对民族文化的背叛和幼稚危险的盲目西化。1943年在《中国之命运》一书中，蒋介石将"五四"以来的自由主义与共产主义思潮同视为外国思想的抄袭附会，"不仅不切于中国的国计民生，违反了中国固有的文化精神，而且根本上忘记了他是一个中国人，失去了要为中国而学亦要为中国而用的立场"。[①]20世纪50年代以来，蒋介石更是对"五四"深恶痛绝，多次公开讲话中明确将国民党在大陆失败的根源归咎于"五四"。

1951年9月，蒋介石在对党内干部的讲话里指出在大陆惨败的原因就在于"五四"对于青年思想教育的伤害，"五四"严重缺乏对民族文化精神做深切的研究，这就使得民主与科学失去了民族精神的依据，沦为西方思想的盲目仿效。蒋介石始终坚持认为"五四"空喊民主与科学的口号，蛊惑和愚弄了青年的思想。

1952年5月在发表《当前几个重要问题的答案》中，蒋介石再次提出"没有民族的'文化'来做民主与科学的基础，那末，这两口号，不仅不能救国，而且徒增国家的危机。这是我们当前革命失败的一个事实的教训"。[②]

1952年8月发表《三民主义的本质》，蒋介石进一步提出用"伦理"来填补"五四"运动思想的空洞，矫正对传统文化的破坏，使其成为"科学"与"民主"口号的一个重要补充。[③]

1955年1月在《解决共产主义思想与方法的根本问题》一文中，蒋介石又重弹维护民族传统伦理道德的老调，指责"'五四'运动没有灵魂的口号"和反传统的"大逆不道"使国家和人们遭受这样无穷耻辱，空前浩劫，称"中国传统哲学思想为消灭'唯物辩证法'的基本武器"。[④]

---

① 蒋中正：《中国之命运》，台北：正中书局，1953年，第72—73页。
② 蒋中正：《当前几个重要问题的答案》，台湾北京大学台湾同学会编：《五四爱国运动四十周年纪念特刊》，台北：北京大学台湾同学会，1959年，第49页。转引自简明海：《五四意识在台湾》，政治大学历史研究所博士学位论文，2009年2月，第134页。
③ 蒋中正：《三民主义的本质》，台湾北京大学台湾同学会编：《五四爱国运动四十周年纪念特刊》，台北：北京大学台湾同学会，1959年，第50—51页。转引自简明海：《五四意识在台湾》，政治大学历史研究所博士学位论文，2009年2月，第135页。
④ "蒋总统思想言论集编辑委员会"编：《蒋总统"思想言论集》，台北："中央"文物供应社，1966年，第1966页。相关讨论可参见蒋小波、林婷：《启蒙的困境——20世纪50年代台港地区"五四论争"的形成》，《台湾研究集刊》，2012年第6期，第86页。

蒋介石的指责对判断国民党对"五四"的态度的确十分重要，但仔细分析就会发现，这往往只是一种个人好恶的态度判断，却毫无意识形态的理论论述力可言。例如，在如何看待"五四"与国民党的政治革命活动之间的关系问题，如何解释孙中山曾对"五四"的热情赞扬，并要求他的追随者支持这项运动。面对这些历史事实和分歧的言论，蒋介石却没有表现出有效阐释这些问题的意愿与能力。正如国民党意识形态建设上向来的含混矛盾，缺乏系统，蒋介石并没有形成为一套贯通而严密的"五四"诠释话语，从而凝聚党内外共识，达到思想的高度统一。因此，蒋介石的"五四祸水论"在意识形态控制的实际效用上，其影响也实在有限。

虽然获得了一些民族主义和保守派倾向较强的人的支持，但是事实上仍有不少国民党要员并没有全盘否定"五四"。毕竟，他们大多都曾是五四运动的亲历者，参与者，他们都曾受到了"五四"的浸染和洗礼，都承袭了这个新思想的某个方面。因此，如张道藩、李辰冬、赵友培、陈纪滢等国民党文艺工作主要负责人，他们更多的是采取一种折中接受的态度，"五四"新思想本身是好的，但是不能走向极端和偏激，"'五四'是有个性的。但是它的个性并未成熟，并未定型，并未得到充分而良好的发展"。缺少一种"刚强、坚实、稳练的气质"，"往往被浓烈的感情，蒙蔽了浅薄的理智"。[①]

不仅如此，一些国民党文化官员更敏锐地察觉出这种简单的"五四"控诉，还存在着一种更为有害的征兆。陈纪滢就指出把左翼革命、共产党"坐大"归咎于五四运动，等同于把"五四"的历史功绩与主导权拱手让给共产党。他重申"中国国民党同志与全国青年"才是这个运动最有力的实践者，五四运动的大将，如胡适、罗家伦、傅斯年等也都在我们的阵营内，而"共产党谬称'五四'运动是他们搞起来的"，并且进一步警告，如果我们避用"五四"，岂不是坐实共产党的"邪说"。[②]

王蓝则坚决反对把大陆"沦陷"怪罪到"五四"的怪论。"五四无罪，再也不要给五四太多的毁谤"，"五四不是共匪的，当年发起，参加五四运动的健将多人，目前仍在台湾或海外，他们过去反共，如今反共，一直反共"，"五四运动发生的那年，中国共产党的影儿还没有哩"，"因此，我们绝不可硬给共匪和五四'拉关系'"，"五四原来是我们的，因为没有国父领导国民革命，推翻专制

---

① 赵友培：《作家的个性》，《革命文艺》，1957 年 5 月第 14 期，第 9 页。
② 陈纪滢：《文艺运动二十五年》，台北：重光文艺出版社，1977 年 3 月，第 10 页。

政权，倡导三民主义，使爱国思想与自由民主意识深入人心，何能产生五四运动"？"五四原来是我们的，我们得拿回来！民主与自由是我们的，我们得拿回来！"①

因此，有一些国民党文艺宣传者、理论家开始意识到要与中共争夺"五四"的领导权与诠释权，重新塑造符合本党利益的"五四"典范和权威。而正是这种有意识的"五四"话语改造，比起蒋介石消极否定的做法，在实际上真正影响了"五四"传统在台湾文坛的传播与接受。从这一角度或许可以说"五四"传统在台湾文坛并没有断绝，而是形成了一种不同于左翼革命的"五四"面貌。

显然，最首要的就是从三民主义的角度重新诠释"五四"的内涵和历史。他们提出"五四"爱国精神就是"民族主义伦理思想"，德先生和赛先生就是"民权主义和民生主义"，②"三民主义文化的本质是民主的（民权主义），科学的（民生主义），'五四'所提出的民主与科学，都包含在三民主义文化中了。而'五四'未曾提出的道德（民族主义），也只有在三民主义文化内才能实现"。③"五四精神是爱国的，民主的，科学的……三民主义讲的是民族，民权，民生，也就是要爱国，要民主，要科学，这是与五四精神一致的，所以实行三民主义就是恢复五四精神，恢复五四精神就是实行三民主义。"④由此，必须将"这民主、民族与科学的思想潮流，纳入总理的领导之下，导入三民主义的思想体系之中"。⑤

还有论者则企图把"五四"与当前国民党的文艺运动相结合，比如葛贤宁就提出"当前的'战斗文艺'的运动，是当前的时代与社会必然的产物，有如'文学革命'是五四时代与社会的必然产物一样"。当前的文艺运动"在追求文艺形式与内容的民主精神上说，则又为对五四'文学革命'的继续和扩展；在发扬民族文化加强民族自卫运动的意识上说，则又为对五四'文学革命'的一个显著的纠正与补充"，"五四'文学革命'所追求的文学形式上的民主和内容

① 王蓝：《创造新的五四时代》，《革命文艺》，1957 年 5 月第 14 期，第 9—11 页。
② 王集丛：《五四运动与中国思想》，《公教智识》，1964 年 4 月第 12—13 期，第 140 页。王集丛：《"五四文学革命"的正路与邪途》，《王集丛自选集》，台北：黎明文化事业股份有限公司，1978 年 5 月，第 6 页。
③ 殷作桢：《"五四"与新文学》，《革命文艺》，1957 年 5 月第 14 期，第 15 页。
④ 社论：《五四精神到哪里去了？——为纪念五四运动而作》，《反攻》，1950 年 5 月第 3 期，第 12 页。
⑤ 陶希圣：《"五四"运动的分析》，《中央月刊》，1977 年 5 月，第 21—23 页。转引自简明海：《五四意识在台湾》，政治大学历史研究所博士学位论文，2009 年 2 月，第 138 页。

上的民主，只有从一切反共的战斗文学中得到空前的和无上的发展"。[①] 以上这些论述在蒋介石对"五四"的态度倾向上，努力将"五四"引入三民主义意识形态的建构中，指出其不足和偏颇，并力图指明其发展的"正确"道路。

但总的来说，这种对"五四"话语的意识形态改造又是不彻底，不成功的。问题的关键就在于三民主义对"五四"新文学的批判和重构实在缺乏精准的理论支撑，而显得相当空泛。还是上一节提到的老问题，无论是三民主义还是"反共文艺""战斗文艺"其本身就不是一套精密的意识形态话语系统，而是各种思想学说的大杂烩，是一种松散的结合，其本身的意识形态阐释力和批判力就很低。因此，它对"五四"新文学的架构无法基于根本性的否定和超越，而只能是一种包容性的补充。几乎所有的论述都声称三民主义对"五四"的领导，但往往都不是建立在观念与事实上的严密推理，详细精准的分析，而只是一种概念套概念式的替换而已。因此，这些论述在阐释得最好的时候，也只是再次证明了三民主义的无所不包，在最糟的时候，则让人深感三民主义说教的牵强与无力。

二、自由主义者的观点：新文化运动与中国的文艺复兴

既然三民主义对"五四"的诠释和支配相当有限，无法从政治意识形态上获得预期的领导，于是有不少宣传者干脆放弃了这种徒劳的政治解说，转而借用自由主义的观点，从新文化运动的角度极力强调"五四"的文学文化成就和意义。这种看法是把五四运动放在思想文化的范围与意义里，强调"五四"的焦点不应该是知识分子的政治活动，"长程的文化意义显然远重于一时的政治意义"，[②] 由此，贬低、抹消五四运动的社会政治诉求。

于是有更多论者开始强调新文化运动才是"五四"的导源，[③] 在"五四"新文化运动中，确立了不拔的根基。[④] 五四运动的卓越成果就在于发动了一场"文学革命"，建立起一种现代的白话文学，[⑤] 这逐渐成为台湾文坛上下论述"五四"

①　葛贤宁：《由五四"文学革命"论当前的"战斗文艺"运动》，《文艺创作》，1955年5月第49期，第8—9页。
②　侯健：《"五四"思想和文学》，《文学·思想·书》，台北：皇冠出版社，1978年8月，第71页。
③　刘心皇：《现代中国文学史话》，台北：正中书局，1971年8月，第36页。
④　葛贤宁：《新文艺运动的回顾（一）》，《幼狮文艺》，1958年6月第8卷5期，第7页。
⑤　朱介凡：《"五四"谈文——并述历史进程的小小事例》，《革命文艺》，1957年5月第14期，第23页。本社：《纪念五四文艺节》，《中国文艺》，1953年5月第2卷3期，第3页。

的主轴。这些论述实际上都试图将"五四"的本质与其中复杂的社会历史问题窄化为单纯的文学文化活动，从而回避了"五四"与中国共产党、左翼革命之间的紧密关联。① 有国民党文艺负责人甚至愿意放弃三民主义，而改称自由主义才是"五四"的正统和主流。② 从而强调由"文学革命"到"革命文学"是由于过激的情绪与"共匪"的利用，而"偏离了新文化的正路"，走向了"歧路"，它"不是中国新文学的发展脉络"，③ 由此切断了"'五四运动'在三十年代之后转入政治社会活动的左翼革命文学史"。④ 当时就有论者出于对"五四"社会政治运动的贬低，甚至宣称新文化运动不应该与"五四"扯上任何关系，新文化运动是好的，而"五四"根本是不应该纪念的。⑤ 连胡适在晚年也曾表示五四运动是对新文化运动的"一场不幸的政治干扰"。⑥

当然，我们决不能简单地把自由主义等同于国民党官方意识形态，但是自由主义的确能够为国民党无力的政治解说转化出更多的意识形态资源，有效改造了"五四"在台湾文坛的面貌。除了肯定新文化运动的重要地位，大部分论者也接受自由主义者对这场文化运动性质的界定，就是"文艺复兴"。

作为自由主义思想领袖的胡适就不只一次的将"五四新文化运动"阐释为"中国的文艺复兴"。1933年，胡适在美国芝加哥大学的一次讲演中，就从"中国的文艺复兴"角度详细地阐释了五四运动各个方面取得的成就。1958年，胡适从美国返台，参加了"中国文艺协会"八周年纪念会，再次以"中国的文艺复兴"为题演讲。这一次，胡适只选择了他最偏爱的白话文问题。讲演中，他反复强调白话文的基础早已存在，它正是中国民间永远充满生命活力的口语白话，是"我们老祖宗的话"。胡适不断重申现在就是要把这些"老祖宗给我们的语言，活的语言"复兴起来。⑦

---

① 参见陈康芬：《政治意识形态、文学历史与文学叙事——台湾五〇年代反共文学研究》，东华大学中国语文学系博士学位论文，2007年6月，第136页。

② "中华民国文艺史编纂委员会"，尹雪曼总编纂：《中华民国文艺史》，台北：正中书局，1975年6月，第44页。

③ 本社同人：《文艺节的感想》，《中国文艺》，1954年5月第3卷3期，第2页。

④ 陈康芬：《政治意识形态、文学历史与文学叙事——台湾五〇年代反共文学研究》，东华大学中国语文学系博士学位论文，2007年6月，第138页。

⑤ 方瑜：《五四与所谓"文艺节"》，《幼狮》，1953年5月第5期，第17页。

⑥ 转引自蒋小波、林婷：《启蒙的困境——20世纪50年代台港地区"五四论争"的形成》，《台湾研究集刊》，2012年第6期，第88页。

⑦ 胡适讲述，童世璋、朱啸秋、穆穆笔录：《中国文艺复兴、人的文学、自由的文学》，《文坛季刊》，1958年6月第2号，第8页。

　　白话文运动不仅在语言文字上拥有老祖宗的遗产，而且在运动趋势上，胡适也为其找到了演变的历史根源，胡适指出"我们中国几千年的文学史上都有一个下层文学的发展趋势，所谓下层文学是老百姓的文学，是活的文学，是用白话写的文艺，人人可以说的文艺"。"三国演义，隋唐演义，封神演义，水浒传这些故事，先就是老百姓里面讲故事的人流传下来的，到了后来，写定了，才有头顶的作家，再把它改善，把它修改。""几千年来的老百姓，几百年来的，尤其是最近这五百年的，可以说上到宋朝，北宋到南宋，到元朝，经过差不多一千年，七八百多年流传下来的。那些话本、弹词、戏曲，是老百姓唱的情歌、情诗、儿歌这些东西写的。这就是我们的基础，在文学方面，我们也可以说是文艺复兴。"①

　　因此，胡适只承认近代的白话文运动只是在中国文学演变的自然趋势上，加上了人力的督促，变得更加自觉而已。如此，白话文运动只不过是"中国文艺复兴的历史当中，一个潮流、一个部分、一个时代、一个大时代里面的一个小时代"。②胡适最后得出"我们这个文学的革命运动，不算是一个革命运动，实在是一个中国文艺复兴的一个阶段"。③

　　相较而言，20世纪30年代的讲演中，胡适对于这场白话文运动进行历史追溯的同时，也明确表达出其反传统与创造性的内涵，50年代的这篇则更主要的强调了前者，弱化了白话文反传统的激进色彩。这一论述上的微妙变化，可能出于胡适对现实政治的考量而采取的折中让步，但却也更加充分展现了"文艺复兴"为五四运动所规划的一种渐进式的革命道路，是在与过去的联系，而不是断裂中面向未来。这种演进观念也为当时其他自由主义论者所强调，梁实秋在《五四与文艺》一文中就强调文学自古至今有其延续性，"新诗如有出路，应该是于模拟外国诗之外还要向旧诗学习，至少应该学习那'审音协律敷词捵藻'的功夫"。④

　　显然，这种文艺复兴的观念，既不会太保守，也不会太激进，其所寄寓的文学的传承性转换颇能切合官方意识形态的需要，至少不曾触碰官方对"五四"激进倾向的厌恶态度。因此"文艺复兴"不仅被以胡适为代表的自由主义知识

---

① 胡适讲述，童世璋、朱啸秋、穆穆笔录：《中国文艺复兴、人的文学、自由的文学》，《文坛季刊》，1958年6月第2号，第8页。

② 同上，第7页。

③ 同上，第10页。

④ 梁实秋：《五四与文艺》，《自由中国》，1957年5月第16卷9期，第19页。

分子所使用，在更加宽泛的解释上，也被官方、一般论者所采用。胡适的这篇讲演发表不久，就有不少论者发表他们的文艺复兴观念，他们不仅沿用了胡适关于"五四"新文学与中国文学历史一脉相承的观点，而且将这种关联上推至儒家的仁爱精神，下及三民主义的文化复兴。① 显然，这种论述已经远远超出了胡适使用"文艺复兴"的原意，可以说是官方意识形态对其的挪用和收编。但是，这些论述确也在一定程度上充分代表了台湾文坛对于"五四"所持的一种历史连续性的认知心态和评价角度。

但是在另一方面，"文艺复兴"把"五四"新文化运动连接到中国传统的同时，往往也意味着与传统的搅扰不清，从而混淆了"五四"区别于以往改革的特殊性质和意义，更疏离了五四运动背后所承载的时代危机。

20世纪50年代胡适的这次讲演中，我们就已经几乎看不到白话文运动背后因应的社会政治问题，他对白话文运动的关注更多的是一种学术研究的兴趣。而这种研究也正是由于缺乏对社会政治境况的分析，对现实问题的不敏感，越来越成为一种象牙塔的学问，它无法为当前紧迫的社会重大问题提供什么答案，最终在大陆失败了，② 然而在五六十年代的台湾却幸存了下来。显然，当台湾文坛上下把关注的重点放在"审音协律"这类的学问功夫上，比起探讨现实政治问题，更让当局放心，也更能获得蒋介石所期望的涵养身心的效果。

于是不断有论者呼吁我们要对新文学运动进行一场专门的学术研究，"五四新文学不只是一种社会运动，也是一种教育，一种学术工作，不仅是要求其广博，还须求其深厚"。③ 我们需要一场新的文艺运动，"文艺工作者须有一种苦行

① 葛贤宁：《现代中国文艺复兴的前提》，《幼狮文艺》，1958年9、10、11月第9卷第2、3、4期，第19、33页。

② 美国学者格里德在其研究中就深入指出了胡适和自由主义者对时代错误的判断。在胡适个人的学术成就中，他是很多青年人的导师和启发者，他开拓了他们的视野并瞻望了新的前景。毫无疑问，这是非常有意义和价值的事业。但胡适也许把它的意义夸大了。"我们很难同意胡适的观点，他认为这类学术上的努力充分证明他的原则与中国的形势是相关的"。胡适对于几部白话文小说倾注了他的主要精力，他希望自己几十万字的小说考证，"用一些'深切而着明'的实例来教人怎样思想。然而，在一个对千百万中国人来说，生存本身尚是一场严峻的，而且常常要输掉的赌博的时代，关于一部18世纪的小说谁写了哪一个章节的'问题'，至多也只有很勉强的意义。"他悲剧性的错误判断了他的时代需要，胡适与"那些被无知弄瞎、被对他们自己以为的任何命运的漠不关心而弄哑、被其无数时代的社会昏睡病弄跛的男男女女的无法言状的悲惨经验之间几乎存在着无限的差距"。〔美〕格里德著，鲁奇译：《胡适与中国的文艺复兴——中国革命中的自由主义（1917—1937）》，南京：江苏人民出版社，2010年7月，第288、290—291页。

③ 杜衡之：《文坛走笔》，《晨光》，1957年10月第5卷第8期，第5页。

的修养，斤斤磨之，达到某程度，便会有某种成就"。[①] 在这些持续不断的学术研究中，有关新文学的文体形式，语言风格，美学规范等内容受到了广泛的关注，出现了一些较为深刻的理论总结，这些都丰富了台湾文学的发展经验。然而，就在这些广博精深的学术研究中，我们也明显感到，这场新文化运动在台湾文坛的内涵也越来越局限为知识分子在文学品位、审美趣味的一次现代转变而已[②]，至于其背后的时代政治要求则完全被淡化，以至遮蔽了。

"文艺复兴"正是为这场运动的理解提供了一个更彻底的人文主义文化视角，去说明人文精神的复兴更生的重要性远远大于政治改革与斗争。胡适在讲演中借用了周作人的"人的文学"观念来定义五四运动的精神内涵，并进一步将其概括为"要有点儿人气，要有点儿人格，要有人味儿的，人的文学"。[③] 这种"人的文学"成为台湾文学的一个核心概念，形成了一股"自由人文主义文学脉流"，[④] 突出表现在20世纪50年代由胡适、雷震、殷海光创办的《自由中国》和夏济安、刘守宜、吴鲁芹等主办的《文学杂志》上。他们强调文学应全面描写人生，"永远紧依着人性"，[⑤]"默默的写着人性中永恒的那一点"，[⑥] 展现"灵肉调和"的人生人性。这种要求深刻把握人生人性的文学理念，正如不少论者所言，在当时的确批评了"反共文学"政治宣传的僵化教条。

但是，我们更应看到这种"人的文学"同时也不愿提供一个彻底的社会变革计划，它所期望的仍然是通过人性、性灵、灵魂这类精神救赎来解决实际的社会问题，这与官方意识形态又有着相当程度的契合。它把文学局限在日常生活琐事和人性情感的细腻精致描写中，文学不必"非字字句句忧国忧民不

---

① 本刊专稿：《我们需要来一次新的文艺运动》，《半月文艺》，1950年11月第2卷2期，第1页。

② 当时确有论者从这一方面认为新文化运动不过是一场新士大夫的白话文运动，不过是知识分子不再用文言文，改用现代白话文作学术研究写作而已。后希铠主答：《文艺信箱·"桐城派"有何特点》，《幼狮文艺》，1963年5月第18卷5期，第41页。后希铠主答：《文艺信箱·徐志摩胡适的诗为什么不算新诗》，《幼狮文艺》，1964年7月第21卷1期，第36页。

③ 胡适讲述、童世璋、朱啸秋、穆穆笔录：《中国文艺复兴、人的文学、自由的文学》，《文坛季刊》，1958年6月第2号，第10页。

④ 朱双一：《〈自由中国〉和台湾自由人文主义文学脉流》，何寄澎编：《文化、认同、社会变迁：战后五十年台湾文学国际学术研讨会论文集》，台北："行政院文建会"，2000年。朱双一：《台湾文学创作思潮简史》，北京：九州出版社，2010年6月，第180—191页。

⑤ 徐訏：《红楼梦的艺术价值与小说里的对白》，《自由中国》，1958年2月第18卷4期。

⑥ 张秀亚：《情感的花朵·前记》，《自由中国》，1955年12月第13卷12期，第12页。

可"，[①] "处理人生的甘苦，能使人怡然自乐"，[②] 这就是人生的目的。

如此，"人的文学"不会要求对社会内部矛盾，重大问题进行分析和揭示。同时，它更以一种普遍的人性价值，回避和掩饰了现实矛盾的尖锐残酷。它努力说服人们相信，阶级的差异是人性先天的差异。每个人的遗传、兴趣、能力不同，对人生的看法选择不同，就会有不同的社会分工，产生不同的社会阶层。[③] 如此说来，阶级不仅不是不合理社会制度的根本痼疾，反而是社会生活丰富多元化的体现。更何况"阶级是变动不居的，我国俗语说'富无种，贫无根'，今天是穷光蛋，很可能明天变成一个富翁，今天是一个工人，很可能明天变成场主，今天是个佃农，很可能明天变成一个地主，今天是商店的伙计，很可能明天变成一个东家"。[④] 原来，工人阶级只要肯稍微努力一点，勤奋一点，就能过上上层生活，所以阶级斗争是完全没有必要的。"在现代自由社会中，人人享有均等的竞争机会，一个小工变成豪富的故事，在我们的社会中正层出不穷，有目共睹。而一个大老板，后天生意亏损，可能又一贫如洗。如果要谈阶级立场，其贫富与阶级的起落变换之大，岂有固定的特性？可见阶级性不但变动不居，而且虚无缥缈，无所依据"，"只有人性才具备了普遍与永恒的两个特性"。[⑤] 因此，文艺"不能站在恨的立场，以劳工劳农的阶级地位来写作"，而应站在"一般人类爱的立场来描写农工苦痛"。[⑥] 人生的种种苦痛是存在于"此大千世界的每一个众生的内心之中"，"工人阶级有物质上的痛苦，资产阶级有精神上的痛苦，而且精神上的痛苦更难于表现"。[⑦]

总之，社会问题、阶级矛盾不是根本对立，不可调和的，解决的办法只需要认识到人性的普遍永恒，"进入到人类灵魂的深处"，"唤起同情，唤起伟大的

---

① 周弃子：《〈鸡尾酒会及其他〉序》，《自由中国》，1957 年 11 月第 17 卷 10 期，第 23 页。

② 公孙嬿：《公孙嬿评琦君〈琴心〉》，《自由中国》，1955 年 5 月 12 卷 9 期，第 29 页。

③ 怡：《生活的真谛》，《晨光》，1954 年 1 月第 1 卷 11 期，第 28 页。更生：《谈设身处地》，《晨光》，1954 年 2 月第 1 卷 12 期，第 3 页。

④ 木兰：《当前世界文学思潮的主流及其趋向》，《火炬》，1951 年 1 月第 2 期，第 20 页。该文还曾以《文艺趋向问题》答客问为题，发表在《半月文艺》1950 年 10 月第 2 卷 1 期。

⑤ 何怀硕：《贫富·阶级·人性》，《联合报》，1978 年 12 月 22 日。转引自联副三十年文学大系编辑委员会主编：《联副三十年文学大系·评论卷 5·文学论评》，台北：联合报社，1981 年 12 月，第 274—276 页。

⑥ 本社：《"文艺趋向问题"答客问（一）》，《半月文艺》，1950 年 10 月第 2 卷第 1 期，第 1 页。

⑦ 朱介凡：《文学与人性》，《晨光》，1953 年 9 月第 1 卷 7 期，第 4 页。

人类的爱"，[①] "推己及人"，"相互沟通"，[②] 就能感化各阶级放弃自身利益而融为一片和谐，而且这些不必付出革命的代价就可以实现，从而抑制了人们社会变革的行动力量。

因此，"人的文学"极易被官方意识形态收编，它对"反共文学"的批评远远不够彻底，而且颇为无效，反而为现存统治提供了一个方便的理论基础，愈加维护了现存社会制度。从某种程度上可以说，这种"人的文学"在20世纪五六十年代台湾文坛深入人心，真正意味着"五四"传统中救亡图存的强烈现实批判精神被逐渐摒弃了。"五四"新文学终于可以绝缘于现实政治，虔诚的束缚于种种永恒人性价值之中。

第二节　中国传统文学的再认识与吸收

中国传统文学文化是台湾文学最重要的源头。自明清以来，特别是郑成功收复台湾，随之带来了大量遗民文人，他们在台湾写诗撰文，歌咏唱酬，使汉诗文传统在台湾扎下根基，形塑了台湾古典文学的面貌。日据时期，面对异族入侵，传统诗文更在一定程度上发挥了激发民族意识和保存民族文化的作用。光复后大陆人士来到台湾，传统诗文作家与台湾固有的传统文人，迅速合流。国民党退台，传统文学文化作为其意识形态统治的重要资源，在20世纪五六十年代的台湾又获得重要地位。

一、温柔敦厚的诗教文学观

正如蒋介石、张道藩等在文艺宣传中对传统礼乐精神，和谐文化的强调，20世纪60年代"中华文化复兴运动"对儒家思想的大力倡导，与之相应的一种传统的诗教文学观，在五六十年代的台湾文坛逐渐兴盛起来。1956年在《海风》刊载的一篇《孔子的诗教》中，作者张世平阐述了孔子关于诗的伦理教化主张，指出"孔子的最高理想是一方面利用诗歌来了解国家的政治得失风俗厚薄，作为施政的张本"，"一方面使人民接受'温柔敦厚'的诗教，'使其乐而不

---

① 朱介凡：《文学与人性》，《晨光》，1953年9月第1卷7期，第4页。
② 何怀硕：《贫富·阶级·人性》，《联合报》，1978年12月22日。转引自联副三十年文学大系编辑委员会主编：《联副三十年文学大系·评论卷5·文学论评》，台北：联合报社，1981年12月，第274页。

淫，哀而不伤'，真诚笃实，宽大和善"，"使民族精神振奋，国民道德提高"。①在孔子的诗教观看来，文艺最重要的价值正在于提高人的道德文化修养，培养高贵的人格气质。也就是说，这种诗教的核心观念就是强调文艺与道德修养、完美人格之间的紧密关联。

由此，20世纪50年代初期的台湾文坛上，出现了一批关于"文学与人格""文人与气节""文人应有的自律""写作的境界""文学家的修养"等内容的论述。1951年《半月文艺》举出"提倡人格完整的文艺创作"提议，来推动新的文艺运动，并邀请一众作家进行座谈讨论，提出了要消除那些"卑鄙的""没有灵魂的""无病呻吟"的作品，"一切的文艺创作，如果没有完整的人格作其背景，那都是无聊"。②

此外，《文艺创作》在1956年也提出了艺术创作与德行修养一致的观念，"在文学中德性的表现，历来被我国所重视，可以用德性来评定文章的价值，也可从文章来判断作者德性的修养"，"没有真实的德性修养，在他们的笔下，没有真情的流露，往往只有虚伪的矫饰，毫无亲切之感和动人之处。""德性修养的重提，不只是我们文学上的课题，这是整个中国文化的课题，而且也是今日世界文化的一个重要课题。"③"艺术创作实现的是'美'，而德性修养实现的是'善'"，"两者不仅是相互有机地存在，且是整然一体地谐和"！④

由此，文学家最重要的就是砥砺品德，注重自己的修养，只有具备高尚品德的人才能写出伟大的文学作品。⑤"气节是一种高尚人格的表现"，⑥"中国文人最重视气节，有浩然的气节，才写得出不朽的文章"，⑦"文人应珍重自己的立场而有所自律"，⑧"要有虚怀若谷，兼容并包之量"，要行中庸之道，"要顾及全体每一个人的利益和志趣"，"决不能乞灵于偏激的手段"。⑨

台湾文坛正是承续了这种诗教观念对传统诗文进行品评。忧君、爱民、明

---

① 张世平：《孔子的诗教》，《海风》，1956年10月第1卷10期，第6页。
② 本刊：《怎样推动新的文艺运动——本刊读者作者座谈会记录》，《半月文艺》，1951年2月第2卷第5、6合期，第1页。
③ 糜文开：《文学与德性的再认识》，《文艺创作》，1955年11月第55期，第1—2页。
④ 本社：《艺术创作与德性修养》，《文艺创作》1956年5月第61期，第2页。
⑤ 穆中南：《人格和文学》，《写作的境界》，台北：文坛社，1960年12月，第164页。
⑥ 本社：《文人与气节》，《半月文艺》，1950年6月第1卷4期，第1页。
⑦ 云苏：《文章与气节》，《幼狮文艺》，1958年7月第8卷6期，第3页。
⑧ 沙冲夷：《文人崇高的使命与应有的自律》，《文坛》，1962年4月第22号，第16页。
⑨ 王淡宜：《谈完美的人格》，《国风》，1953年2月第6期，第2页。

性、怡情等古典文学主题以及文人士大夫的精神得到了再次确认和肯定。他们指出杜甫历经丧乱，身世坎坷，他的作品在苍凉沉郁中有慷慨浑雄的一面，有深切的时代意义和责任感，[①] 杜甫"生当唐玄宗末年内忧外患交相煎迫的动乱时代，目睹安禄山史思明的叛变，弄得兵连祸结，四分五裂国将不国的残破局面"，他在作品中激昂而沉痛的表现了这种"渴望国家早日中兴，扫平叛乱的爱国思想"，[②] 辛弃疾的词有着时代的悲愤，忧时心绪，贯穿着迫切的光复国土的愿望，[③] 陆游的诗中处处流露着"时局的忧心如焚""爱国忠君之念"和"号召复仇的忠贞激愤之情"。[④] 国家的忧患与自身的流离，不会使他们流于感伤和消沉，反而激起不屈的心绪和伟大的人格精神。

尤其是屈原，作为这种士人精神最显著的榜样，备受论者的关注。关于屈原及其作品《楚辞》的讨论频繁出现在当时的各类文艺期刊上，《革命文艺》就曾多次刊载有关屈原的文章。[⑤] 评论者主要从政治忠诚和道德完美的精神典范来赞美屈原忠君爱国的美德，特别是屈原在陷入困境，被人冤屈，不被君王信任的情境下，仍然坚守自己的道德信念，甚至以死来劝谏君王。"复遭放逐，仍念念不忘君国，这是屈原大异于一般人的地方"，[⑥] "屈原的伟大不仅在他的文学方面表现了最高创作的能力，在人格方面也显示了一个最卓越的，最高尚的典型"。[⑦]

另外，台湾文坛同时也关注到传统文人精神的另一取向。如果说屈原代表了一种忧愤的坚毅品质时代使命感，那么陶渊明则表现了一种淡泊尘世的自我修为。比如林文月的《论陶渊明与谢灵运之为人及其诗》、[⑧] 郑骞的《陶渊明与田园诗人》等都指向了一种高度的自省、自觉的文人精神，[⑨] 无所怨怼，安道苦节，

---

① 袁佑庆：《杜少陵的离乱生活及其诗》，《半月文艺》，1951 年 8 月第 3 卷 5、6 期合刊，第 23 页。

② 至诚：《杜甫的思想与人格》，《军中文艺》，1955 年 2 月第 14 期，第 23 页。

③ 杜呈祥：《辛弃疾与陈亮》，《半月文艺》，1950 年 3 月第 1 卷 1 期，第 12 页。

④ 林培深：《民族诗人陆放翁》，《晨光》，1953 年 3 月第 1 卷 1 期，第 5—6 页。

⑤ 葛贤宁：《学习屈原的精神》，《革命文艺》，1957 年 6 月第 15 期。郭嗣汾：《屈原及其它》，《革命文艺》，1957 年 6 月第 15 期。白圭：《饥饿的屈原》，《革命文艺》，1957 年 6 月第 15 期。苏雪林：《伟大的爱国辞人屈原》，《革命文艺》1960 年 6 月第 51 期。陆铁乘：《屈原》，《革命文艺》，1960 年 7 月第 52 期。周弘然：《屈原的爱国思想》，《革命文艺》，1961 年 7 月第 64 期。

⑥ 葛贤宁：《学习屈原的精神》，《革命文艺》，1957 年 6 月第 15 期，第 12 页。

⑦ 苏雪林：《伟大的爱国辞人屈原》，《革命文艺》1960 年 6 月第 51 期，第 7 页。

⑧ 林文月：《论陶渊明与谢灵运之为人及其诗》，《文学杂志》，1958 年 9 月第 5 卷 1 期。

⑨ 郑骞：《陶渊明与田园诗人》，《文学杂志》，1960 年 1 月第 7 卷 5 期。

持达观之的态度。此外，1956 年李辰冬还出版了专书《陶渊明评论》，[①] 更加全面详细地论述了陶渊明的个性、境界、艺术造诣和文学史地位。

这种与世无争、淡泊名利的思想也使得不少论者在儒家正统之外，转向对道家、禅宗、佛教等思想的关注，希望能通过不断的自我修养而超越日常事务，达到一个更和谐更崇高的空灵心境。比如对于王维的诗，论者强调一种深受禅宗影响的更加超凡脱俗的悠然与闲适，使得王维在面对时代的动乱，却能"达到超主观与客观的境地，寄兴深远，神思超诣"。[②]

除了传统诗文，当时对于古典小说的认识与评价也渗透了这种诗教观念。20 世纪 50 年代李辰冬在《中华文艺》《文艺列车》等刊物上发表了《贾宝玉的精神》《〈儒林外史〉的价值》《〈镜花缘〉的价值》等多篇文章。李辰冬指出，贾宝玉的人生观与陶渊明、屈原一样，都达到了"无我"的境界，"人生的贫富贵贱，兴衰际遇，他毫不在意"，"他不愿意委身于仕途经济之道"，[③] 一定要达到了这种"无我"的境界，人格才能伟大，贾宝玉真正像释迦、基督那样，担负着人类的悲苦。

从上述分析可以看出，这些论者对传统诗教精神的品评中暗藏着一种历经沧桑的忧患情绪。显然，退台后的无家可归，飘零老病、客恨乡愁，使人很自然的联系到千百年来的朝代更替、孤臣孽子、国仇家恨，由此寻找到一条可以疏解忧愤的管道。对诗教传统的重新提倡，实际上正是关于一个在时代危机面前，在人生的困境中，应该如何保持人的道德操守的命题。

这种关注不仅仅是一次对传统思想的简单回溯，它在 20 世纪 50 年代以来的台湾文坛具有十分重要的现实作用，其背后正因应着退台后"克难"生活的精神需要。"大乱的时代，可说是考验文人的试金石。"[④] 因此，人们在这个时代所感受到的痛苦，也是考验和锻炼每个人人格精神的伟大时刻。屈原的伟大性正是在受难中所体现出来的勇气和坚毅的人格品质，他把自己的忧愤苦痛升华为一种高贵的精神。而陶渊明、王维的悠然娴静，则以一种平静沉思的方式看待自己的不幸命运，显示了一种"遇事达观，不可执着于一端"，"随遇而乐，悠游自在而无往不适"的闲适境界。[⑤]

---

① 李辰冬：《陶渊明评论》，中华文化出版事业委员会，1956 年。
② 悦隐：《乱世文人与王维》，《晨光》，1953 年 6 月第 1 卷 4 期，第 5 页。
③ 李辰冬：《贾宝玉的精神》，《文艺列车》，1954 年 12 月第 2 卷 5、6 期合刊，第 4—5 页。
④ 悦隐：《乱世文人与王维》，《晨光》，1953 年 6 月第 1 卷 4 期，第 5 页。
⑤ 杨一峯：《闲适的情味》，《晨光》，1953 年 5 月第 1 卷 3 期，第 37 页。

在退台的动荡与危机面前，这种传统道德精神为当时社会各阶层提供了一种安抚的力量：它使人们不去执着于他们眼前的问题与困境，而培养一种超脱旷达，宽容大度的高贵精神。这种诗教传统通过道德情操的陶冶与教化，减少了人与人，人与外部世界之间的紧张关系，从而分化了现实困境。这也正切合了蒋介石、张道藩以"温柔敦厚的礼乐精神，诗教之旨"来提倡对于平衡、和谐、中庸的追求。

二、"天人合一"的最高审美理想

这种诗教传统发展出来的另一个核心思想就是"天人合一"，它是中国传统文化的最高理想。它强调德性与艺术、情感与理智、主观与客观、个人与社会等各方面的融合统一。在20世纪五六十年代的台湾文坛，"天人合一"是评价中国传统文学文化特点与精髓的一个中心思想。

不断有论者指出中国文学对"自然万物有情"，"与自然万物相通透"，[①]关心人与人，人与自然的圆融一体，面对山川草木，虫鱼草木，都能于自己的生命内在，顿生爱护亲切之感。中华文化正是基于"天人合一"的崇高体认，"在人与万物之间，产生了同化的意识，构成'物我合一'的心态。在个人与群体之间，便确认凡人皆由天地所生，具有同胞之谊，激发了'人我合一'的情感。推而至于精神与物质互相凭借，便有'心物合一'的学说。知识与行为互为因果，便有'知行合一'的主张"。[②]

西方人偏爱演绎推理，观察实验，斤斤计较与分辨，所得的知识往往只是事物之间关系的知识，具有科学的偏见，往往把"矛盾、冲突、竞争、奋斗作为宇宙生命的实况"，因而，物质与精神的失去平衡，出现了种种精神生活的空虚与危机，宗教情操式微，道德信念破产，文化精神沉沦，造成了今日世界文化极大的危机。而天人合一正是对西方物化主义文化补偏救弊的对症良方。

天人合一是"直透宇宙真际的知识"，在于求"豁然贯通""欣然有得"而"确然自信"的整体和谐之价值。[③]中国文化循着"中道思想，避免偏激"，"谋

①　李学纲：《中国文学的特点在那里》，《军中文艺》，1954年9月第9期，第4页。
②　龚宝善：《中华文化的精粹》，"中华文化复兴运动推行委员会"编：《中华文化复兴论丛》（第十二集），台北："中华文化复兴运动推行委员会"，1980年10月，第185页。
③　程石泉：《中国形上学中"道"的体用》，"中华文化复兴运动推行委员会"编：《中华文化复兴论丛》（第十二集），台北："中华文化复兴运动推行委员会"，1980年10月，第159—165页。

求形式与内容之和谐，求生命之了解与安排"，[①] "抱着善意、融洽、调和的态度与万物相处"，"天地之心即我心，自然的生命与我的生命是合而为一的，其间没有冲突，没有敌意，便没有征服的意念"。[②] "对于中国人，则人自然是一个浑成的整体"，"避免了象征西方文明的矛盾的二元主义——诸如天地、知情、人我、道德和事业，艺术和功利，个人和社会。""因此，中国应该重建它的和合与大同理想。凡西方所悲惨的失败了的，中国可以由一种更为广博的人文主义的思想，和更为丰富的物质与精神幸福的综合，基于更为平衡的行动与思考、逻辑于审美，个人与集团的和谐，以获得成功。"[③] 由此构筑了世界大同、天下为公、不矜不争的理想文化观、社会文化观体系。[④]

在天人合一思想中，论者不仅重新确证了中国文化的精神内涵，而且反思和批评了西方现代文明的日益堕落，回应了在中西文化激荡的现代性危机面前，中国应往何处去这一最重要现实问题。但我们也应该察觉到它所提供的道路、办法往往不是一个实际的社会改造运动，而是以为创造一个神圣、浑然的精神世界，就可以击退种种社会问题，就可以避免中国的衰落。

这些现实生活中的痛苦感受，以及无法解决的一切矛盾冲突，物质与精神、自由与束缚、个人与社会等，都可以在天人合一神秘体验中得到圆满的解决。这实际上不是力求找到社会问题的根源，而是试图以一种欣赏、陶醉、观照的审美态度去掩饰社会问题。每个人要做就是协调平和自己的内心情感，以顺应和融入整体社会规范。显然，这为统治当局维护现存秩序提供了最适切的理论依据。

在国民党的官方宣传中，就有意提出了"心物合一"的民生史观，要"以'心物一体''天人合一'的宇宙观，来消灭共党匪徒偏激错误的唯物思想。"[⑤] 他们指责马克思主义的唯物史观重物质和经济，"把人类的活动完全归于经济的

---

① 刘国松：《目前国画的几个重要问题》，《文艺月报》，1955年6月第2卷6期，第8页。

② 何怀硕：《从文化性格看中西绘画》，《苦涩的美感》，台北：大地出版社，1973年11月，第18页。

③ 王德昭：《慕勒论中国人文主义》，《幼狮文艺》，1954年10月第2卷10期，第36—37页。

④ 邹昆如：《以人为中心的文化观》，"中华文化复兴运动推行委员会"编：《中华文化复兴论丛》（第十二集），台北："中华文化复兴运动推行委员会"，1980年10月，第238页。

⑤ 张道藩：《论当前文艺创作三个问题》，《联合报》，1952年5月4日。转引自联副三十年文学大系编辑委员会主编：《联副三十年文学大系·评论卷5·文学论评》，台北：联合报社，1981年12月，第508页。相关论述亦可参见张道藩：《略述民生主义的社会文艺政策》，《文艺创作》，1954年5月第37期，第6页。

支配"，"将人看成工具、机器"，"泯灭了人之所以为人的精神活动"，①蔑视"人性""性灵"，"以物性统治人的心灵活动"。②而孙中山的民生哲学，驳斥唯心论和唯物论的谬误，阐明了二者本合为一的至理，③民生史观依据"心物合一"的科学理论，"既不为主观成见所限，又不为客观情况所支配"，主观与客观、物质与精神的合一而非对立，文艺基于这一史观的创作，完满达到天人合一的境界，才能认识宇宙和人生的全部真理，创作出反映个人与全人类幸福和谐的伟大作品。④

因此，"天人合一"的思想成为调和平衡一切问题的万应灵药，在20世纪五六十年代的台湾文坛上作为一个文学文化的理想模式而被不断地提出和强调。围绕着这一思想而发展出来的"中和""气韵""风雅""境界"等传统文论概念也得到了广泛的讨论和研究。

比如王梦鸥在《论中国艺术风格》一文中讨论了传统文人艺术家穷年累月、矻矻孜孜，不断追求、创立了一种所谓"雅"的风格理念，并由孔子做了较为充分的总结，其内涵应以"中""和"为体，以"仁""义"为性，能"兼顾凡人之理智与情欲，并重道德与礼乐之为用"，"合此中和仁义的体性，表现于艺术品上的，便是理想的'雅'"。后代儒学家就孔子的中和仁义的体性，又做了进一步的阐释，强调其对于情感的节制，人格精神的兼善和谐，艺术创作和审美活动都应表现一种典雅适中，和谐平和的精神情感。⑤而要达到这样的风格，王梦鸥指出艺术家就必须要与现实拉开距离，就是要"避开太迫近目前的现实的空间与时间"，"要将那逼迫的热辣的现实东西距离起来"，才能在那距离中返回"理想的生活境界，理想的自然回抱"。这种"雅"的精神，以儒家中庸与仁义为中心，同时也有点接近"禅门的虚寂"，有点近乎"老庄的淡泊"，亦略似于"杨墨的朴介"。总之，建立在对物质生活的距离上，包含着可以为人生升华的各家义谛，而统一为一个雅的风格。⑥

在另一篇《中国艺术之抽象观念化》中王梦鸥则将这种超越现实人生的距离感进一步阐释为中国艺术的抽象经验，指出传统的审美思想正是追求形似之

① 王集丛：《国父思想与文艺自由》，《革命文艺》，1956年11月第8期，第6页。
② 孙旗：《论文艺的统一战线》，《半月文艺》，1950年5月第1卷3期，第3页。
③ 余明：《总统思想与中国文艺》，《革命文艺》，1961年11月第67期，第4页。
④ 王集丛：《国父思想与文艺自由》，《革命文艺》，1956年11月第8期，第6—7页。
⑤ 王梦鸥：《论中国艺术风格》，《革命文艺》，1957年5月第14期，第2—3页。
⑥ 同上，第5页。

外的"气韵生动"，不限于模仿自然的原状，而是形神兼备，体物传神。[①]这种外在形貌与内在品格的高度结合正与天人合一的思想一脉相承，在内外、主客的和谐统一中，更是对外在有限形式的超越，由此完成了对一种超尘绝俗的神妙精神的直觉体悟。

王梦鸥对于传统文论"风雅""气韵"等理念的阐释，向我们充分显示了其美学作用正在于使文学从现实生活中孤立出来，而提升为一种神秘特殊的美感。文人艺术家通过对这种美感经验的追慕，就可以从那"最易引起纠纷冲突的现实物质中拔出来"，"以一种拟意的东西来替代那物欲的实际满足，以一种淡永的情趣来替代那物欲的剧烈刺激，以心灵的颐养来替代那物欲的官能享受"。[②]这种超越性的审美眼界，提供了一种代替现实的假象，只要人们能忘记眼前的痛苦，而沉浸在出神入化的美妙境界，那么很多令人生厌的社会骚乱和斗争就都可以避免了。

因此，这种抽象审美经验在当时台湾文坛不断提出，绝非偶然。更多论者还从刘勰的《文心雕龙》、钟嵘的《诗品》等这类古典著作中，继承了"神思""格调""性灵"等审美创造性和含蓄蕴藉。苏雪林在《魏晋文学批评的大概》中逐一介绍了"神思""文气""兴味"等批评概念。[③]李学纲在《中国文学的特点在那里》一文中指出，中国文学最重要的精神就是创造出一个"虚灵明净"的完美境界，可以让我们"由实返虚，归于自然，游于太虚"，实现精神的彻底解脱。[④]在《诗的情与境》中，作者虞君质对"情感"与"诗境"的分析，指出"诗情"不仅仅是喜怒哀乐等通常的情绪，而是一种能深入到智慧领域的"审美的情操"，"诗境"的创造则要诗人在对自然、人生诸象的"静观"中得以完成。这相当于中国古代文论中所称的"妙悟"，一种似真非真，似幻非幻的境界，最终完成一个圆满自足的"诗境"。虞君质特别强调情与境的融合统一。指出"情"寄托在"境"里，情境互摄，不可分离，只有意境而无情趣的诗，缺乏了感人至深的力量。徒有情趣而无意境的诗，则往往沉溺在眼前的世相，而无法获得一种超脱旷远的高格。最高的抒情境界正是"用情而不溺于情，取境而不滞于

① 王梦鸥：《中国艺术之抽象观念化》，《文艺技巧论》，台北：重光文艺出版社，1959年4月，第13页。
② 王梦鸥：《中国艺术风格试论》，《文艺技巧论》，台北：重光文艺出版社，1959年4月，第5、12页。
③ 苏雪林：《魏晋文学批评的大概》，《海风》，1956年1月第2期，第3页。
④ 李学纲：《中国文学的特点在那里》，《军中文艺》，1954年9月第9期，第5页。

境”的超旷之致。这正是想象与真实、主观与客观、情感与理智、个人与社会等方面的融合统一。[①]

可见，台湾文坛通过对传统文学的大力提倡，倾向于培养知识分子的“自持”精神，驯服牺牲精神以及内心世界的沉思，企图恢复一种内敛、平和的“天人合一”的境界，以此达到个体身心平衡，人与人，人与社会的平衡。它将个人与现实拉开了距离，制约了具体的社会行动力。它教育我们从丑恶困苦的现实世界逃向无穷无尽的一系列替代物：天人合一，和谐统一，神思、妙悟等等。如此，我们就能够拒绝去面对，而通过精神的升华来摆脱脱离现实世界的丑恶与困境，沉浸在美的气氛中，享受着融洽和谐的乐趣。

第三节　外国文学的重新评价与借鉴

外国文学文化思潮是影响中国现代文学发展的重要因素。在这一时期的台湾文坛，如何对待外国文学文化，尤其是采取怎样的态度和标准，同样是一敏感而重要的问题。对以苏联文学为首的左翼无产阶级文学的禁绝，自然是首要的任务。此外，对于其他西方文学作品及思潮的引介和翻译，当时文坛虽然并没有形成一个明确而严格的衡量标准，但仍有一种的评价态度和倾向。

一、写实主义文学

1953 年，王集丛在《怎样接受西洋文艺遗产》一文中，为外国文学的接受划出了一个大致的方向和范围，他指出我们要“发展文艺的现代精神和新样式，应该在文艺复兴以来的西洋各国的文艺仓库里努力挖掘”。[②] 1954 年，张道藩在《三民主义文艺论》中，则更加具体的将西方写实主义文学及其创作方法作为学习借鉴的基本范式，力求此基础上创造出更加“宏大中正”的三民主义写实主义文学。由此，台湾文坛对外国文学的选择与接受基本上围绕在文艺复兴以来的文学作品与思想，其中又以 18、19 世纪各国的写实主义文学为重点。

一般认为，文艺复兴以后的西方文学进入人文主义觉醒的阶段，其焦点始终关注于“人”，肯定人对世界的感觉、认识与改造，张扬伟大而普遍的人性精神。但这种文学精神在当时的重要性远远不止于启示了“人”的价值，正如伊

---

① 虞君质：《诗的情与境》，《中华文艺》，1954 年 5 月 1 卷 1 期，第 4—7 页。
② 王集丛：《怎样接受西洋文艺遗产》，《文坛》，1953 年 8 月第 8 期，第 4 页。

格尔顿精辟指出的，随着西方宗教的日益衰落，文学对于人的"伟大性和高贵精神"的颂扬和传播，正可以代替宗教，安抚和疗治我们灵魂，为动荡的阶级社会提供一种极好的情感"黏合剂"，使社会各阶层都在普遍人性的认同下融为一体。文学在这一阶段正日渐成为稳定和巩固统治秩序的最适当的意识形态话语。①而文学的这种作用也正是当时台湾文坛所急需的。当时一位论者王孙草在介绍19世纪英国作家狄更斯时，直言不讳地指出其作品的伟大意义正是"英国之所以能在工业革命之后，没有造成另一个社会革命，却尔斯·狄更斯是有一份功绩的。"②因此，台湾文坛对于这一时期外国文学的接受取向，有其内在的必然性。

当时文坛对于文艺复兴时期文学的介绍，以莎士比亚、塞万提斯、弥尔顿等经典作家为主。几乎所有的评述内容都是关于一种高贵的人性精神的展现以及对现世人生的积极指导作用。比如莎士比亚的那些不朽名著正是代表了一种崇高进取的人生精神。丹麦王子哈姆雷特身处于一个秩序紊乱，是非颠倒，虚假不堪的世界，然而，他却没有被眼前的"各种放荡和愚蠢的诱惑所蒙蔽"，他能在"情欲、嫉妒、烦恼的狂潮之上"，"表现出一种个人的超越的自尊"。③虽然，他有太多的忧郁和迟疑，而限制其为父报仇的行动力，但这更启示我们看清隐藏的人性弱点，增进果断的勇气。他忧郁不满的心绪同时也更能让我们接触到他的"高贵、温文、明智多情"的灵魂。④他所渴求的无非是道德上的完美，是人生真理的体认。⑤因此，《哈姆雷特》带来了极大的震撼和深刻的启示就是，虽然我们可能无法改变黑暗颓败的周遭环境，但仍然可以通过对美德，对真理的坚守而获得精神上的救赎。

在塞万提斯的《唐·吉诃德》中，这种严肃的人性精神则以一种表面上讽喻的形式进入人心。唐·吉诃德因看了许多骑士小说而着了魔，发了疯，他一心想做英勇的骑士，到处行侠仗义，却把客店当成堡垒，妓女当作名媛，风车当作巨人，引发了不少愚蠢而滑稽的行为。但论者更加强调在这些荒谬的场景下，却表现出唐·吉诃德的"心地善良，同情弱者，无比勇敢的打不平，解救

---

① 〔英〕特雷·伊格尔顿著，伍晓明译：《英国文学的兴起》，《二十世纪西方文学理论》，北京：北京大学出版社，2007年1月，第22—23页。
② 王孙草：《世界文坛的彗星狄更斯》，《文坛》，1962年11月第29号，第27页。
③ 荷书：《莎士比亚及其戏曲》，《革命文艺》，1958年7月第28期，第38页。
④ 沙冲夷：《谈哈孟雷特》，《中华文艺》，1956年10月第5卷3期，第12页。
⑤ 荷书：《莎士比亚及其戏曲》，《革命文艺》，1958年7月第28期，第39页。

受苦难的人们"，特别是相较于他的侍从桑科的"贪婪、怯懦、自私"的"现实的利己主义"。[①]唐·吉诃德对现世的糊涂，也使他没有那么功利，反而滋生出一股言笃志诚，一往无悔的态度，令人不得不承认他人格的高贵完美。因此，有不少论者认为唐·吉诃德并不是真正的疯子，而是一位具有游侠骑士的真精神的人。作者看似讽刺骑士传奇，实则怀恋真正的骑士精神。[②]他想要告诉人们的或许是即使我们无法认清身处的现实世事，但这并不妨碍我们发展崇高的行为和心灵。

这些关于文艺复兴时期作品中人性生命价值的论述，生动地证明了前述的观点：文学可以代替宗教恢复人们内心之光。当我们受到外在世界的各种威胁、搅扰时，可以通过阅读伟大的文学作品，在其"放射的净洁璀璨的人性光辉导引下"，反观"我们自己的面貌，看看自己心灵深处的污点"，[③]从而保持和发展我们高尚的品行，就能够拯救自身，克服混乱，重建秩序。

正是从这种人性论的观点和立场出发，台湾文坛重新阐释和树立了写实主义文学的精神典范。他们更推崇如简·奥斯汀、福楼拜、左拉、莫泊桑、毛姆等这样的写实主义作家作品。在对奥斯汀的翻译与评价中，论者称赞她将那时代的英国城乡社会风土、人物生活的精神，表现无遗。"她的观察深刻、风格平易，动人，笔调轻松、细腻"。尤其是对日常人物与琐碎家常的出色处理上。她笔下的世界，没有战争、政治、死亡、饿毙，有的是"最容易遗漏的无关紧要的特质，最细微的可笑事情"，"在她的世界里一阵骤雨是一件了不得的事情"。她亲切了解的人物，"如我们日常所碰见的人一样，然而他们彼此是完全不同的"，她把在实际生活中最寻常的人，变成了"最有趣味的人物"。[④]她用最平常的琐碎资料创作出了最精致完美的小说。《傲慢与偏见》正是这一写实主义精神的代表，它告诉我们写实主义小说在题材选择上，不必非要是重大显要的历史事件、社会问题，小说应该描写"普通事物"，"在日常生活，平凡人物的摄取上"，作家应该具有能够表现普通事物的美与魅力的才能，"赞美平凡的心灵，自卑微的人物，庸俗的生活中去寻找那洋溢其中的人类精神"。[⑤]

①　王集丛：《西万提斯及其〈唐·吉诃德〉》，《文坛季刊》，1960年7月第7号，第20—21页。
②　罗盘：《介绍唐·吉诃德》，《文坛》，1961年9月第15号，第10—11页。
③　沙冲夷：《谈哈孟雷特》，《中华文艺》，1956年10月第5卷3期，第13页。
④　易华：《英国作家介绍（一）》，《革命文艺》，1958年6月第27期，第41—42页。
⑤　张秀亚：《〈傲慢与偏见〉之研究》，《中华文艺》，1956年2月第4卷1期，第2页。

福楼拜、左拉、莫泊桑等法国写实主义作家作品则在如何描写这些平凡琐事上，提供了具体的写作指导。他们以精确的科学观察为核心，形成了一套严格的写作技巧和手法。不过，相较而言，福楼拜与莫泊桑对写实主义的看法更能获得当时论者的青睐。左拉对于人与事细节的描写往往落入冗长的科学解剖上，"而文学与科学毕竟不同，左拉的'实验主义'到底不能写出一部作品，只可能写出社会问题的论文"。①而莫泊桑则认为，所谓描绘现实，必不能企图把日常生活中的一切如真的记录下来，这是办不到的，乃是"在乎运用逻辑，给人以真实完全的幻觉，而不是层出不穷的实录"，②"高级的写实派无宁自名为幻象派"，③把现实中"人生的奥秘，人生的矛盾"，"不可思议与无法解释的地方"，生动、细腻、自然，而又不紊乱的真切表现出来。④

莫泊桑对于写实的这种认识深受其老师福楼拜的影响。福楼拜在教导莫泊桑时曾提出"一语说"和"无我性"的写实要求，尤其被当时评论者广泛征引，来说明写实主义技巧的精髓。福楼拜认为万物都有它本质上未知的部分，我们必须以深厚的同情，深入到各种事象内部，把它探究出来，"一种事象只有一句话可以表明"，⑤"请你以一句话来描写出立在门口的杂货商人、门房、或者从旁走过的一辆马车的特异之点，让人们一读之后，立刻不致于把他们与前前后后别的商人、门房、马车相缠错"。⑥莫泊桑则追随老师的要求，进一步将"一语说"阐释为"不论人家所要说的事情是什么，只有一个字可以表现它，一个动词可以使它生动，一个形容词可以限定它的性质"。⑦

另外，福楼拜对于这种谨慎严格的描写还提出了更高的要求，就是"无我性"。他认为作家在描写外界世界时，不应作主观的讨论，"小说家没有权利在他的作品里表现他自己对某人或某事物的意见"，⑧"即使以暗示的字句让人猜到

---

① 王梦鸥.《〈包法利夫人〉之研究》,《中华文艺》,1955年10月第3卷4期。第2页。

② 罗盘:《介绍莫泊桑的写实主义及其〈两兄弟〉》,《文坛》,1961年10月第16号, 第15页。

③ K.H. 托思著, 李任筠译:《莫泊桑论小说》,《半月文艺》,1951年1月第2卷3、4期, 第3页。

④ 罗盘:《介绍莫泊桑的写实主义及其〈两兄弟〉》,《文坛》,1961年10月第16号,第17页。

⑤ 艾眉:《小说家莫泊桑的修业》,《半月文艺》,1953年11月第10卷2期, 第56页。

⑥ 周伯乃:《关于福楼拜的一点浅见》,《现代文艺论评》,台北：五洲出版社,1968年4月,第99页。

⑦ 艾眉:《小说家莫泊桑的修业》,《半月文艺》,1953年11月第10卷2期, 第56页。

⑧ 林光中:《从〈包法利夫人〉谈到福楼拜的艺术》,《文学杂志》,第3卷3期, 第39页。

作者的意见，也不应当"。① 在这种"无我性"中，强烈感情的流露是绝对不可以的，而伦理、道德等世间教条的宣扬与教导也是不被允许的，"除了忠于小说的本身之外，对于道德的价值，法律的顾虑，政治的批判……都是多余的"。② 但这不会让人不辨善恶，是非茫然。这种"无我性"的客观描写，不是诉诸外在的秩序和规定，而是依靠每个人性的觉醒自察。"只要作家凭良心描写，就能够把握描写对象高尚或卑劣的底蕴，读者凭良知感受，则是非善恶不劳作者指点而自辨"。③ 只有这样的写实方法，才可以收得艺术上最大的效果。

由此，台湾文坛在写实主义的创作中，极力强调要向福楼拜、莫泊桑那样，首先广泛收集创作对象的相关资料，需占有充分的知识背景与论述。"作家们要是缺乏系统的历史研究，深刻的哲学修养，广泛的社会科学和自然科学的探讨，断乎不能体验复杂的人生，分析社会的现象"，④ 然后进行深入的观察和体验，"写实的技术，就是把科学的经验和方法，充分运用到创作方面去"，⑤ "往深里钻研"，"观察不能入微，理解也就不能深刻"，⑥ 要把握人与事最细微的实况，最隐秘的行动。"应常常保持清醒的理智，纯粹站在冷静客观的立场，抱着探险家的精神……努力探求那些不容易被肉眼发现的真理"。⑦ 最后要学"佛洛贝而那样的写作功夫能替那现象传神"，苦心提炼、打磨语言，为一字一句煞费苦心，不合意的文句，绝不采用。⑧

正是在这种标悬"客观""科学""精准"的观察描写基础上，写实主义越来越转向了一种相当技术性的写作知识和技巧的培养。这也正如前述《三民主义文艺论》中，张道藩试图把写实改造为一种纯粹学问与知识的研究工作，以此抹消社会批判的行动力量。台湾文坛对写实主义这一概念的重要定位就是：写实主义只能为那些具备各种深厚知识和高级文化教养的人所创作和欣赏。这种写实主义不是由底层社会矛盾斗争的激力，而是由上层精英性文化的激力所

①　黎烈文：《莫泊桑及其成名作〈脂肪球〉》，《中华文艺》，1954 年 5 月第 1 卷 1 期，第 10 页。

②　周伯乃：《关于福楼拜的一点浅见》，《现代文艺论评》，台北：五洲出版社，1968 年 4 月，第 99 页。

③　黎烈文：《莫泊桑及其成名作〈脂肪球〉》，《中华文艺》，1954 年 5 月第 1 卷 1 期，第 10 页。

④　史痕：《锻炼写作技术》，《中国文艺》，1954 年 9 月第 3 卷 7 期，第 2 页。

⑤　史痕：《论写实的技术》，《中国文艺》，1954 年 8 月第 3 卷 6 期，第 2 页。

⑥　陈纪滢：《泛论创作与自修》，《革命文艺》，1956 年 4 月第 1 期，第 2 页。

⑦　王平陵：《论反映现实》，《革命文艺》，1958 年 6 月第 27 期，第 2 页。

⑧　梁宗之：《写作之练习与修养》，《革命文艺》1956 年 6 月第 3 期，第 1 页。

形成的。

因此，它对于悲惨现实的关注不会触及根本问题，它在写实上所要求作家的也只是观察是否精细得当，场面与动作的描写是否恰当，是否营造出感人的生活气氛。[①] 而这种"无我性"的主张又以一种所谓纯粹冷静中立的态度在拒绝种种武断，一己的会解同时，更排除了一切社会分析和明确的价值判断。写实就这样被吊升到现实问题之上的崇高空间，它鼓励我们以一种无我的，普遍的人性经验去接近现实，写实的任务只是"努力传达出宇宙万物、经验、真理的深刻而又微妙的意义"。[②]

在这种写实心态和倾向下，当时台湾文坛尤其推崇英国作家毛姆。毛姆是19世纪末至20世纪英国最杰出，最受欢迎的作家之一。早在20世纪三四十年代，大陆文坛就开始介绍和翻译他的作品，[③] 毛姆本人还曾于1919年来到中国，游历了四个月，创作了一系列涉及远东、中国的作品。尽管如此，毛姆的作品由于与那时大陆文坛的需要有着相当的距离，并没有受到格外热烈的关注[④]。然而，在五六十年代的台湾文坛，这种周旋于平凡生活世相里的探索，表现普通小人物的人性挣扎的作品正是当时所乐于接受的。毛姆的名字持续出现在当时各类文学刊物上，有不少作家学者都加入毛姆作品的翻译中，比如吴鲁芹、钱歌川、沉樱等。像《月亮与六便士》等读者熟知的老作品历久弥新，被不断介

---

① 姚本华：《从左拉的丛书看〈酒店〉里吉贝丝的身世和家谱》，《晨光》，1958年2月第5卷12期，第28页。

② 罗盘：《介绍莫泊桑的写实主义及其〈两兄弟〉》，《文坛季刊》，1961年10月第16号，第15页。

③ 毛姆的名字最早出现在《小说月报》上，1929年第20卷第8期上刊登了赵景深的《二十年来的英国小说》，文中对毛姆作了简要的介绍和评价。参见高国涛：《国内毛姆研究30年综述——基于1980—2008年研究论文的统计与分析》，《保定学院学报》，2010年第5期，第93页。毛姆的作品在当时大陆的中译本主要有：方安译：《红发少年：莫根短篇小说集》，长沙商务印书馆1938年；林同端译：《斐冷翠山庄》，重庆青年书店1944年；王鹤仪译：《怪画家》（即《月亮与六便士》），重庆商务印书馆1946年初版，上海商务印书馆1947年再版。参见李宪瑜：《二十世纪中国翻译文学史（三四十年代·英美法卷）》，天津：百花文艺出版社，2009年，注释第4页。

④ 李宪瑜：《二十世纪中国翻译文学史（三四十年代·英美法卷）》，天津：百花文艺出版社，2009年，第4页。

绍之外，更多的一些较为生疏的作品或新作也被不断的引介进来。①

　　值得一提的是，毛姆的文学评论著作也被积极的翻译过来。1954 年徐钟珮开始翻译毛姆的《世界十大小说家及其十大名著》一书，最初在《中华文艺》上连载，②1957 年又由重光文艺出版社发行。毛姆遴选出的这十大小说家，主要以 19 世纪写实主义作家为主，包括简·奥斯汀、艾米丽·勃朗特、狄更斯、福楼拜、巴尔扎克、司汤达尔等作家。他赞赏福楼拜《包法利夫人》中对平凡人事的出色描写，观察真实，细节描写正确，"好像我们在真正的生活中认识他们一样"。虽然"每一件小事都那么平淡"，但却让人"有一种深切的领会"。③简·奥斯汀的卓越才能也正在于其对"日常生活中的普通事物、家庭琐屑、情感与人物"的成功描写，④而这些自然而平凡的小事之所以能引起我们不断看下去的兴趣，是因为它就像亨利·菲尔丁的《汤姆·琼斯》那样，不是无瑕疵，不是完美的，却是有人性的，逼真的平凡生活。⑤毛姆的这些观察与见解显然与前述作家学者的写实态度不谋而合。

　　在这本书的导言《小说的艺术》里，毛姆更直接的道出自己的小说观念，

---

　　① 据笔者目前所看到的资料显示，毛姆的作品在当时台湾的译文以《中国文艺》和《文坛》上发表的较为集中，主要有黑玉译：《万事通先生》，《中国文艺》，1952 年 10 月第 1 卷 8 期。沉樱译：《珠链》，《中国文艺》，1953 年 6 月第 2 卷第 4 期。沉樱译：《冬季旅行》，《中国文艺》，1953 年 9 月第 2 卷 7 期，1953 年 10 月第 2 卷 8 期。杨龙章译：《逃避》，《中国文艺》，1953 年 7 月第 2 卷 5 期。杨龙章译：《蚂蚁和蚱蜢》，《中国文艺》，1954 年 2 月第 2 卷 11 期。葛拉译：《孤岛异人》，《中国文艺》，1955 年 1 月第 3 卷 10 期。吴丹若译：《廿年前的艳遇》，《中国文艺》，1956 年 12 月第 5 卷 6 期。徐钟珮译：《不能征服的人》，《文坛》，1952 年 8 月第 2 期。沉樱译：《生活的事实》，《文坛》，1962 年 7 月第 25 号。侯榕生译：《人类的素质》，《文坛季刊》，1958 年 6 月第 2 号。沙冲夷译：《一纸情书》，《文坛》，1962 年 5 月第 23 号。沙冲夷译：《饼与酒》，《文坛》，1962 年 10 月第 28 号，1962 年 11 月第 29 号，1962 年 12 月第 30 号。

　　此外，其他刊物上还有棘人译：《雨》，《文艺列车》，1953 年 4 月第 1 卷第 4 期。钱歌川译：《驮兽》，《晨光》，1954 年 6 月第 2 卷 4 期。吴鲁芹译：《精神病患者》，《文艺春秋》，1954 年 8 月第 5 期。白术译《信》，《文艺春秋》，1955 年 4 月第 2 卷 4 期，1955 年 5 月第 2 卷 5 期。凌纳译：《一串珠链》，《今日文艺》，1956 年 4 月第 1 卷 4 期。侯榕生译：《教堂执事》，《海风》，1958 年 6 月第 3 卷 6 期。石心译：《万事通先生》，《海风》，1959 年 6、7 月第 4 卷 6、7 期合刊。夏芷译：《家》，《野风》，1964 年 10 月第 188 期。

　　② 《中华文艺》，1954 年 6 月第 1 卷 2 期至 1955 年 10 月第 3 卷 4 期，全书连载完成。

　　③ 〔英〕毛姆著，徐钟佩译：《福楼拜及其〈巴伐利夫人〉》，《中华文艺》，1955 年 6 月第 2 卷 6 期，第 5—6 页。

　　④ 〔英〕毛姆著，徐钟佩译：《奥斯汀及其〈傲慢与偏见〉》，《中华文艺》，1954 年 12 月第 1 卷 6 期，第 6 页。

　　⑤ 〔英〕毛姆著，徐钟佩译：《亨利·菲尔亭及其〈汤姆·琼斯〉》，《中华文艺》，1955 年 9 月第 3 卷 3 期，第 5 页。

他认为一部优秀小说必须擅长挖掘广泛的人性，以此激发读者持久的兴趣。而人性并不是完美伟大的，而是善恶交融，充满了暧昧幽微之处，而这才是真实的人性，真正的现实。一如福楼拜的"无我性"描写，毛姆也认为，小说家应摒弃固有的理解认识和贫乏无味的道德说教，他极力反对小说对于现实的典型概括和社会教谕功能。小说家当然可以反映社会弊端、时代积习，但是更应该看到人性的错综复杂与不可理解才是一切问题的关键因素。①

这种将现实问题的根源与解决统统归结到人性的看法，在相当程度上重新规范了写实主义中的批判精神。如狄更斯、托尔斯泰、巴尔扎克等一些具有批判精神的写实主义作家作品在当时也备受关注。评论者一方面肯定他们用锋锐的笔法对世间种种丑恶不平现象的揭露，但另一方面更强调他们的讽刺和嘲笑，都是带着同情的眼泪，是出于作者对于普遍人生人性的苦味和真趣的深刻体会。"狄更斯童年的悲惨体验造就他在性格上有着强烈的怜悯观点和同情"，②他永远怀着哀怜和慈祥之心看待他笔下的任何人物，他对罪恶卑劣的揭发的最终目的是为能"激动善良人的感情"，③"发扬人类的爱及同情心"，"牺牲自我，成全他人"。④因此，狄更斯不是完全消极的批判，只看到缺陷和缺点，而永远能保持着愤慨与希望的平衡，"给予整个怪诞而亲切的世界以活跃的生命"。⑤

在当时发表的一系列由李辰冬翻译自泰纳的《巴尔扎克论》中，⑥指出巴尔扎克对于社会现实深刻的理解正源于他丰富精彩的生活经历，复杂的个性，以及精湛而渊博的学识。他对现实人事的观照"能够深入到他们的灵魂"，"忘掉诽谤和厌恶"，⑦即使是赌棍、暗探、徒刑者这样卑劣的人物在他笔下也是生动

---

① 〔英〕毛姆著，李锋译：《巨匠与杰作》，南京大学出版社，2008年，第12—14页。

② 王孙草：《世界文坛的彗星狄更斯》，《文坛》，1962年11月第29号，第29页。

③ 卢月化：《从狄更斯的小说看写作方法》，《作家与作品》，台北：文星书店，1962年6月，第91页。

④ 谢冰莹：《〈块肉余生录〉之研究》，《中华文艺》，1956年7月第4卷6期，第3页。

⑤ 易华：《英国作家介绍（二）》，《革命文艺》，1958年7月第28期，第44页。

⑥ 李辰冬曾于1928年至1934年在法国巴黎大学研究所攻读比较文学及文学批评，因此，对法国美学家泰纳十分推崇，在大陆20世纪30年代，李辰冬就将泰纳的《巴尔扎克论》译为中文，发表在北京的《文学季刊》上，50年代《中华文艺》《半月文艺》等刊物上由李辰冬翻译、撰述有关巴尔扎克的文章大多源于该书译稿。相关情况可参见陈秋慧：《新文学传统与一九五〇年代台湾的文学教育》，南京大学博士学位论文，2011年5月，第28页。

⑦ 〔法〕泰纳著，李辰冬译：《巴尔扎克的重要人物》，《中华文艺》，1955年6月第2卷6期，第7页。

可爱的，唤起人们"同情的喜爱"，[①]"巴尔扎克把人类的命运表现得像上升生活的连续，那里的灵魂先由'爱己，然后爱人，最后爱天，于是一步一步地经过自然的宇宙，精神的宇宙与神圣的宇宙'"。[②] 还有论者进一步指出巴尔扎克对任何人与事都充满了同情与关切，"虽然对于当时的社会也做过批评，但他并不曾有推翻时代找个人腾达机会的意欲"，"他没有极端的特征"，"他既不主张陈腐的保守，也不主张激进的改革，而是主张人心的强烈热情，需要社会与宗教的纪律来管理，并应在安定中求进步繁荣的"。[③]

特别是在对托尔斯泰的评论中，论者更是强调其思想和创作是根植于平等博爱的人道精神和悲天悯人的伟大情怀。因此，他在现实问题上的深思和感悟反映出的是对建立人类一种普遍友爱的统治的切望。"他强调人性的重要，宣扬爱的意义，要人类相互亲爱"，"主张宽恕并且爱护仇人敌人"，"仇人敌人在人性没有消失或复活时也是可爱的，应该同情的"，他反对残忍的暴力革命，更不主张以暴制暴，要以和平仁爱的思想解决社会问题和改革政治。[④] 因此，当时有论者直接指出"托尔斯泰和屠格涅夫是沙皇时代俄国的伟大作家，他们是反奴役的，因而也可以说是反共的"，[⑤]"19 世纪俄国的文学作品有着逼人的光芒，是值得看的，而当下的赤俄统治者及其作家作品，如高尔基等才是我们要反抗的对象"，像托尔斯泰这样充满了悲天悯人的旧俄作品，正可以反对"共匪"血腥的阶级斗争，阻止反人性的残暴思想的发展，"对于我们反共，有其思想感情上的营养作用"。[⑥]

在对 20 世纪批判现实主义作家斯坦贝克的小说研究中，论者非常明确的特别指出要正确理解斯坦贝克的批判精神，作者以农业工人等社会政治问题为题材，不是宣扬阶级斗争的思想并促进阶级的仇恨，"实际上，这种理解是极肤浅的，它不是煽动无产阶级以暴力来改善他们的生活情况，而是呼吁地主们变得开明些，来协助采棉短工们的悲惨生活"。[⑦] 斯坦贝克的现实主义精神仍然是

---

① 〔法〕泰纳著，李辰冬译：《巴尔扎克的风格》，《中华文艺》，1955 年 5 月第 2 卷 5 期，第 7 页。

② 〔法〕泰纳著，李辰冬译：《巴尔扎克论：巴尔扎克的哲学》，《中华文艺》，1955 年 7 月第 3 卷 1 期，第 9 页。

③ 荷书：《巴尔扎克及其人间喜剧（上）》，《革命文艺》，1961 年 2 月第 59 期，第 2 页。

④ 王集丛：《〈战争与和平〉研究》，《革命文艺》，1956 年 7 月第 4 期，第 3—4 页。

⑤ 王集丛：《文艺与现实》，《幼狮文艺》，1955 年 11 月第 3 卷第 4 期，第 35 页。

⑥ 凤兮：《我们主张看俄国书》，《复兴文艺》，1957 年 7 月第 6 期，第 3 页。

⑦ 何欣：《愤怒的葡萄》，《文坛》，1962 年 7 月第 25 号，第 29 页。

"写人道的主流，有道德上的清澈，有对人类的同情的理解"。①

　　总之，20世纪五六十年代的台湾文坛对于写实主义批判精神的阐释，主要倾向于悲天悯人的那一面，更愿意强调笔下人物在不利于他们的生活环境中表现出来的坚毅、慷慨、博爱的美德，而甚于刻画血淋淋的现实。这正是服膺前述三民主义的写实主义要义，要表现人与人之间的仁爱、互助，不偏狭于任何一个阶级，要感化全体阶级，以此谋求社会秩序的和谐平衡。而这必然局限了写实主义的深度，忽略和掩盖了对各种社会问题作政治经济的深刻分析与揭露。所谓的爱与同情也往往变成一种空洞化、概念化的符号，即便能够唤起我们的同情与理解，却不足以承担现实的沉重。而写实主义至此也被缩小为作家广博学问知识或丰富人性经验的一次展演而已。

二、现代主义

　　业界一般把20世纪50年代创办的《现代诗》《文学杂志》，以及60年代创刊的《现代文学》视为台湾现代主义文学的起点。其实50年代伊始，由于亲美思想，很多一般性的文学刊物都有介绍西方欧美文坛动态资讯的栏目，这些介绍文章也因此相应的关注到当时较有影响的一些西方现代主义思想和文学。

　　比如1953年《国风》刊载了一篇对战后英国小说的介绍文章，作者方思就论及了亨利·詹姆斯，说他在小说表现上，已不是直截了当的说故事，而是创造一种复杂微妙的气氛。②1953年《半月文艺》上，吕卓在评论葛贤宁所著的《现代小说》中，准确地指出现代主义文学产生的原因和特征，"第一次世界大战给予人类心灵上的大破坏，其剥夺人性，其偏执于暴烈，其日渐增加的难解。绝望的气氛笼罩着战后青年一代的作者们。T.S.艾略特的《荒芜的田原》成了这一代的代表。在失望与幻灭中，小说家们陷于彷徨绝望，于是就产生了支离破碎的主观主义"，"欧洲的小说家，多半承认了绝望与失败，开始向个人的主观主义中大撤退，潜心于对内在生活的探讨，弗洛伊德的心理分析学便成为他们紧握的一束草。像卡夫卡、像普洛斯特、像劳伦斯、像佐义士等等，特别利用了意识流或潜意识这一课题，有的追寻精神的父亲。这一派作家在艺术造诣上是卓越的超凡的"。③

---

① 何欣：《斯坦贝克的小说研究》，《文坛》1961年11月第17号，第13页。
② 方思：《战后英国小说：实验与传统》，《国风》，1953年7月第11期，第30页。
③ 吕卓：《评葛著〈现代小说〉》（上），《半月文艺》，1953年4月第8卷第6期，第5—6页。

《半月文艺》上还相继刊载了关于艾略特、劳伦斯、福克纳等的专门介绍，并翻译其代表作品。[①] 尤其是海明威，这位美国作家更是受到当时很多刊物的热情推荐。[②] 因此，像卡夫卡、乔伊斯、詹姆斯、海明威等这些作家不必等到20世纪60年代《现代文学》创刊才进入人们的视线。1954年《中国文艺》上杜衡介绍美国新型短篇时，指出"美国当代作家的短篇小说越来越朝向片段的，碎屑的倾向，是对一些人生横断面的解剖，打破了传统小说叙述人之一生，主人公来龙去脉的统统交代，他们专捕捉那瞬间的情趣，闪烁的灵感，这些都如飞鸟之影，稍纵即逝，他们却能以千分之一秒的快镜把它摄入"。[③]1958年《幼狮文艺》上，易华翻译的现代英国小说的介绍中，也已经论及了现代主义文学的趋向，"现在比较年青的小说家专门注重于'我要表白我自己'，而他们差不多确实已把心灵上的一片给予了读者。他们曾努力捕捉人生的野鸟于一个网里，而这个网是由心中的每个印象，飘忽的幻想，思想的闪烁所织成的。""里面没有人做了多少事情，而这个人和那个人也没有什么分别。我们唯有追随意识之流，以及一个人心中的思想和景象无穷的进展"，"这个'意识之流'的方法，我们发现它应用在《一个青年艺术家的画像》和《尤利西斯》（这方法的最疯狂的表现）里，这两本都是乔易士（James Joyce）写的，他有真正的能力和创造力"，"这种方法较精致的使用可以在伍而芙（Virginia Woolg）的小说里看到，特别是《杜乐薇夫人》和《到灯塔》，这两部小说像是变化极快的有色影片，间或有极深刻的描写"。[④]

可见，当时文坛对于现代主义并不是一无所知，反而是一些论者认为现代

---

① 戴依娜：《劳伦斯的生活及其作品》，《半月文艺》，1950年9月第1卷3期，第14—18页。禾辛：《艾略特评介》，《半月文艺》，1953年2月第8卷2期，第4—6页。〔英〕斯蒂芬·斯彭德著，亚洁译：《论艾略特的"四个四重奏"》，1953年2月第8卷2期，第7—16页。本刊资料室：《佛克纳》，《半月文艺》，1953年3月第8卷3期，第55—56页。佛克纳作，何必达译：《夕阳西下》，《半月文艺》，1953年3月第8卷3期，第57—59页。

② 〔美〕查理·安戈甫著，星克译：《论海明威》，《半月文艺》，1951年2月第2卷5、6期合刊。严尚凤：《海明威的战斗》，《文艺春秋》，1954年9月第6期。李离：《海明威这个人》，《幼狮文艺》，1955年9月第3卷2期。葛贤宁：《海明威及其短篇小说》，《中华文艺》，1956年11月第5卷4期。文明：《海明威生平及其著作》，《革命文艺》，1961年8月第65期。〔美〕阿尔保德·麦克里希著，余光中译：《论海明威》，《文艺生活》，1961年9月第4期。文展：《海明威及其作品》，《文坛》，1961年10月第16号。

③ 杜衡：《论美国新型短篇》，《中国文艺》，1954年5月第3卷3期，第5页。

④ 〔美〕普里斯特利著，易华译：《现代英国的小说》，《幼狮文艺》，1958年7月第8卷6期，第24—27页。

主义已经过时了。在 1953 年亚妮翻译的《今日的法国文坛》中称在法国"心理分析与内心对话已经使青年读者厌倦了"。"社会小说或哲学小说都比心理分析小说受欢迎。"①1957 年论者孙旗在《论小说与电影的综合》明确表示"基于心理派小说的落伍，否定冗长地从人物内在意识之解剖分析"。"人物活动作'戏剧式'的展收，人物心理以简洁的笔墨描绘出来……这是一种可喜的趋势。"②当时一位论者称赞一部小说"否定了世纪末的'现代小说'的俗套，放弃追随伏洛伊特的'精神分析'，把现代小说从'临床实验'的虚构中拯救过来。作者用连续不断的'行为表现'去反证'非意识'、'潜意识'及'意识'对人性的作用"。③女作家郭良蕙就称："我的手法还相当陈旧，停留意识流派的阶段，而我看过几本外国新潮作品，简洁、明了、剪接迅速，心理描绘少而行为描绘多，这些都是我望尘莫及之处。"④

曾经担任过《现代文学》顾问及编辑的何欣后来就指出"实在《现代文学》中所介绍的那些作家的作品在抗战时期的大后方都有翻译本了"，"例如意识流小说技巧，在台湾的刊物上刚出现时，简直灌醉了许多小说家，如获至宝。实际上，英国女作家吴尔芙夫人的《到灯塔去》的中译本早已有出版"。而一些现代主义的理论，"实际上，在西方已经变成了'历史'的理论"。⑤一直被视为台湾现代主义重要推手的夏济安，在大陆 20 世纪 40 年代时就已对现代主义文学颇有微词，"向内者尽向内心发掘，成了 James Joyce，趋于极端，并不是真正伟大的作品"。⑥

但是，对于他的学生来说，这些都是新的。由此，20 世纪 60 年代《现代文学》的创办，对于一众现代主义作家及作品的系统介绍与钻研，准确地说，并不是将现代主义引入台湾文坛，而是重新激起人们对现代主义的关注。国民党戒严统治所造成的压抑感、疏离感、危机感显然与现代主义精神非常契合，

---

① 〔法〕莫洛怀著，亚妮译：《今日的法国文坛》，《半月文艺》，1953 年 2 月 8 卷 2 期，第18 页。

② 孙旗：《论小说与电影的综合》，《复兴文艺》，1957 年 1 月第 2 期，第 3 页。

③ 新书介绍：《后希铠的〈奔流〉》，《文艺生活》，1961 年 12 月第 5 期，第 24 页。

④ 郭良蕙：《郭良蕙来鸿——关于新潮派小说的写作》，《文艺生活》，1961 年 12 月第 5 期，第 5 页。

⑤ 何欣：《六十年代的文学理论简介》，《文讯月刊》，1984 年 8 月第 13 期，第 41 页。

⑥ 夏济安著，夏志清校注：《夏济安日记》，北京：人民文学出版社，2011 年，第 28 页。50年代夏济安在台湾创办《文学杂志》，提倡的是"朴实、理智、冷静"的作风，与他的学生相比，显然不够"现代"。

《现代文学》深刻发现现代主义对无力抗拒的社会，冥顽莫测的命运，严酷的自然，还有自身的纠缠不清的弱点的有力揭示。

这种颓废、极端的现代主义文学显然令要求平衡和谐的统治当局感到恐慌，但是他们很快就发现现代主义对内心世界的痴迷，可以更安全的将文学与人群疏离，与社会历史断绝。由于西方现代主义和它的崇拜者们都拒绝对他们所反对的社会进行政治分析，因此，他们只能空谈人性、生命，而变得愈加抽象。陈映真曾对台湾的现代主义文学做了十分深刻的描绘："我们的现代主义者们，只是在那儿玩弄语言、色彩、和音响上的苍白趣味……变成了一种和实际生活、实际问题完全脱了线的把戏。……蜷缩在发黄了的象牙塔里，挥动着颓废的白手套。"①

因此，正如有论者指出的，现代主义文学"与其说是有效的建构出一套抗拒党国教化的文学思潮，不如说是内涵在其中的'无根'本质，与党国教化诠释系统，形成了紧张共生关系"。②同时，在现代主义可以接受的那一面上，一些论者更试图消除现代主义那些刺痛传统与社会的力量。王集丛就指出抽象画、现代诗等现代文艺，"打破传统，不管群体，而表现个人的心灵，创造抽象艺术。这可说是对时代的一种消极反抗，却不是逆流，而且，对共产党御用文艺来为其残暴统治作留声机的政策，也可说是一种消极的抗议。因此，我以为对于这种文艺倾向不必敌视，应该努力使之和今天所需要的战斗文艺熔合"。③

于是，"海明威的人生观是战斗人生观，他以战斗的思维，作为生命的主体。从战斗的思维中筹划创作，因此，他的每篇写作都带着战斗的思想"。"庄严而慈祥的老渔人，是英勇无比的，也是对于宇宙万象充满了爱心的。他乐于与人互助合作，更乐于依靠自己的能力有所作为，这种光芒万丈的神奇的造型，就是海明威透过哲学沉思的战斗思想的精华。"④海明威的人生启示就是"面临兽性、死与虚无，用某种勇气歌唱出坚韧、纯洁、真挚等，潜藏在人类心底深处象珠玉一般的精神美"。⑤劳伦斯"并不像世人幻想那样卑污下流，他是竭力

---

① 陈映真：《现代主义底再开发》，《知识人的偏执》，台北：远景出版社，1976年，第77—78页。

② 沈静岚：《当西风走过——六十年代〈现代文学〉派的论述与考察》，成功大学历史语言研究所硕士学位论文，1994年6月，第28—29页。

③ 赵友培、王集丛、吴曼君等：《我们对"抽象画"的看法》，《革命文艺》，1961年8月第65期，第6页。

④ 荷书：《海明威及其战斗思想》，《革命文艺》，1961年12月第69期，第4—5页。

⑤ 文展：《海明威及其作品》，《文坛》，1961年10月第16号，第14页。

想把'肉'写得与'灵'一样的圣洁"。① 卡缪的存在主义是在"极力阐扬他的人道主义"，"无论我们承受多大的苦难，我们仍然要不断地挣扎、奋斗"，"人生就是一场永远的奋斗"。②

也就是说，现代主义文学其实是要启示我们与文明的毁灭，人类道德的衰败与精神的贫瘠进行战斗，人类必须要从"失落，散漫，和愤怒，呕吐的过程"中觉醒，来拯救自己，使人们重新恢复信心，赞美我们伟大的人性精神。③ 在以上这种种阐释中，现代主义对社会与传统规范权威的种种侮辱与冒犯转眼间变成了社会可以接受的种种意义，它的信念就是我们能够治愈那些偏离常规的焦虑与欲望，不断调整令人痛苦的矛盾与紧张，逐渐召回令人放心的人性和谐，重新投入到正确的社会价值标准中。如此，现代主义也成为维护和加强这一社会秩序的一个更为精妙的方法。

小结

在时代政治与社会现实需要的选择性建构中，台湾文坛对于古今中外文学资源进行重新选择和诠释。主要包括"五四"新文学文化的选择性继承，传统文学的肯定与吸收，外国文学的重新评价与借鉴。在特定历史时期，形塑了台湾文坛特殊的文坛生态。这些经过筛选与规范的文学资源，也正是台湾文学理论批评的主要思想来源与借鉴。

在对"五四"的评价上，不论是蒋介石的"五四祸水论"，还是三民主义的"五四"诠释，都不是建立在观念与事实的严密推理，详细精准的理论分析上。实在缺乏精准的理论支撑，而显得相当空泛，毫无意识形态的理论论述力可言。

相较而言，自由主义的观念，则更为有效地改造了"五四"的面貌。当时台湾文坛更主要的接受了"文艺复兴"的观念，说明人文精神的复兴更生的重要性远远大于政治改革与斗争。将"五四"的本质与其中复杂的社会历史问题窄化为单纯的文学文化活动，从而切断了"五四"与中国共产党、左翼革命之间的关联。提倡自由主义的"人的文学"，"自由的文学"的观念，要求深刻把握人生人性，虽然也批评了"反共文学"的僵化教条，但却也把文学束缚在种

---

① 戴依娜：《劳伦斯的生活及其作品》，《半月文艺》，1950 年 9 月第 1 卷 3 期，第 14 页。
② 周伯乃：《论卡缪的〈黑死病〉》，《文坛》，1971 年 1 月第 115 号，第 19 页。
③ 上官予：《现代主义的文学》，《幼狮文艺》，1966 年 1 月第 24 卷 1 期，第 15—20 页。

种永恒人性价值中，回避与掩饰了现实矛盾的尖锐残酷。

在对传统文学的肯定与继承上，大力提倡温柔敦厚的诗教文学观和"天人合一"的审美思想。强调通过文学培养一种高尚的道德修养和完美人格，创造一个超脱旷达、"天人合一"的精神世界，消除人与人、人与社会的紧张关系，达到个体身心平衡、人与社会和谐统一。在退台的动荡与危机中，为社会各阶层提供了一种安抚的力量：它使人们不去执着于他们眼前的问题与困境，从文学中找到一种疏解痛苦、忧愤的管道，通过精神的升华来摆脱现实世界的丑恶与困境。

在外国文学的评价与借鉴中，从人性论的角度重新阐释和确立了写实主义的典范和精神。在外国文学资源的引介和接受中，从人性论的角度重新阐释和确立了写实主义的典范和精神。写实主义作家必须具备各种深厚知识和文化教养，才能研究普遍人性与人生的奥秘和矛盾。这种写实主义定位于一种知识和审美的展演，它不是由底层社会矛盾的激力，而是由上层精英文化的激力而形成的。同样从治愈人性的角度，强调现代主义文学其实是要启示人们从人性的扭曲、卑劣中重新恢复自身的平衡，调整治愈那些痛苦和矛盾，重新投入到"正确"的社会价值标准中。这其实是对现代主义文学的一种驯化，力图将对传统权威的冒犯变成社会可以接受的种种价值意义。

第三章　重塑理念：台湾文学理念内涵的重构

目前文学史更多地强调这一时期文学被"反共"政治宣传所扭曲，但是在"反共文学"之下，还是存在着大量美学艺术取向的文学理念和观点。通过对于当时期刊史料和相关著述的整理与分析，发现人性情感调控与审美超越性，是当时理解、定义文学的核心和宗旨，从而形成了一套广为接受的文学理念。本章即从这两个方面，分别讨论这些文学观念的内涵，并且力求呈现出这一时期台湾文学在对情感与审美的理解、接受上的特点，立场和倾向。

第一节　人性情感的调和与平衡

考察台湾理论批评对文学的各种概述中，文学已经与作家的主观感受、情绪体验，想象创造精神等紧密关联。由于台湾文坛对"五四"传统中"人的文学""自由的文学"等概念的输入与认定，使得从人性情感体验与表达的角度来定义文学成为一套广为接受的文学认知。大陆20世纪二三十年代颇具影响力的几种文学概论也相继在台湾出版，比如马宗霍的《文学概论》，日本人本间久雄的《文学概论》，傅东华译自美国文学理论家亨德的《文学概论》等。这些著作都对文学的情感性、想象性等要素作了生动的辩护和有力的阐释。到了五六十年代的台湾文坛，这已经成为一种自然而然的文学理念。"文学是情绪情感的表现"不再需要古今中外文学观念的比照，而是可以直接切中，给文学下一个明确的定义。

另外，在这一时期，文学中情感的表达演绎也产生了微妙的变化。如果说"五四"时期强烈的个人主义与主观情感的表达，不止于人的喜怒哀乐等内心情绪反应，而且暗示出对传统，对现实的抗争精神，那么这种"五四"式的激情在台湾文坛被严重削弱了，反而是对于情的理解回归到一种符合社会秩序和道德规范的情感表达方式，重视的是情感的冲动、苦闷，可以通过什么方式得到改善与陶冶，文学也就逐步成为对不良情绪进行调节与疏导的高级精神活动。

当时的女作家孟瑶、张秀亚等就指出"文学中的感情不同于凡俗，它既不是生糙的，也不是泛滥的，它是经过提炼，而且加以节制的"。"人生随时发生着一种无常的冲突，艺术家终身孜孜以付的，即在努力调和其间的冲突，其他则非所计。"① "在这错综却充满了矛盾的世界中，寻到了精神上的平和，美的协调，这是文艺作家的神圣职务之一。"② 论者何锜章则直指"文学的产生是个人与社会心志的求平衡"，"一切文学作品的主题，都脱不出'平衡'一途。文学可以"提高情趣""增进效果""振奋精神"，"在面对无法改变的现实世界，可以给你插上想象的翅膀，在想象里，他平衡了自己的心态，他得到了报偿"，"在想象里，偿还了社会对他的不公"。③ 这些对情感的调控与驯化，也正符合国民党文艺政策的需要，即极力在纯真优美的文学中平衡身心，调和社会矛盾。

一、文学是情感意识的反映

20 世纪 50 年代李辰冬提出的"文学意识说"非常具有代表性。李辰冬可说是"一九五〇年代台湾文学教育比较重要的一个人物"。④ 他在省立师范学院"国文"系任教，并筹办领导"中国文艺协会"组织的各种文艺研习工作。1951年 3 月"中国文艺协会"开办"小说创作研习组"，李辰冬与张道藩、赵友培、陈纪滢等为教务委员，李辰冬又任教务主任。⑤1952 年 9 月开办"星期文艺讲座"，李辰冬担任主讲。⑥1953 年 4 月"文讯"续办"小说研习班"第二期，由张道藩任主任委员，李辰冬再任教务主任。1953 年 9 月，李辰冬借"小说创作研习组"的学生为班底，创办了中华文艺函授学校，成为当时影响较大、学员众多的学习机构。

这些研习班、函授学校等历来在文学史书写中通常只有寥寥几笔带过，实

---

① 孟瑶：《作者与作品》，《海风》，1957 年 6 月第 2 卷 6 期，第 7 页。

② 张秀亚：《谈文艺创作》，《革命文艺》，1957 年 12 月第 21 期，第 2 页。

③ 何锜章：《对诗的基本认识——平衡的文学观》，《文坛》，1970 年 1 月第 115 号，第 9—11页。

④ 陈秋慧：《新文学传统与一九五〇年代台湾的文学教育》，南京大学博士学位论文，2011年 5 月，第 28 页。

⑤ 《中国文艺协会六十年大事记》，中国文艺协会编：《文协 60 年实录（1950—2010），台北：普音文化，2010 年 5 月，第 315 页。

⑥ 同上，第 318 页。

际上，它们广泛而持续存在于整个20世纪五六十年代的台湾社会，它们面向社会各阶层人员招生，是促成许多人走上文学道路的关键，是当时很重要的一个文学现象。①

正是在此期间，李辰冬为函授学校的学生撰写了大量文学讲义、讲话、通讯等，提出了"文学是意识的反映"的观念。这些通讯讲话于1954年结集出版为《文学与生活》二辑。②同年，李辰冬还出版了《文学新论》一书，③更加详细阐述了这种"意识论"，李辰冬尝试以"意识"的概念贯穿起文学的本质与价值，形式与内容，技巧与美感等范畴，意识的真伪、广狭、久暂、深刻与否支配了文学家的人格、灵感、想象等，由此也决定了文学作品的价值，④正如李辰冬所坚称的，"意识决定一切"。就论述的内容来看，李辰冬的"意识说"大多只是一般的文学论述，不能算是专业而系统的理论批评著述。但这种一般性的文学认知却颇能代表当时普遍的文学素养与经验，呈现出特定历史时期下，文学思想上的特点。

这两本书在当时文坛引起了不少的关注，"李辰冬提出以文学作品表现的境界来衡量艺术的高低"，"文学表现上的最高境界就是'无我'"，李辰冬以"无我"的意识对屈原、陶渊明、贾宝玉的分析都很有见地。⑤"'意识'的提出，为本书对文学的一大发现，也是本书的特点。在我们所见到地讲文学发展和文学批评的著作中，这还是第一次。"⑥还有不少论者在文章中引述李辰冬的"意识

---

① 除了中华文艺函授学校，当时还有一些文学杂志社陆续开办的函授学校，如《文坛》主办的"文坛文艺函授学校"，《野风》主办的"野风文艺函授班"，《文艺列车》主办的"函授班"等等。参加的学员有不少成为当时各大报纸杂志活跃的撰稿人，也有日后文坛著名作家、翻译家、出版家的名字也赫然在列。如作家王鼎钧、廖清秀、施鲁生（师范），台湾九歌出版社创办者蔡文甫，欧美文学翻译家程扶錞（楚茹），其兄程扶铎，即王子野，亦是大陆著名的翻译家、出版家、评论家。相关资料可参见王鼎钧：《文学江湖》，台北：尔雅出版社，2009年3月。廖清秀：《怀念张道藩先生——并忆文协小说研究组》，《文讯》，1988年8月第37期。廖清秀：《感念赵友培老师》，《文讯》，2006年6月第248期。廖清秀：《我的创作经验与文学因缘》，《考掘·研究·再现——台湾文学史料集刊》，2011年第1辑。

② 李辰冬：《文学与生活》，台北：中华文艺出版社，1954年12月。该书后由水牛出版社于1971年1月再版。

③ 李辰冬：《文学新论》，台北：中华文艺出版社，1954年1月。该书后由东大图书公司于1975年8月再版。

④ 李辰冬：《文学新论》，台北：东大图书有限公司，1975年8月，第63页。

⑤ 梁宗之：《〈文学与生活〉——李辰冬著》，《文艺月报》，1955年8月第2卷8期，第26页。

⑥ 归人：《文学新论》，《文艺月报》，1954年9月号，第38页。

说"，已将其视为自成一家的学说。①

　　李辰冬认为意识就是一种情感，②但它不是"自私的、冲动的、盲目的、瞬间的"情感，③意识是"理想透过实践后所激出的情感"，它包括"理想、实践、情感"三种成分。④首先是作者的理想，这理想又是由"作者的家庭、教育、朋友、思想、宗教、环境等所构成"。⑤在这里，李辰冬深受其所翻译的泰纳的文学理论的影响。19世纪法国文学理论批评家泰纳提出"种族、时代、环境"文学史三动因说，把文学艺术与自然地理环境、时代社会紧密结合在一起，被认为是文学史社会历史批评的奠基性理论。然而，泰纳虽然具有强烈的历史意识，努力为文学活动找寻客观物质原因，但他始终没能认清物质性的社会生产活动才是一切的根源。这就使得他对文学艺术所做出的社会历史研究缺乏一个强有力的物质性基础，很容易重新滑入旧美学的窠臼中。在前述李辰冬翻译的《巴尔扎克论》中，泰纳对巴尔扎克的生平、性格、时代环境等的分析，缺乏真正的历史批判精神和批判眼光，所总结出来的艺术规律中，作家的精神修养、心灵感受、哲学思辨等仍然起决定性作用。正如论者指出的泰纳的理论思想中充满了"唯心与唯物，理想与现实，宗教与科学，自由与决定论"等种种矛盾冲突。⑥在他的客观科学的研究方法之下，充满了浓厚的艺术非理性精神。他依然坚称精神变化是历史发展变化的动力，"一切巨变都有其心灵的根源"，"心灵作品的力量仅产生于一种个人本然的情怀的真挚"，"艺术家的主观态度和情感类型是影响艺术内容和风格的决定性因素"。⑦虽然泰纳在走向一种唯物的社会历史客观论时半途而废，往往被固有的唯心思想、主观精神因素所限制，但是客观的科学精神也使得他能够摆脱形而上学的抽象性，正如泰纳强调他的方法不是从主义出发，而是从历史、现象、事实出发，"我唯一的责任是罗列事实，说

---

　　①　司徒卫：《一年来的文艺论评》，《幼狮文艺》，1956年1月第3卷6期，第18页。王熙元：《文学定义的比较研究》，《革命文艺》，1961年3月第60期，第14页。洪炎秋：《文学概论》，台北：中国文化大学出版部，1979年再版，第25页。

　　②　李辰冬：《文学与生活（第一辑）》，台北：水牛出版社，1971年1月，第27页。

　　③　李辰冬：《文学与生活（第二辑）》，台北：水牛出版社，1971年1月，第1页。

　　④　同上，第2页。

　　⑤　李辰冬：《文学新论》，台北：东大图书有限公司，1975年8月，第16页。

　　⑥　杜智芳：《丹纳美学理论新释》，《南阳师范学院学报》，2005年10月第4卷10期，第87页。杜智芳：《个性灵魂与理性旗帜的悖论——丹纳艺术本质特征论》，《河南大学学报（社会科学版）》，2003年3月第43卷第2期，第100页。

　　⑦　〔美〕雷纳·韦勒克著，杨自伍译：《近代文学批评史：第四卷》，上海：上海译文出版社，1997年，第43页，第57页。

明这些事实如何产生"。①

　　正是基于这一点上，李辰冬充分借鉴了泰纳的理论方法，并且也进行了一定程度的发挥与改造。他强调对作者理想、思想的讨论不是从观念出发，而是具体考察他们的社会环境，体会他们的心境性格，设身处地地设想他们的生活与行动，由此才能得到客观不偏颇的深刻理解。比如，李辰冬多次以陶渊明的生活经历、身处环境等来分析其隐士理想，正确指出了这种理想背后的社会因素和外界条件。但另一方面，李辰冬也十分强调理想的一种感性表达。官场上的种种谄媚倾轧的权力斗争，深化为陶渊明内心的一种情感体验，让他"无时无刻不在耻辱、羁束、矛盾、冲突的心境中过活"，②"使他常常怅然慨叹，深媿平生之志"，③由此，增添了他归隐的意愿。"静念园林好，人间良可辞"，"园田日梦想，安得久离析"，正是这种矛盾心理状态下毅然决然的决定。在"守拙归田园"后，陶渊明放下一切尘俗牵绕，灵魂获得平静，自耕自足，乐天知命。"心远地自偏"，"悠然见南山"所表达的正是陶渊明实现毕生理想后的"心旷神怡，安适快乐"。④

　　再如，对南唐后主李煜的文学精神解释中，李辰冬指出亡国的艰难痛苦使他的人生境界达到了一个最高的阶段。李煜前期生活奢靡，沉迷于声色美人，全然没有一个君王建功立业的高尚理想，其作品也流于香艳。亡国后，失掉了自由，没有了物质上的享乐，使他悔愧当初，追忆故国，心中悲苦，感慨深邃，使他对现实人生有了更深切的认识，才产生了俨然"释迦基督的担荷人类罪恶之意"。⑤

　　显然，李辰冬在对于作家的日常生活经历和时代背景的分析中，主要仍以更具有情感因素和感性优势的"人情"为旨归，企图深入到作者内心的情感体验中，使理想得到更深切的感受。一如泰纳在事实现象的分析中笨拙地给自己渗进了某种唯心主义，李辰冬对理想的考察中，个人情感体验、心理活动的过程仍然起十分重要的决定作用。文学所反映的正是这种内在化、情感化的理想。

　　接着，李辰冬又指出是否只要具有这样的理想、情怀就能够创作出伟大的文学。换句话说，同时代、同环境、拥有相同理想的人物，为何不尽是陶渊明

---

① 丹纳：《艺术哲学》，北京：人民文学出版社，1963年，第10—11页。
② 李辰冬：《文学与生活（第一辑）》，台北：水牛出版社，1971年1月，第22页。
③ 同上，第3页。
④ 同上，第3—4页。
⑤ 李辰冬：《文学与生活（第一辑）》，台北：水牛出版社，1971年1月，第184页。

呢？显然，泰纳的三因素说无法对这一问题做出有效的回答。而李辰冬则指出有了理想，还得去实践，正是由于实践的程度不同，其创作的作品也就不同。于是李辰冬在"种族、时代、环境"之外，又增加了"实践"的因素。他以陶渊明与谢灵运作比较。陶渊明通过实践一步一步实现"求真"的理想。在他弃官归隐后，生活穷困，天灾不断，身体日渐衰弱，也有人劝他做官，但是陶渊明不改初衷，不为所动，"越穷困，越能激起他的意志，越能使他了解人生的真义"。[①] 而与陶渊明同时代的谢灵运，虽然也有寄情山水的归隐理想，但是在实际中，谢灵运并未曾真正忘记过官场和仕途。在他辞永嘉太守回到家乡后，并不是像陶渊明那样，安贫乐道，躬耕垄亩，以亲身的实践行动真正实现归隐田园的理想。恰恰相反，他"横行霸道，夺公产为已有"，[②] 并且因此与太守孟顗结下仇怨。谢灵运始终没有放下世俗功名的诱惑。他是因为"不得志而回归乡里"，[③] 是回避政治迫害的处世哲学。因此，陶渊明的理想是经过开荒种豆、春耕秋收等切身的实践，激发起一种融入自然的真情感，写出的作品就能达到了一种闲适平淡的最高境界。谢灵运并没有这样的实践，他的归隐的理想就只是一个权宜之计，无法激起真挚的情感，写出的作品没有真情的流露，难免内容贫乏，往往"变成了辞藻的堆砌"，"典故、对仗等形式的追琢"。[④]

通过陶、谢的比较，李辰冬总结道，理想必须经过实践的考验，才能激发起真正的情感，形成深刻的意识。因为在实践中，必然会遇到重重困难和万端艰苦，而只有始终以理性和毅力去克服，去坚守，对理想的体认才愈深刻。只有"达到了别人难以达到的境界"，"深入到别人难以体会的生活"，才可以写出了千古不朽的作品。[⑤] 从李辰冬的举例分析中，这种实践的效用很容易让人联想到前述传统文学所强调的屈原、陶渊明式的道德坚守与完美人格的培养。实际上，李辰冬正是从诗教传统的观念出发，把重点放在了道德实践的层面上。实践经常被赋予提升作家气节、人格的重要性，李辰冬曾借用"知行合一"的传统道德命题来阐释，"知就是理想，行就是实践"，只有知行一致，理想在实践中得到证实，经受住实践的考验，"则气愈壮"，相反，所想的与所做的不能一

---

① 李辰冬:《文学与生活（第二辑）》，台北：水牛出版社，1971 年 1 月，第 4 页。

② 李辰冬:《文学与生活（第一辑）》，台北：水牛出版社，1971 年 1 月，第 17 页。

③ 同上，第 19 页。

④ 同上，第 20 页。

⑤ 李辰冬:《文学与生活（第二辑）》，台北：水牛出版社，1971 年 1 月，第 4—5 页。

致，"言行不如一，知行不统一的人，他的气绝不会雄壮"。①

"知行合一"的传统思想不仅说明了只有在行为中表现出来理想才是真实的，在另一方面，它更强调在实践行动中，通过富有洞察力的反省觉察，磨炼自己的内心而不断逼近一个最高的境界，这也正是传统儒学内省意识的形成。因此，这种传统"知行合一"式的实践观发展的并不是一种外向改造性的行动力量，恰相反，行动在成圣成德的涵养过程中是收敛而内化的，它主要作用于人的内心去控制和抑制过激或卑俗的情感欲望，把情感上升到一种高尚和文雅的道德层面。在这一实践观下，现实的痛苦和困境，并不是急需变革的社会问题，而是一种难得的，宝贵的情感体验，它可以用来锻炼我们的意志品格，丰富我们的生活经历：苦难正是成就伟大作家，伟大人格的必备条件。

李辰冬的意识说以一种近代的科学分析为方法，同时仍以传统的道德文化心态为内在基础。一方面，他对于时代、背景等的仔细考察不仅出于科学客观的考虑，更是因为只有在艰难困苦的环境背景下，才能真正显现出一个人的修养品德。另一方面，科学实证的具体考察，也将抽象的道德感转化为了鲜活可感的生动现实。李辰冬敏锐地感到，传统的伦理道德语言已经枯竭，空谈道德再也不能使人信服，尤其值此动乱危机的时代，需要一种不靠讨厌的枯燥定义，而是用一种更易于感受的方式，诉诸最普遍的人的感性和感情，通过情感的控制和驯化来推行道德教化，达到社会和谐。实际上，李辰冬提出的意识说正是以一种更为精致的方式实现了文学对情感调控的功能。

这种精致的道德意识形态在当时的确发挥了意想不到的安抚作用。《中华文艺》曾刊登了一篇读者的来信，这位军人读者向校长李辰冬讲述了自己深受《文学与生活》一书的启发，在每逢困境的时候，他都以"在逆境中观察人生"的心态，令自己释怀，将逆境困难作为自己创作的对象，在对生活的"观察、思索、谛听"中，内心感到无比快活，忘却了自身的不幸处境与遭遇。② 显然，这位军人读者从苦难中收获了快乐和高尚，在文学的陶冶情操，自我调节中，分化了现实的困境，以亲身体验证明了当时论者苦口婆心的劝慰"人生的逆境，乃是最好的写作环境，最好的艺术作品，皆是苦痛与障碍助你写成的"。③

---

① 李辰冬：《文学与生活（第一辑）》，台北：水牛出版社，1971年1月，第38页。

② 李辰冬：《文艺教育的重要及两年来的成果》，《中华文艺》，1955年9月第3卷3期，第6页。

③ 张秀亚：《读书偶得》，《今日文艺》，1956年1月第1卷1期（创刊号），第21页。

二、文学是人性心理的反映

在这种文学调控与驯化情感的原则下，一种我们更为熟悉的论调就是直接从人性心理的角度，来调节情感欲望。在前述"人的文学"的选择性继承下，"文学是人性的反映，舍人性无作品"是20世纪五六十年代台湾文坛一种根深蒂固的文学价值理念，对人性的描写与挖掘也成为数十年来台湾文学发展的一个重要特点。[1]

不少论者指出"人性既非绝对纯善，也非绝对纯恶，而是互有善恶的"，"必须施以教育，以克制恶性发扬善性"。[2] "人生复杂而多变化，有明暗与善恶的分野"，应把握人生，研究人性"以求有助于人性的向上发展，人生的趋于美满和谐"。[3] 要"相信对个人情感抑制的程度，即是人格的硬度，亦是高尚尊严的基石"。[4] "人性绝非透明纯净的蒸馏水，而是泥沙俱下，时清时浊的水。以人的精神来说，也是时而天堂，时而地狱，时而闪耀灵慧之光，时而堕入黑暗深渊；换言之，动物之性、生物之性和物性，时时束缚生命，人为了挣脱束缚，必需不断警醒、奋起、跃动，才能免于被物性兽性拖入地狱……文学必须把握住这明暗之间的挣扎，才能吐放艺术的芬芳。"[5]

在这一时期，梁实秋提出的"二元人性论"非常适于完成这项人性调和统一的任务。早在大陆时期，梁实秋就以理性节制情感的人性论否定了浪漫主义，与左翼文学的阶级论针锋相对，并且视"五四"以来的新文化运动为非经过理性的选择，而全是情感的驱使，是"浪漫的混乱"。梁实秋所推崇的人性论不同于"五四"以来呼唤解放个性，肯定人的感情欲求与自然本性的"自然人性论"，[6] 而是认为人性是善恶二元之分的，是很复杂的，唯其复杂，所以才有条理可说，一方面人性也是一种兽性，"简单的饮食男女，是兽性；残酷的斗争和卑鄙的自私，也是兽性，人本来是兽，所以人常有兽性的行为"。但是，另一方面人不仅是兽，还时常是人，所以也常能表现比兽高明的地方，"人有理性，人有

---

① 朱双一：《台湾文学创作思潮简史》，北京：九州出版社，2010年6月，第189页。

② 叶天行：《孟子性善与荀子性恶的偏见》，《集粹》，1954年9月第2卷3期，第20页。

③ 凤兮：《幼狮起舞，文艺飞扬》，《幼狮文艺》，1963年10月第19卷4期，第3页。

④ 王钧：《试论〈归队〉主角顾中柱》，《文艺创作》，1953年6月第26期，第119页。

⑤ 司马长风：《新文学史话——中国新文学史续编》，出版地不详，南山书屋，1980年1月，第100—101页。

⑥ 温儒敏：《梁实秋对新人文主义的接受与偏离》，《中国现代文学批评史》，北京：北京大学出版社，1993年8月，第55页。

较高尚的感情，人有较严肃的道德观念，这便全是我所谓的人性。"① 因此，"在理性指导下的人生是健康的常态的普遍的，在这种状态下表现出的人性亦是最标准的，在这标准之下所创作出来的文学才是有永久价值的文学"。②

赴台后，梁实秋继续撰文强调人性的境界就是"人以理性控制情感"，人之所以为人正在于"内心的一种抉择节制的力量而言"，"文学作品之刻画人性而能深入动人，即由于触到了这一点微妙的所在"。③ 文学创作者应注重人性的修养，"既要对人生有浓厚的兴趣，又要摒弃名利观念，要有淡泊的胸怀，要保持一种冷静的态度，悲天悯人也可，发会心之微笑亦可，唯独热衷不可"。④ 这种冷静、淡薄的态度正是一种理性的标准，亦如 20 世纪 30 年代梁实秋指出伟大的文学就是致力于把"情感放在理性的缰绳之下"，不是"激发读者的狂热"，而是给予读者"平和的宁静的沉思的一种舒适感觉"。⑤ 可见，梁实秋始终坚持理性、秩序、纪律的人性立场，要求文学表现这种纯正、理性、完美的情感。按梁实秋所言，完美的人性正是以理性驾驭情感，以理性节制滥情，文学的精神就是要调和人的性情，阐发稳健的、常态的、普遍的人性，这是人生最根本最严正的情感的完美表现。

随着这些旧作新著的流布，这种人性论观念也在台湾文坛广为流行。而梁实秋充满了人性圆融智慧的《雅舍小品》更是在台湾文坛数十次重印，⑥ 畅销不衰。当时的不少文学刊物正是以此人性小品的轻松幽默，淡泊宁静为宗旨，要"贡献读者以纯洁高尚的人情味"，⑦ "并借以增进生活的情趣"，"在日常生活琐屑之中，以平易近人谈笑自如的风貌，来博取读者们会心的微笑，从而相与兴起"。⑧ "使过着单纯的过度的紧张生活的人们，不再专赖科学的医药来维持他们的健康，而能获得适度的心灵的调剂，以恢复正常的情绪；并使陷入歧途的浪漫颓废者，不再专求刺激与麻醉来作生命的甘露，而能在人情味的滋润之下，

① 梁实秋：《文学讲话》，《梁实秋文集（第一卷）》，厦门：鹭江出版社，2002 年，第 577 页。
② 梁实秋：《文学的纪律》，上海：新月书店，1931 年，第 133 页。
③ 梁实秋：《文学的境界》，《文学杂志》，1956 年 10 月第 1 卷 2 期，第 4 页。
④ 梁实秋：《诗与诗人》，《中国文艺》，1952 年 4 月第 1 卷 2 期，第 3—4 页。
⑤ 梁实秋：《文学的纪律》，《梁实秋文集》第一卷，厦门：鹭江出版社，2002 年，第 141 页。
⑥ 司马长风：《新文学史话——中国新文学史续编》，出版地不详，南山书屋，1980 年 1 月，第 155 页。
⑦ 本社：《我们的态度》，《集粹》，1952 年 9 月第 1 卷 1 期，第 2 页。
⑧ 本社：《为人文而呼唤！（发刊词）》，《国风》，1952 年 10 月第 1 期，第 1 页。

召回人性，重获生命的力量。"①

虽然这些论者未必表明自己是"梁实秋派"，但是以梁实秋为代表的潮流已经流入了台湾的文学建设中，并且已经成为一种自然而然的文学素养和经验。这种人性思想并不是梁实秋自己的创见，众所周知，正来源于其所师从的美国新人文主义流派的核心人物白璧德。1924 年左右，梁实秋在美国留学时服膺了白璧德的人文批评，1926 年回国后，成为推介白璧德学说的一员健将，沿袭了其人性论的理论框架从事文学批评，与胡先骕、吴宓、徐震堮编译了专书《白璧德与人文主义》，②后又发表专文《白璧德及其人文主义》。③

赴台后，梁实秋又继续翻译了白璧德专著《文学与美国的大学》一书中的第八章《论独创》，④《卢梭与浪漫主义》一书的第五章《浪漫的道德之现实面》，⑤还发表了专文《关于白璧德先生及其思想》，⑥又与其学生侯健合作出版了《关于白璧德大师》一书，囊括了师徒二人所作的相关译介文章。⑦同时侯健还出版了《从文学革命到革命文学》一书，⑧大力推崇梁实秋、白璧德、阿诺德等的思想学说。

侯健在《从文学革命到革命文学》一书中深入分析了白璧德的思想学说，指出其思想正因应于当时美国社会思潮的变迁，资本主义工业带来了科学进步同时，也导致了时代社会人心的不安，价值堕落，物欲的泛滥，贫富差距扩大，工人暴动，平民运动此起彼伏，而第一次世界大战更是摧毁了西方人的精神信仰，人们普遍感到苦闷与绝望。白璧德对于功利主义与情感主义所造成的人心

---

① 本社：《我们的希望》，《集粹》，1952 年 11 月第 1 卷 3 期，第 2 页。

② 梁实秋编，胡先骕、吴宓、徐震堮译：《白璧德与人文主义》，上海：新月书店，1929 年 12 月。

③ 梁实秋：《白璧德及其人文主义》，《现代》，1934 年 10 月第 5 卷 6 期。

④ 〔美〕欧文·白璧德著，梁实秋译：《论独创》，《文艺创作》，1952 年 11 月第 19 期，第 79—93 页。

⑤ 〔美〕欧文·白璧德著，梁实秋译：《浪漫的道德之现实面》，《文学杂志》，1957 年 10 月第 3 卷 2 期，第 4—22 页。该文还收录在林以亮编选的《美国文学批评选》，香港：今日世界出版社，1961 年。

⑥ 梁实秋：《关于白璧德先生及其思想》，《人生》，1957 年 1 月第 148 期。后收录在梁实秋：《文学因缘》，台北：文星书店，1964 年。又收录在梁实秋、侯健著：《关于白璧德大师》，台北：巨浪出版社，1977 年 5 月。

⑦ 梁实秋、侯健著：《关于白璧德大师》，台北：巨浪出版社，1977 年 5 月。该书主要收录了侯健所作的相关译介文章。

⑧ 侯健：《从文学革命到革命文学》，台北：中外文学月刊社，1974 年 12 月。

浮动、价值颠倒、标准丧失进行严厉谴责。① 由此，要求发展一种适度的人性来保持心智的平衡与健全。白璧德认为人性是二元的，"也便是可以善，可以恶，而其善恶之分，不论其先天禀赋，却要看后天的修养"。② "白璧德以为人心中有神、人、兽三种性格存在，而世事纷纭，物欲或兽性的引诱至伙，人性复好逸恶劳"，因此要"从内省慎独的自律功夫开始。"③

梁实秋在赴台后所写的《关于白璧德先生及其思想》一文中，即指出要依靠一种内在的约束力量来控制人性中的"卑下意志"，白璧德将其称之为"窟穴里的内战"（civil war in the cave），"意为与生俱来的原始的内心中的矛盾。人之所以为人，即在以理智控制欲念。理智便是所谓'内在的控制力'（inner check）"，"白璧德永远的在强调人性的二元，那即是说，人性包括着欲念和理智。这二者虽然不一定是冰炭不相容，至少是互相牵制的"。④

白璧德强调理性、秩序、道德、纪律，以此达到人性的和谐完善，反对一味放纵感情。因此，他也对中国儒家思想中更和谐更崇高的"中和之美""抱樸守静""轻利寡欲"的思想境界十分倾心。在侯健当时翻译的白璧德的《中国与西方的人文教育》一文中，可以看到白璧德直言钦仰孔子所讲的"仁"，"仁并非只是同情，而是要有所抉择分别"，在于"内在抑制克己复礼为仁的定律"，⑤并且以此来斥责自卢梭以降的西方感情主义者。由此，白璧德提出了要会通中西，只有将东方，特别是中国文化传统，与西方自希腊以来的人文智慧结合一起，方能挽救人类真正的文明。

于是"五四"时期被打倒推翻的中国传统文化，在白璧德那里，以一种现代的面貌复活了。这对于当时一些中国知识分子有很大的吸引力，梁实秋也正是从儒家的传统人文思想角度，认为白璧德强调人性二元、强调用"高尚意志"

① 侯健：《从文学革命到革命文学》，台北：中外文学月刊社，1974 年 12 月，第 191—192 页。

② 侯健：《白璧德与其新人文主义》（附录三），《从文学革命到革命文学》，台北：中外文学月刊社，1974 年 12 月，第 254 页。

③ 侯健：《从文学革命到革命文学》（附录一），《从文学革命到革命文学》，台北：中外文学月刊社，1974 年 12 月，第 209 页。

④ 梁实秋：《关于白璧德先生及其思想》，梁实秋、侯健著：《关于白璧德大师》，台北：巨浪出版社，1977 年 5 月，第 6 页。

⑤ 侯健：《中国与西方的人文教育》（附录四），《从文学革命到革命文学》，台北：中外文学月刊社，1974 年 12 月，第 264—265 页。

控制"卑下意志"，这"态度"很合于我们儒家之所谓"克己复礼"，[①]并且宣称白璧德的理想是"中庸"的。[②]白璧德在文艺思想上醉心的是"西洋文学之正统的古典思想，从亚里士多德以至于法国的布窘娄和英国的约翰孙，这一套比较守旧的思潮是他所向往的"。[③]

梁实秋自己也十分推崇亚里士多德的古典诗学主张，并用儒家的中庸精神来阐释，认为亚氏所说的"悲剧之用在求情感之排泄，盖亦求情感之中庸；悲剧英雄不应全善全恶，盖亦求性格之中庸"。[④]由此，梁实秋以白璧德人文主义为理论根基，也形成了一套古典主义文学理念。在这方面，梁实秋也十分推崇阿诺德的思想，他曾在自己的文章中反复引用其"沉静的观察人生，并且观察人生的全体"，来驳斥激进、浪漫、混乱的文学观。阿诺德的文学观是古典主义的，他也正是白璧德的"人文主义"的一个重要思想资源。[⑤]这种将文学文化视为一种可以克服混乱，培养完美人格，重建社会秩序、道德、纪律的重要手段，正是继承了阿诺德的主张原则。

像白璧德一样，阿诺德同样身处英国向现代转型时期，工业的进步一方面带给人们极大的物质生活便利，但是也由于一味地发展物欲，崇拜机械，导致社会各种混乱迷惑，重利轻义，贫富不均，宗教道德信仰丧失。阿诺德对此深感忧虑，认为唯有重新发展文化才是解决社会混乱现象的有效方法。阿诺德认为，贵族阶级已丧失了原有的影响力，中产阶级乃市侩媚俗之辈，还无法领导社会，工人阶级则更是"群氓"，生活黑暗，对上层阶级充满了怨恨和羡慕，这些堕落粗鄙的工人阶级正是社会混乱的导源。[⑥]因此，阿诺德感到最迫切的社会需要是以一种丰富精致的精神文化来"塑造或同化低于他们的群众"，"赋予

---

① 梁实秋：《关于白璧德先生及其思想》，梁实秋、侯健著：《关于白璧德大师》，台北：巨浪出版社，1977 年 5 月，第 6 页。
② 同上，第 7 页。
③ 同上，第 7 页。
④ 梁实秋：《亚里士多德的诗学》，《梁实秋论文学》，台北：时报文化出版事业有限公司，1978 年 9 月。
⑤ 白璧德在自己的文章中曾反复称述阿诺德，1917 年白璧德发表了讨论阿诺德的专文"Matthew Arnold"。参见张源：《从"人文主义"到"保守主义"——〈学衡〉中的白璧德》，北京：生活·读书·新知三联书店，2009 年 1 月，第 37 页。
⑥ 〔英〕阿诺德著，韩敏中译：《野蛮人、非利士人和群氓》，《文化与无政府状态》，北京：生活·读书·新知三联书店，2001 年，第 74—109 页。

他们伟大性和高贵精神"，[①] "发展和谐完美的人性"，使动荡的阶级社会能相互包容，"实现文化、人性、社会和谐发展"。[②]

阿诺德的这一文化策略，其中暗含的知识贵族主义倾向不言而喻，他并不相信群众的力量，并且正如论者伊格尔顿指出的，它的真正优点还在于"它将会具有的控制和同化工人阶级的效果"。[③] 梁实秋的弟子侯健在《从文学革命到革命文学》一书中说得更为露骨：在民主政治的发展趋势下，"任何国家，总是穷人多富人少的，所以穷人必然拥有更多的投票权，也必然因而掌握了国家的命运与福祉。要想使这类穷人或无产阶级善用他们的投票权，以求共荣共存，以免玉石俱焚，安诺德特别提出了文化的主张，希望以文学陶冶他们，养成他们的辨识能力，使他们不致误入歧途，社会却同时能泯却阶级的界限。这与马克思所倡的阶级对立、仇恨与斗争，自有悲天悯人和视百姓为刍狗的分野"。[④]

也就是说，如果不能有效的指导教化无知的群众，社会就有陷入混乱状态的危险。而文学，正如上述论者强调的，作为一项调剂心灵、恢复情绪、滋养人性的精神娱乐，正可以帮助我们不断调整那些可能危害到平衡和谐的各种内在矛盾冲动，帮助我们放开眼界，把自己在现实中体验到的种种不幸，放置在一个普遍的人性视野中，就能把人从有限的世界带到一个广大的、崇高的境界，最终使人们在对永恒人性的沉思中忘记这些问题，在正确理性的指导和制约下，培养起一种克制含蓄，讲求适度，处处均衡的自我修养。这样，我们便可以避免陷入任何政治上的偏执和意识形态上的极端。

由此可见，这一温和、理性、向内挖掘的人性论并非如大多数论者所言，真的就是一种"非政治的"文学，这其实只是一个学术神话，它反而更加有效地促进了某些政治用途。同样，一直备受研究者关注的夏济安与夏志清也是这种文学人性论的另一重要代表人物。

梁实秋乐观的相信人性的理智总会战胜非理性的欲望，而趋于完美协调。但夏氏兄弟则认为非理性因素是除不掉的，他们对人性在环境压力下的脆弱深

---

① 转引自〔英〕特雷·伊格尔顿著，伍晓明译：《英国文学的兴起》，《二十世纪西方文学理论》，北京：北京大学出版社，2007 年 1 月，第 23 页。

② 周淑娟：《论学衡派的思想资源——阿诺德的文化论与白璧德的人文主义》，《东海中文学报》，2009 年 7 月第 21 期，第 152 页，第 155 页。

③ 〔英〕特雷·伊格尔顿著，伍晓明译：《英国文学的兴起》，《二十世纪西方文学理论》，北京：北京大学出版社，2007 年 1 月，第 23 页。

④ 侯健：《从文学革命到革命文学》，台北：中外文学月刊社，1974 年 12 月，第 198 页。

有感触，由此强调对于人性挣扎本身的一种敏感的全神贯注。"一个态度诚恳的小说家，应该为这种'矛盾对立'所苦恼"，"他所要表现的是：人在两种或多种人生理想前，不能取得协调的痛苦。直截了当把真理提出来，总不如把追求真理的艰苦挣扎的过程写下来那样的有意思和易于动人。""小说家不怕思想矛盾、态度模棱。矛盾和模棱正是使小说内容丰富的重要因素。问题是：小说家有没有深切地感觉到因这种矛盾和模棱而引起的悲哀。"夏济安并举出利维斯在其《伟大的传统》一书中提出的"道德问题的紧张"（Moral intensity），认为中国的小说家应该对此问题好好重视，研究，才能取法乎上。①

在这方面夏济安更主要的接受了利维斯的思想。同阿诺德的立场一样，利维斯一生致力于文学文化教育，以此拯救被工业文明与资本主义生产方式所破坏的人类心灵和社会和谐。利维斯认为真正的人文教育并不是空洞而抽象的道德说教，而是通过文学文化生动地赋予人们一种敏锐的文明感受力，"一种能借助语调的抑扬和弦外之音的些许变化进行沟通交流的人性：微妙之处可以牵动整个复杂的道德体系，而洞察敏锐的回应则可显出一个重大的评价或抉择。"②利维斯的计划就是通过对文学语言、艺术等敏感而有鉴别力的研究，培养起一种丰富的，复杂的，成熟的，有辨别力的，道德上的严肃反应，就可以使大家的思想明晰有力，江湖骗子无以生存，社会改革也不致偏离正道。③正如后世论者总结的，"细致的文本分析、强烈的道德关怀、严肃的价值判断加上不容辩驳的口气，是利维斯式批评的核心特征"。④

显然，夏济安的《评彭歌的〈落月〉兼论现代小说》重要一文，正是继承了利维斯的批评精神，透过文本的细致分析，词语字句的辨识、区分，来揭示其内藏着的思想和情感品质，首次提点作家如何处理对付"混乱的心理状态"，"一点点感情上的颤动"，以及生命中"一刹那间的悔与悟"的深远意义。⑤

而其胞弟夏志清也自陈受惠于利维斯，在其《中国现代小说史》中译本序

---

① 夏济安：《旧文化与新小说》，《文学杂志》，1957年9月3卷1期，第39页。

② 〔英〕利维斯著，袁伟译，《伟大的传统》，北京：生活·读书·新知三联书店，2009年2月，第22页。

③ 陆建德：《弗·雷·利维斯和〈伟大的传统〉》，〔英〕利维斯著，袁伟译，《伟大的传统》，北京：生活·读书·新知三联书店，2009年2月，序言第9页。

④ 曹莉：《文学、批评与大学——从阿诺德、瑞恰慈和利维斯谈起》，《清华大学学报（哲学社会科学版）》，2013年第2期，第114页。

⑤ 夏济安：《评彭歌的〈落月〉兼论现代小说》，《文学杂志》，1956年10月第1卷2期，第29、32、36页。

言中，夏志清述及自己在 20 世纪 50 年代初期接触利维斯的《大传统》，读后"受惠不浅"，"对李氏评审小说之眼力，叹服不止。"① 而夏志清的这本被奉为经典的文学史著作也正是表现了强烈的人性道德批评意识。这本书最先由英文著成，1961 年即由耶鲁大学出版，虽然迟至 1979 年才在台港地区推出中译本，但是在夏志清撰写期间，有关张爱玲小说研究的主要成果率先由夏济安译出，发表在其所主编的《文学杂志》上。

夏志清曾指出，要描写人生的广度，挖掘人性的深度，"人的气味太薄了，人间的冲突悲苦捕捉得太少了，人心的奥秘处无意去探窥，也算不上是'人的文学'"，②"一个大小说家当以人的全部心理活动为研究的对象，不可简单的抓住一点爱或是一点恨，就可满足"。③ 夏志清从张爱玲小说繁复的意象和精致的文字中，指出"她对于人和人之间的微妙复杂的关系，把握得也十分稳定。""对于人生热情的荒诞与无聊"有着一种"非个人的深刻的悲哀。"④ 比如《金锁记》的道德意义和心理描写，极尽深刻之能事。将七巧内心的贪欲、性欲受压抑以至于疯狂的"道德上的恐怖"充分描写，⑤"她是她自己各种巴望、考虑、情感的奴隶。张爱玲兼顾到七巧的性格和社会，使她的一生，更经得起我们道德性的玩味"。⑥

这种"道德性的玩味"，"道德问题的紧张"正是利维斯所论的"内向的兴味关怀"，即"具有个人一己问题的迫切性又让人感觉是道德问题，超出了个人意义的范围"，⑦ 伟大的小说家必须具有一种"把握人性心理上的洞察力和知人论世的敏锐烛幽"，⑧ 利维斯还提出要发展一种"高度的道德想象"，凭此就能把矛盾冲突组织好，使每一种极端立场态度适应于人类生活的整体意义而获益。⑨ 这背后是一种"有机统一体"的文化假定，就是说矛盾冲突本身不具自足性，

---

① 夏志清著，刘绍铭等译：《中国现代小说史》，香港：中文大学出版社，2001 年 9 月再版，作者中译本序第 34 页。

② 同上，第 420 页。

③ 同上，第 350 页。

④ 同上，第 341 页，第 338 页。

⑤ 同上，第 343 页。

⑥ 同上，第 349 页。夏志清对张爱玲的评论最早发表在《文学杂志》1957 年 6 月第 2 卷 4 期上，因翻译缘故，文字略有出入。

⑦ 〔英〕利维斯著，袁伟译，《伟大的传统》，北京：生活·读书·新知三联书店，2009 年 2 月，第 166 页。

⑧ 同上，第 75 页。

⑨ 同上，第 42 页。

它的最终目的不是要让读者记取种种冲突因素的任何一方，而是要在一个普遍而永恒的人性道德信仰下，打动读者去体认这些冲突元素组合之后所凸显的人生超越性意义。诚如夏志清所言，伟大的小说家应该"借用人与人间的冲突来衬托出永远耐人寻味的道德问题"，"写出人间永恒的矛盾和冲突，超越了作者个人的见解和信仰"。① 它教育每一个人坚定的认同文学不应只表现一时一己的利害得失，而应该传达人类与宇宙的永恒价值。因此，在各式矛盾与冲突之间，连贯统一与整合是关键，包容性的悲悯与同情是主调。

在一个动荡而意识危机的时代，这种把互相冲突对立的双方融为统一的真正打算是，它不愿意真正实际去彻底改变和解决这些问题，而是试图用一种绝对的人性价值来整合社会中的冲突矛盾，以此寻求安慰。而文学作为一项调解人性情感矛盾的高级精神娱乐活动，非常适合完成这项人性整合的任务。

当时的台湾文坛就是这样想的，"今天的时代，的确是一个极端苦闷的时代，人类的思想无法找到出路，物质和生活的欲望无法得到满足，而且对性格充满了矛盾的本身，也无法得到合理的解答，尤其是第一次世界大战以后，人类的命运终日在死亡的边缘摸索，由于这种苦闷的情绪，要得到适当的发泄。因此，就有了各种不同方式的表现"。② 而艺术正应该对这些精神苦闷以正确的疏导和陶冶。

当时更对论者津津乐道于厨川白村的"苦闷的象征"。"厨川根据弗洛伊德的学说指出人生在这个世界上受到种种约束，无法抒发其内心的郁积，只有在文学创作中，可以尽情吐露。"③ "我们在现实的世界里受着许多牵制，欲望往往难得满足，于是通过艺术得到一种化装的满足。""我们应该研究怎样把苦闷牢骚发得像样些"，"变得有条有理，成为一件艺术品，能感动人。"④ 文学是苦闷的象征，用苦闷做题材写出我们的诗篇，"拿出同情心和勇气来安慰同时代的人"。⑤ 苦闷是一种高贵的气质，"使吾人在此悲壮中引发起景仰与感动之情，而涤净吾人的卑俗与丑陋"，最终"超脱了生命的痛苦"。⑥

---

① 夏志清著，刘绍铭等译：《中国现代小说史》，香港：中文大学出版社，2001年9月再版，作者中译本序第40页。

② 屠申虹：《艺术往何处去？》，《革命文艺》，1962年1月第70期，第7页。

③ 杜蘅之：《文坛走笔》，《晨光》，1955年7月第3卷5期，第11页。

④ 江浪：《苦闷的象征——致友人的一封信》，《海风》1959年5月第4卷5期，第22—23页。

⑤ 王岩：《当前诗坛三大课题》，《今日文艺》，1956年1月第1卷1期，第10—11页。

⑥ 何怀硕：《苦涩的美感》，台北：大地出版社，1973年11月，自序第8页。

事实上，这不过是在精神分析的伪装之下重新陈述了那个老的诗教传统和净化说。那些偏离平衡和谐的痛苦与矛盾不仅可以在文学中得到健康的宣泄，而且在这一过程中重新调整我们的身心，洗净卑俗，超脱苦痛，在这自身的调节中重新发现令人放心的和谐统一。恰如前述的"被驯化了的现代主义"，这其实也是一种被治愈的弗洛伊德的人性苦闷，正如当时论者称"弗洛伊德建立的伟大的精神分析学的目的是要替人类找出精神病的病源，然后加以适当的治疗"，[①] 使人能够藉理性与自觉来控制自己非理性的部分，"使爱德，自我，超自我这三个系统重新恢复统一均衡"。[②] 它把注意力从弗洛伊德对人性主体的分裂上转开，却将其投到人性的整合统一之上。它关心的是痛苦与矛盾如何在文学的转化与升华中被一一治愈，这样我们就能获得精神的愉悦，幸福的生活。

这一类型的情感意识与人性心理学说正是 20 世纪五六十年代台湾文学经验的一个特产。它的用处就是为迫切的社会问题提供某种想象性解决。它将社会问题、矛盾冲突的根源设定在人的内心，当时的论者天真地相信"人性的救赎可以自动自发的扭转历史的方向，突破危难，重新进入坦途"。[③] 因此，反躬自省，保持内心理性的平和，通过敏锐的道德洞察力来发扬人性的高贵，就能克服一切困难，而不是批判社会，推翻政府，发动一场彻底的社会革命。

第二节　人生现实的审美净化与超越

审美性是当时理论批评者诠释文学的另一重要指标。审美的过程亦指向一种情感上的升华与教化，正如蒋介石在《补述》中指出的，应该培养民众"审美的心情"，[④] 来陶冶性情，增进心理康乐，安定人心。蒋介石的观点实际上暗示如果社会不满与矛盾要得到控制，就必须得到升华。

因此，当时台湾文坛才会如此关注美育——文学审美的教育教化功能。"美的本身，是要在矛盾冲突中找到谐和，在混乱众多中找到统一的。"[⑤] "美的鉴赏

---

① 周伯乃：《精神分析与现代小说》，《现代小说论》，台北：三民书局，1971 年 5 月，第 90 页。
② 周伯乃：《文学与人性的批判》，《现代文艺论评》，台北：五洲出版社，1968 年 4 月，第 10 页，第 14 页。
③ 张文伯：《人性的发扬》，《国风》，1953 年 2 月第 7 期，第 10 页。
④ 蒋介石：《民生主义育乐两篇补述》，台北："中央"文物供应社，1953 年 11 月，第 76 页。
⑤ 赵滋蕃：《文学与美学》，《幼狮文艺》，1961 年 6 月第 14 卷 6 期，第 10 页

则为人人所必须与整个人生不可分，人必须在美的鉴赏中，提高人生的兴趣，充实人生的内容，丰富人生的意义，美的鉴赏必须涵泳深入，必须升华，才能美化人生。"[①] 在这样的美育心态所形成的审美场中，前述传统资源中温柔敦厚、天人合一等审美理想积累了丰厚的情感体验，而西方现代的审美心理学，语言学等方法学说则提供了一套更为精微的分析和阐释框架。因此，当时的论者既有继承又有借鉴，往往结合了传统与西方两个理论框架，与这些美育心态一道，共同建构出台湾文艺美学的理论雏形。

一、赵友培《文艺书简》《答文艺爱好者》《文艺论衡》

赵友培在当时从审美欣赏的角度发表了关于文艺起源、定义、创作经验等相关文章,相继出版了《文艺书简》、[②]《答文艺爱好者》、[③]《文艺论衡》[④] 等专书。虽然这些著述并不是系统的美学理论研究，但是赵友培对于想象、意象、美感等文学审美性质的解答，非常具有代表性。

赵友培曾在《谈意象》一文中，针对当时论者提出的文学的本质是情感，是思想，是想象，是意识，是生活等各种学说，提出自己不同的意见，他认为"研究文艺生命的根源，应该从作品本身着眼，不应该从作家本身着眼"。"作家虽是作品的母亲，但从孕育作品的胚胎时起，就是一个新生命的开始，而这个新生命的诞生，必须脱离母体而独立"，"这个最初的胚胎，就是意象"。那么意象又从何而来，赵友培指出"意象是作家的思想情感和现实事物的印象或现象，通过想象之媒，结合以后，凝聚而成的美的雏形，它是文艺作品最初的胚胎，也就是文艺生命的根源"。[⑤] 赵友培认为思想、情感、想象、意识等要素必须要转化成一种美的意象，表现出来才是文学。由此，赵友培就围绕如何熔铸意象这一中心议题，展开论述。"意象不能凭空而来。单有作者的思想情感力量，只有精神而无物质，不能产生意象；单有自然社会的现实事物，只有物质而无精神，也不能产生意象"，[⑥] 美的意象就是把自己的心灵、思想，投射在外在的物

---

① 菊园:《美的鉴赏》,《半月文艺》,1953 年 4 月第 8 卷第 5 期, 第 62 页。

② 赵友培:《文艺书简》,台北:重光文艺出版社,1952 年。

③ 赵友培:《答文艺爱好者》,台北:复兴书局,1958 年。

④ 赵友培:《文艺论衡》,台北:台湾商务印书馆,1966 年 7 月。

⑤ 赵友培:《谈意象》,《海风》,1955 年 12 月第 1 卷 1 期, 第 3 页。

⑥ 赵友培:《文艺是一个有生命的整体》,《答文艺爱好者》,台北:复兴书局,1958 年,出版月不详, 第 35 页。

象上，使之"客观化，具体化，成为实际的存在"，"把自己的心灵，投射于明月梅花的物象，又把明月梅花的物象，涂上了自己的思想情感，两下沟通起来，融合起来"，① 而这种"天人合一"，"心物合一"，人与人的心灵交感，人与物的沟通默契，全赖于"感情移入"。②

在这里，赵友培有意识的借用了西方审美心理学的移情理论，为"心物合一"的传统美感经验找到了依据。"感情移入是一种移情作用，把我的感情钻进所欣赏的对象里去，使我能设身处地，体贴入微，分享物的生命；由物我交感而至物我同一。譬如你是一个饱尝离别滋味的人，当你凝神注视一株杨柳在微风中荡漾摇曳时，你把你的离情别绪，一齐移给杨柳，它的荡漾摇曳，也就变成了你的荡漾摇曳。于是，那杨柳也就有了依依不舍之情，似乎你就是杨柳，杨柳就是你了。"③

感情移入首先要"由外向内观照，把所知觉的事物悬在心中，加以省察，加以玩索，把外在的经验与内心印证；作家此时把'我'看作'物'，故能清楚地看到内心的活动，不会迷惑，不会混乱，是自我的客体化。"然后"由内向外放射，设身处地，将我心比他心，以内心的热情移注于外物；作家此时把'物'看作'我'，故能与外物混然合为一体，没有歧视，没有隔阂，是物理的人情化。失去前一种作用，作家将不能客观地描写自己；失去后一种作用，作家将不能亲切地体验他人"。移情的基本条件就在"推己及人"，"就在推爱己之生，以爱人之生，爱物之生，有一脉同情心交流互注，由'物我同一'，而至'物我两忘'。于是，吾心即是宇宙，我与他人同在，万物与我同在"。④

赵友培的意象论的关键就是培养起一种感同身受推己及人的移情体验。对于退台动荡的历史时期而言，这种想法存在的安慰就是：痛苦是普遍性的，而非个人或某个阶级所特有的。是你自己的，也是全体人类可以同情共感的，不必抱持一种愤世嫉俗的姿态，也不必将自己的苦痛极度推到一个对立面。而且，这种有关整体人类生活的移情感知所表征的一种政治希望就是各阶级都是血脉

---

① 赵友培：《艺术起源的探讨》，《文艺论衡》，台北：台湾商务印书馆，1966 年 7 月，第 13 页。

② 赵友培：《谈体验》，《文艺书简》，台北：重光文艺出版社，1952 年，第 113 页。

③ 赵友培：《美与美感及其他（下）》，《答文艺爱好者》，台北：复兴书局，1958 年，第 26 页。

④ 赵友培：《谈体验》，《文艺书简》，台北：重光文艺出版社，1952 年，出版月不详，第 112—113 页。

相通的：我们因能对其他人的痛苦、快乐产生相似的感情，而紧密联系在一起，与他人的关系中包含着一系列内在移情想象的一致性。因此，阶级对立是完全没有必要的。这将使人们慢慢缺乏对黑暗残酷现实的敏感性，满足于一种单纯而廉价的同情，而这种怜悯和同情正有助于稳定国民党在台的统治秩序。

二、王梦鸥《文艺美学》

王梦鸥在20世纪五六十年代发表了一系列讨论风格、文体、语言形式等文艺审美问题的著述，比如上述提到的，还有《论中国艺术风格》、[①]《中国文体论之研究》[②]以及在《文季》连续发表了翻译自韦勒克和沃伦的理论文章，从语言形式内部探讨文学本质。王梦鸥1959年出版了《文学技巧论》一书，[③]涉及文学思潮、理论与技巧，正是在此书的基础上，整合改写，重新推出了《文艺美学》，[④]是王梦鸥20世纪50年代以来投入美学研究的一个重要总结，相当程度上代表了退台初期台湾文坛有关文艺审美的思考与观念。

王梦鸥在《文艺美学》中为文学下的定义就是"表现美的文字工作"。"所谓'文字'工作，是为'表现'而设；而'表现'则又为'美'的目的所有。倘把文字、表现、美，当作文学的三大要素，则美之要素则又统摄其余二者。"[⑤]在本书的上编中，王梦鸥首先对文学审美问题展开了详细的历史回顾，从古典主义、浪漫主义、写实主义到现代主义等文学流派思潮涉及的审美特质、审美心理、审美趣味等问题进行描述。下编中，王梦鸥则进一步提出自己的观点，深入讨论了美的存在特性、构成条件以及美如何欣赏等问题。

王梦鸥认为，美的存在"既不专属于客观方面，亦不属于主观方面，而是存在于主观与客观之某种关系上，而这关系又以主观的感情为其重要条件"。[⑥]在《适性论——合目的性原理》一节中，他解释说，"这不单是依我们主观的'看法'如此，而是在那客观对象本身亦具有一种合乎我们'看法'的法则在。客观的那种法则恰合于我们主观省察的法则，于是我们称之为美。这种主客观

---

① 王梦鸥：《论中国艺术风格》，《革命文艺》，1957年5月第14期。

② 王梦鸥：《中国文体论之研究》，《文学季刊》，1968年2月第6期。

③ 王梦鸥：《文艺技巧论》，台北：重光文艺出版社，1959年4月。

④ 王梦鸥：《文艺美学》，台北：新风出版社，1971年。1976年台北远行出版社再版，2010年8月台北里仁书局再版。本书使用的是远行出版社这一版本。

⑤ 王梦鸥：《文艺美学》，台北：远行出版社，1976年5月，第30页。

⑥ 同上，第117页。

之某种法则的契合，以客观物言，可说是它的'合法则性'（Gesetzmassigkeit）；但就主观方面而言，则又可称为合目的性（Zwechmassigkeit）。前者，是客观物自合其法则性；后者则客观物有合乎我们的目的性"。① 并进一步举例，"以植物的法则而言，花这植物，循其法则，是以开'花'为最高现象，是故花这种植物的'花'本是它自身之合目的性的表现，而与主观的省察无关，而花之生命法则亦要向这极致发展"。②

在这里，王梦鸥复述了康德的基本观念，以"物自体"为依据，承认在人的主观意识之外存在着客观世界，把这看作客观物自身的目的性。另一方面，"花本是这植物的客观目的性，惟独它这目的性（合乎法则性）与我们主观的目的性（开花）相应或相合，我们才能在见其为花时，而在主观省察上第一度便成立了称心合意的结果"。③ 在这方面，王梦鸥又糅合了歌德的意见，以主客观之某种法则的契合为依据，承认美具有客观外在的目的，而不同康德认为"物自体"是不可认知的，是超出人类经验能力范围内的。王梦鸥认为，"被我们所认为客观的目的性者，实亦为我们主观自己所构成的认识，亦即主观自己经验而来的事实"。④ 王梦鸥正是由此出发，建立了以"自我"为核心的主观合目的性，其核心命题是"自我省察"，⑤ 即人的主观意识对客观对象美的价值的内在判断。因此，就其本质而言，主客观合目的性不是指向客观实在的，所瞩目的是人在主观上"所习成的观念"和"趣味感"，⑥ 美的价值判断是通过反映主体的内省式体验而指向人自身的。

王梦鸥关于主客观审美关系的阐释，排斥了那种先验神秘的审美思考方式，不再从一种超精神的存在、神的存在，而是从人的自我存在来讨论审美问题，揭示了审美活动与人的个体本性之间密切关联和内在机制。但是，当他具体将人作为研究对象而加以阐释时，就暴露了他的人本主义美学的浅薄之处。王梦鸥意识到只讲主观或客观的片面性，强调美就产生于主客体的双向建构中，但是，主客合目的性被看作是一种独特的自我意识、自我体验，仍旧是在人的纯粹精神领域来谈论审美问题。所以他说主客观的关系上以"主观的情感为其重

① 王梦鸥:《文艺美学》，台北：远行出版社，1976 年 5 月，第 124 页。
② 同上，第 125 页。
③ 同上，第 150—511 页。
④ 同上，第 151 页。
⑤ 同上，第 164 页。
⑥ 同上，第 165 页。

要条件"。① 主客合一仍然是认识与被认识、感受与被感受的精神演变的一个过程。他所说的审美实践也只是纯粹的精神实践。因而，他虽然讲主客体统一，看上去似乎公允，实质上却还是统一于主观。主客体双向建构的结构包含着情感精神上的契合，但绝不仅仅只是一种情感精神能力。王梦鸥没有意识到人的真正社会实践活动的重要作用，没有把这种主客体相互作用的活动联系到人与自然社会之间实践改造的漫长历史和复杂过程，就只是从静止的、孤立的主观心理学的研究视界来考察主客体间的审美关系问题。

在接下来的《意境论——假象原理》《神游论——移感与距离原理》中，王梦鸥就以西方审美心理学理论讨论中国传统的美学观念。在意境论中，他用假象原理来讨论意境的内容，"假象是与现实的形象或外在的现象对立"，② 而意境就是一种假象，是"客观现象经过主观的想象努力之后再现出来"，"那形象已经不是本来的形象"。③ "意"就是"将现实形象用另一种符号化为假象形象"，"境"就是这形象所激起的感情、记忆、经验，形成"假象感情"。④ 王梦鸥借用了哈特曼对假象原理的分析，哈特曼指出美依据假象的特质，是"主观从现实抽象而来的材料，故谓之'超主观的现实'，其实就是抽象化了的现实"。"艺术品（文学）所显现为较自然更高度的美，即在这抽象作用；因为抽象是自由的。"王梦鸥解释说，"这里所谓抽象的自由，实即想象自由"，"可依我们自由想象而变形，成为更合于我们的目的性，所以能成更高度的美"。"我们直接欣赏的人像或直接经历过的事实，往往不如我们想象之美者即属此理。是故在文学上，在心灵上的，都是抽象的或观念的现实，这'现实'就是假象的性质，也是意境的性质。"⑤

王梦鸥之所以把假象原理与意境联接起来，正是假象给予我们各种自由的姿态和意境，通过假象把现实抽象为各种美的情感情境，引导我们进入那想象的"天""野""那样风吹着草，以及草际露出的牛羊等事物所规定的假象世界"，⑥ 在假象的期待中得到直接的满足。那么，如何获得这种假象意境，在《神游论》中王梦鸥回答了这个问题。

---

① 王梦鸥：《文艺美学》，台北：远行出版社，1976 年 5 月，第 117 页。
② 同上，第 187 页。
③ 同上，第 186 页。
④ 同上，第 188 页。
⑤ 同上，第 189—190 页。
⑥ 同上，第 190 页。

要达到这种主客相应，虚实合一，天人合一的最高意境，必须使文艺作品具有"作者寄其生命精神的'神'"，"而欣赏者与作者之元神会合，神游于艺术品而后乃见其'神'"。[①] 王梦鸥主要引介了李普士（立普司）的移感说和蒲洛（布洛）的距离说，来阐释这种"神游""神会"。这两种学说在前述赵友培的审美论述中已经进行了介绍，相较而言，王梦鸥则更加细分缕析，详细论证：第一，感情移入是"自我价值感情之注入对象"，"与对象之精神内容相应而统一，于是自我所感到者，已忘其为自我价值感情但觉其为对象之价值感情"，由物我相忘而达到物我同一的意境；第二，"更就对象之精神内容与我之价值感情相应之关系观之"，可说是一种"内模仿"，"我们可因其'形'于外者，而体验外物之内在的状态"，"为'以意逆志'亦即'将我心比你心'的体验"；第三，"移感的结果，则我与自然被当作统一的整体而存在"，"这就是物我同化的意境，我们所称'化境'者是"，这时的"物非'真物'，而我亦非'真我'"，这就是"'假象的自我'与'假象'相结合，而后以'现实的自我'来享受那个结合，而欣赏其美。"王梦鸥还同时援引了罗斯金的"感情之误置"，王尔德的"想象之同情"，巴锡的"象征的同情"，"皆可谓移感作用之别名"。[②] 移情的"将心比心""内在模仿"所体验到对痛苦的同情，对其他人的想象性的一致，其潜在的意识形态取向，正如前述分析的那样，保证了国民党统治秩序的稳定性和连续性。

此外，王梦鸥进一步指出，"我们平常看待事物，多循着感情移入原理，我们事事当真，执着快乐、执着痛苦；若使当我们沉迷于这苦乐意境中，一旦抽身而出，再回头来看那苦乐的意境，我们将因之又产生另一个意境。例如失败者埋葬其身心于悲伤烦恼之场，俟其时过境迁，回思往事，特别有一番滋味。这滋味是发生于他将自己的往事当作小说或戏剧，而以读者或观众的态度来体验时。这样，等于对已往的经验做再度的移感，其中就有距离，英人蒲洛（Bullough）称此为'距离心理'"。[③] "距离之后的感情移入，才是文学欣赏的移感。"[④] 说得再明白一点，主体对观赏对象移入感情时，必须要忘记利害得失，平心静气，尽可能心平气和的对待自己时运悲惨的现实生活，以"旁观者"的姿

---

① 王梦鸥：《文艺美学》，台北：远行出版社，1976 年 5 月，第 221 页。
② 同上，第 222—224 页。
③ 同上，第 232 页。
④ 同上，第 233 页。

态与现实保持距离，并且在这种距离的凝视中，我们才能充分细腻的玩味和体会自身的情绪和想象，从而达到身心和谐一致。换句话说，这些不幸被审美地体验着，而且得到令人兴奋的审美体验。正如王梦鸥强调距离能化丑恶为庄严，化痛苦为慈悲，[①] 在距离的化境中，就能化矛盾为和谐，神游于物我合一的审美意境之中。

王梦鸥所描述的这种主体客观化、客体主观化的双向建构的艺术创作过程中，人的心灵进入神游的自由之境，在物我同一的最高意境之中获得了美感享受。这种观点既与中国古典美学思想一脉相通，又借助了西方审美心理学的理论体系，构成了典型的20世纪50年代以来台湾文学审美的抒情性、内省性和人性论倾向。而当时的另一位论者姚一苇则更加继承和发展了这一倾向，形成了一套文学美学理论系统。

三、姚一苇"美学四书"

20世纪50年代以来，姚一苇在《笔汇》《现代文学》《文学季刊》《文学评论》《剧场》等杂志撰写了一系列的文艺美学理论文章，这些文章日后绝大部分都结集出版，主要为《艺术的奥秘》、[②]《美的范畴论》、[③]《审美三论》、[④]《艺术批评》[⑤]，被称为姚一苇"美学四书"。有论者指出姚一苇毕生论述正是"传统文学价值的重新肯定、古典美学的最后完成"。[⑥] 因此，中西古典美学思想是姚一苇美学理论的重要资源，尤其是西方古典美学的开山杰作——亚里士多德的《诗学》。正如前述提到的姚一苇是《诗学》的一位翻译者、注释者。他还曾多次表示："影响我最大的一部书是亚氏的《诗学》"，[⑦] "我所企图建立的艺术体系几乎可以说完全承袭亚氏的余绪，是从《诗学》基础上生长起来的，它便成为我手边翻阅得最勤的一本书，十年于兹，当可见与它的亲密的程度"。[⑧]

---

① 王梦鸥：《文艺美学》，台北：远行出版社局，1976年5月，第233—235页。
② 姚一苇：《艺术的奥秘》，台北：台湾开明书店，1968年。
③ 姚一苇：《美的范畴论》，台北：台湾开明书店，1978年。
④ 姚一苇：《审美三论》，台北：台湾开明书店，1993年1月。
⑤ 姚一苇：《艺术批评》，台北：三民书局，1996年6月。
⑥ 郑树森：《古典美学的终点》，陈映真主编：《暗夜中的掌灯者——姚一苇先生的人生与戏剧》，台北：书林出版有限公司，1998年11月，第77页。
⑦ 姚一苇：《艺术的奥秘》，台北：台湾开明书店，1968年，自序第7页。
⑧ 姚一苇：《诗学笺注》，台北：台湾中华书局，1966年6月，后记第216页。林淑慧：《艺术的奥秘：姚一苇文学研究》，政治大学台湾文学研究所硕士学位论文，2009年7月摘要

亚里士多德的《诗学》具有一套严谨的理论系统，首次将艺术本身作为独立思考的对象，从中提炼美学范畴，总结艺术发展的规律和原则，建立起艺术的有机构成的观念。姚一苇从中获得的重要启发就是艺术本身是独立完整的有机统一体，是不假外求的，而自成一个艺术的世界。[①] 在《艺术的奥秘》中，姚一苇依循亚氏"以艺术为独立之思考对象"之理念，自艺术本位出发，在《诗学》的理论基础上，提出一套对艺术的解释体系，正如书名所言，姚一苇力图向我们解说文学艺术的内在奥秘。"盖艺术品之为艺术品，必有其共有之功能和法式。故表现媒介物可以不同，时空可以相距甚远，然其显露人类之意念、感情、严肃性、模拟之功能、象征与对比之形式、完整与和谐之法则等必有共同之规律可循；不如是不足以作完美之传达。"[②] "艺术所容含之技术性，精微远奥，变幻万千。" "如何自这一复杂的变化中来觅取它的原则性，如何揭开它的内在的奥秘使艺术的爱好者与实践者有所依循，此正本书所努力从事者。"于是，姚一苇就从这些具体的，随社会历史而变化的文学实践中寻觅出艺术的某种神秘共相与本质，并力图揭示艺术内部的，独立于政治、社会等人为规范之外的永恒规律与原则，从而建立起一套超越不同历史文化，放之四海而皆准的美学理论。

亚氏在《诗学》中主要提出了模拟观与完整性的艺术要素，过于简略，姚一苇则结合了后来诸多的艺术理论，做出了更详尽的归纳。文学艺术在内容上的法则可包括"想象""严肃""意念"。在形式上则由"模拟""象征""对比""完整"等表现方式构成，内容与形式相互结合，形成一个整体和谐的统一体。

在《论想象》一章中，姚一苇指出"任何一件艺术品必然是一件创造品，因为它通过了艺术家想象的缘故。所谓想象在此不只是意象的召回或经验的再现，它包含了艺术家个人的远为复杂而深邃的心灵的作用；此种心灵作用，一般人称之为'创造的想象'"。[③] 姚一苇列举了西方浪漫主义时期，歌德、柯勒立基（柯勒律支）等学者的观念，创造性的想象是"一个艺术家的自由的经验"，"是艺术家的内在的活动，是艺术家的自白"。艺术家的想象是感性的，是不自

---

① 姚一苇：《关于亚里士多德及其诗学》，《诗学笺注》，台北：台湾中华书局，1966年6月，第19页。

② 姚一苇：《艺术的奥秘》，台北：台湾开明书店，1968年，自序第3页，第4页。

③ 同上，第20页。

觉的，"一切最高的生产力，一切伟大的创意，一切发明，一切能结实、能有效果的大思想，是不受任何人的操纵，是超越乎一切尘世的力量的。人应该把它们视为意外的天赐，视为上帝的纯粹的孩子，应该以欣悦的谢意接受和尊敬它们的"。①

　　同时，姚一苇还特别从近代弗洛伊德的潜意识理论，探讨想象的心理活动过程。但是姚一苇并不赞同将想象完全归为一种不受控制的，不自觉的，特异的感性精神活动，他在这里特别澄清，想象的创造性除了展现艺术家深刻独到的愿望、爱欲、冲动之外，还包括艺术家创造新秩序的能力。"它表现为一种有组织的设计"，艺术家自觉地组织材料，"系将一些平凡、肤浅、人人所知的现象转变为一种美妙的、神奇的事物，是化腐朽为神奇的工作！故一个艺术家的想象力系指如何结合这些平凡、生糙的资料的能力，亦即创造一个全新的秩序的能力"。"在建造秩序上主要的是一个艺术家的意识界阈内的活动，包含了他的教养、知识和经验。因此，我们不得不说，一个艺术家所依凭的不仅是潜意识的作用，而更主要的是意识的作用。"②

　　由此，在这想象的知性意识条件基础上，姚一苇进一步讨论了艺术品构成的"严肃"与"意念"要素，"这严肃的一面在衡量艺术品的价值时往往是决定性的一面"，③"所谓艺术的严肃性是艺术家的'人格'的具现，以及通过这一'人格'所显示的'真诚'"。④"此间所谓的意念系指艺术家通过艺术品而传达出来的思想或主旨。"⑤但是，艺术家所表现的人格，思想等不同于伦理学家的人格，哲学家的、科学家的思想，艺术家在表现其人格、意念时，只是在表现他自身，"艺术家只有在自我的不可遏止的冲动下创作才与他自身的生命相结合"，"这便是艺术家在从事创作时的真诚与虔诚的态度，亦便是艺术家所表现的严肃的态度"，"因此我们说艺术家除表现外应不抱持任何的其他的目的"，"艺术家抱持任何其他的目的而创作时均相对的减低了它的严肃性"，"艺术家只是艺术家，他不是道德家，不是哲学家或科学家，更不是宗教家或改革家"。"当艺术只是在表现某一目的时便不是表现自身，它便不是纯净的艺术的活动，至少它

---

① 姚一苇：《艺术的奥秘》，台北：台湾开明书店，1968 年，自序第 3 页，第 23—24 页。
② 同上，第 36—37 页。
③ 同上，第 54 页。
④ 同上，第 58 页。
⑤ 同上，第 70 页。

羼入了某种宣传的因素，一种不属于艺术界阈内的活动。"[①]

可见，艺术在姚一苇的心目中是完全独立的，艺术的目的只是表现，除表现外别无其他的目的，有论者指出，姚一苇这时将艺术的"本位"变成了"特位"或"独位"，"艺术的圈子似乎越划越纯，而艺术的社会作用则越划越窄。"艺术的社会作用只囿心中，供人反省咀嚼的。[②] 姚一苇正是试图压制住这些社会历史的差异，假定存在着一种从具体社会生活中孤立出来的艺术共相和原则，这样就能把艺术从社会关系、生产实践与政治统治中抽离出来，而提升到一个独立而崇高的偶像地位。

在接下来对艺术形式奥秘的讨论中，姚一苇就围绕艺术品应该采取哪些样式、方法来表现自己，提出了"模拟""象征""对比"要素。姚一苇对亚里士多德的"模拟观"进行了新的诠释，他更主要的接受了亚氏视"模拟"为一种人的本能天性，"模拟自孩提时代即为人之天性，人之优于动物，即因人为世界上最善模拟之生物"。"模拟"满足了人内心的需要，"便包含了艺术家自身的想象或理想的成分，当然便非单纯的相似。亚氏在此为模拟建立了创造性的意义"。[③]

由此，姚一苇特别强调所谓的"模拟"并不是纯粹客观的模拟，是"在对真实世界的模拟中艺术家自我的具现"，[④] 这种艺术上的模拟意义，姚一苇提出了自己的一个概念，就是一种主客观合一的"抒写"，"所谓'抒写的'，非仅通过客观世界以抒写出艺术家的感情，同时亦抒写出艺术家的思想或意念；因此又别于一般人所谓的'抒情'。一般人所谓的'抒情'往往仅指感情或感慨的抒发，仅是文体论中的一个狭义的名词"。"我认为所谓'抒情'，亦是通过客观事物或外在世界所流露出来的情感；同时此间所谓的情感，亦非单纯的喜、怒、哀、乐……是一个复杂的微妙的与细致的情感；愈是复杂、微妙、细致的情感便愈与作者自身的教养、趣味、亦即他的'人格'相关联；那便不仅表现了作者的情感，也同时表露出来了作者的思想或意念。"[⑤]

姚一苇提出的这种抒情的模拟观，其实是注重作家艺术家以个人感觉经验，来重新梳理各种现实素材，形成一种主观心理把握下的客观现实。

---

① 姚一苇：《艺术的奥秘》，台北：台湾开明书店，1968年，自序第3页，第60—61页。
② 卢善庆：《台湾文艺美学研究》，长春：东北师范大学出版社，1992年7月，第37页。
③ 姚一苇：《艺术的奥秘》，台北：台湾开明书店，1968年，第94页。
④ 同上，第96页。
⑤ 同上，第98页。

而"象征"的式样最能"接触人类心灵的底层"，①象征虽亦模拟真实，"但却在虚幻的假设的条件下构成秩序，是人类的想象所建立的秩序之一"，②象征越是复杂，越能形成一个完美的想象世界。"所谓复杂的象征便是它的真实的世界的程度越小，主观的世界的程度便越大，便越抽象……当这些象征的事物或人物的抽象性越大，我们便越难以确定它的具体意义"，③但象征的意义正在于它的暧昧歧义，而不是单义的，是"自不同的知识角度可以得出不同的解释"，"这些解释将随着人类知识的拓展而层出不穷"，④这样就可以不断深入显露出"作者的精神活动的历程，作者的自我的世界的原型"。⑤

姚一苇提出的抒情的、象征的模拟现实的美学观念，可以说是某种先声，与当时和后来的夏志清的"感时忧国"，李欧梵的"颓废"美学，"浪漫一代"，王德威的"中国抒情传统"，以及陈世骧、高有工形成的一个延及台湾、香港、北美、新马地区的中国抒情传统学派，一脉相承，更与整个台湾思想学术界的思维特点一脉相承。他们普遍重视个体心灵、情感的重要性，将其视为进入现实与历史的重要法门。

这种认识模式具有极为重要的意义，因为历史是有关个体情感的问题，是被镌刻在主观感觉经验的细节里，所以历史是充满"诗意"的。我们无须做出那些确凿而又冰冷的历史评判，因为现实历史越是歧义的，模糊的，就越是充满"诗意"。在历史的洪流里，时代的风暴里，这种"诗意"更可以激起一种超越性的感情，向我们展示如何超越现实，在"抒情""象征"中重建一个完美的秩序。正如姚一苇所强调的，这种"抒情""象征"越是复杂暧昧，越是抽离现实，就越能形成一个完美的想象世界，越能显露我们的自我的世界原型。

在随后的《美的范畴论》《审美三论》中，姚一苇则进一步完成了美学对于情感矛盾，感觉世界等问题的处理。《美的范畴论》从美感范畴的角度指出，优美显示艺术品内部各组成元素之间形成的一种和谐整体。崇高虽然包含着悲、苦等痛感体验，矛盾的、危险的因素，但这种对立是有限的，崇高所强调的一种痛感转换的动态美，更可以帮助我们把痛感矛盾，不平衡转化为平衡，对立斗争被更高层次的和谐美所否定。在一种崇高的体验中，帮助我们登上审美升

---

① 姚一苇：《艺术的奥秘》，台北：台湾开明书店，1968年，第119页。
② 同上，第154页。
③ 同上，第163页。
④ 同上，第155页。
⑤ 同上，第163页。

华生活的宝座，走出自我的狭隘世界，与广大无垠的宇宙相同一。

《审美三论》则完成了前述构成艺术品内容的人的感性与知性意识的进一步讨论。姚一苇自述这本书最初撰写是为 1965 年担任中国文化学院艺术研究所美学课程的讲稿，在讲授的过程中，几经修改，后又在新知新说不断涌现下，随时汇集、阅读、消化、整理，择要吸收应用到讲稿，经过数年努力，而终于成形。① 姚一苇将人的美感经验从低级到高级划分为感觉、直觉、知觉。从康德、黑格尔、柯勒律支、克罗齐、马力顿和其他人的著作中，继承了"美感经验""直觉""知觉判断"等美学心理学观念，同时列举中国传统诗话观念，进行详细阐述。姚一苇还吸取了现代理论成果，如胡塞尔的现象学，海德格尔的存在主义，特别是注意到文化批评理论，如马库色、阿尔都塞等人均有所论及，意识到审美判断"所受特定社会文化的宰制，有其特殊的性质与意义"。②

正如有论者指出的，"姚一苇已经注意到审美经验的产生在绝大多数的情况下都不是一个孤立的现象，虽然专心、凝神是审美经验的一个普遍因素，但在多数情况下我们所注意的绝非只是一孤立自足的形象，外在的世界、过去的经验、个人的知识及修养都是影响审美经验的因素"。③

然而，姚一苇虽然承认美学的社会属性，他也只是补充阐释了美学心理学的一些问题，而不是根本改变了这种美学的孤立属性。原因就是社会性在姚一苇美学定义中的不确定性，他并没有将美学观念与其特定的社会历史语境及意识形态真正的结合起来，反而是将这种具体的社会性抽象为一种社会共相，它的作用就是消除个人、各阶级之间的差异，而强调他们之间同属一个人类社会的共同性。④ 姚一苇的最终旨归仍然坚持美学始终就是美学，是人们突然领悟到的文学艺术的终极价值，是可以独立于社会现实与意识形态运作的可贵存在。⑤

总的来说，姚一苇在《诗学》启发下，综合吸取各种哲学、心理学、语言学等观念建立起的文艺美学理论，基本上仍属于形式逻辑的闭合体系。这种美学体系仍然允许美学避开社会实践而孑然独立，它想要论述的就是美学可以不受外在的社会秩序和权力关系的干扰，而自成一个独立自主的艺术的世界，在

---

① 姚一苇：《审美三论》，台北：台湾开明书店，1993 年 1 月，自序第 3—4 页。
② 同上，第 152 页。
③ 林淑慧：《艺术的奥秘：姚一苇文学研究》，政治大学台湾文学研究所硕士学位论文，2009 年 7 月，第 102 页。
④ 姚一苇：《艺术的奥秘》，台北：台湾开明书店，1968 年，第 287 页。
⑤ 姚一苇：《审美三论》，台北：台湾开明书店，1993 年 1 月，第 161 页。

这种艺术的有机统一体中，我们可以虚构出现实世界中无法得到的一切，而这种美学的偏见将最终阻碍走向现实批判的社会政治运动。

因此，在这一时期，文学审美性理论批评的出现，并不能简单视作对政治权威的挑战，相反，这种审美背后的社会历史原因是与国民党意识形态的困境相关。由于对目前的现实处境无法提供一个政治的解决途径，就只能提供一个审美的替代物。这种"审美"提出的解决困境的方法就是忘记困境。它时刻期望的事就是，营造一个健忘的环境或者一个健康的宣泄管道，在审美的状态中，人们能够置痛苦于身外，在审美化的情感和道德的基础上，调整了社会关系，重建了相互和谐的良好秩序。因此，这种审美关怀更加微妙的保守寓意就是没有必要反叛，它仍然肯定自由，但显然是心灵的自由，而对真正的革命反感。①

小结

当时大量的理论批评论述普遍呈现出一种以人性、人情为宗旨的文学价值理念。当时的讨论普遍继承了"五四"新文学传统中"人的文学""自由的文学"的理论资源，强调文学与人的主观感受、情绪经验、想象创造精神等紧密关联。但是却削弱了"五四"个人情感表达背后暗示出的现实批判精神，而是强调对于人性情感的理解回归到一种符合社会秩序和道德规范的情感表达方式，重视的是情感的冲动、苦闷，可以通过什么方式得到改善与陶冶。

李辰冬的"情感意识说"正是承续传统诗教观，同时以对时代、环境等的具体考察，将传统道德观转化为具体可感的人性人情，通过情感的调控来塑造完美人格和修养，实现道德教化。

当时更为普遍和流行的观念，就是从人性心理的角度，来调节情感欲望。很多批评讨论着眼于人性的善恶克制平衡，强调文学是人性苦闷的象征与疏导。梁实秋、夏济安、夏志清正是在这种"文学人性论"的重要阐释者。透过引介阿诺德、白璧德、利维斯一脉的理性调和的自由人文主义学说，充分阐释了如何保持内心的理性平衡，通过敏锐的道德洞察力来发扬人性的高贵，就能应对危机，克服困难。

从文学审美教育的角度，来达到情感的净化与升华，也是当时论述关注的

---

① 〔英〕特里·伊格尔顿著，方杰、方宸译：《自由 命运 公正》，《甜蜜的暴力——悲剧的观念》，南京：南京大学出版社，2007 年 9 月，第 130 页。

焦点。赵友培、王梦鸥、姚一苇的美学理论一方面继承了传统文化中温柔敦厚、天人合一等美感体验，另一方面借用西方现代的审美心理学，语言学等方法学说，以"移情""距离""美感经验""知觉判断"等原理，对超越性的审美境界及相关问题，进行更为精微的分析和阐释。指出了通过审美，可以营造一个健康宣泄的管道，在审美的状态中，超脱现实痛苦和局限，实现精神世界的完美和谐。在审美化的情感和道德基础上，调整了社会关系，重建了相互和谐的良好秩序。

当时的文学理念正是强调文学应作用于人的内心，去控制和抑制过激或卑俗的情感欲望，把情感上升到一种高尚文雅的道德层面或审美境界。这样一套文学价值理念虽然突破了"反共"政治宣传的僵化教条，但是它也不愿意为现实困境提供一个真正的实际的解决方法，而是通过文学调和人性，审美升华来虚构出现实世界无法得到的平衡和谐。

第四章　重塑范式：以小说创作方法为例

在这种讲究情感性与审美性的文学理念下，当时的理论批评在创作方法也相应地十分注重培养一种精致细腻的美学艺术技巧，来敏锐呈现人性情感的复杂变化。本章选取小说创作方法为讨论对象，因为在当时很多文学刊物上，相较于新诗、散文、戏剧等文类，介绍和讲授小说创作技巧与方法的文章占绝大多数。当时创办文艺函授学校的李辰冬就指出，小说材料比较容易搜集，训练容易，且出版较易，阅读方便，读者最多，影响亦最大，[①]因此他格外看重小说。

在目前文学史叙述框架下，现代主义小说兴起之前，台湾文学的创作都是"反共"政治宣传，几乎没有什么真正的创作方法。但是通过对于这些史料的挖掘，发现台湾文学其实积累了丰富的这种内向性、个人化的情感体验和创作经验。正是在这种创作趋势下，进一步发展为现代主义文学。本章正是通过对这些创作方法进行挖掘与整理，分析其特点与问题，并将现代主义文学放到这一创作趋向下，进行重新解读。

第一节　"大时代，小儿女"：
人性人情的细腻描写与情节冲突淡化

描写是小说创作的基本技巧。很多论者在谈及创作方法时，都肯定描写的重要性，"小说在文学中是偏重描写的"，"小说对人物、景物和事件的处理，均有赖于描写"。[②]描写不是简单的说明，它是"流动的，暗示的，有情的，主动的，有机的，深入的，各别的，具体的，自由的"。[③]在当时各类函授学校、研习营的小说课程中，也都将其视为训练的重点。比如中华文艺函授学校的小说

---

① 李辰冬、赵友培：《关于小说写作的研究》，《火炬》，1950 年 12 月第 1 期，第 4 页。

② 葛贤宁：《小说艺术的综合与杂取》，《幼狮文艺》，1955 年 10 月第 3 卷 3 期，第 25 页。

③ 赵友培：《描绘的重要》，《文坛》，1962 年 6 月第 24 号，第 18 页。

组就明确设置了有关人物与景物的描写研究，包括外形、性格、心理、语言、动作、服装、职业、社会背景、自然背景等内容的练习。[1] 当时作为校长的李辰冬也把描写视为小说创作的基本步骤之一。[2] 之所以重视描写的技巧，显然是因为对于初写小说的学员来说，生动的描写可以避免概念的抽象表达以及流水账似的记录。此外，更出于当时台湾文坛对于精准观察和精细刻画的写实规范的强调和推崇，使得小说描写的问题备受重视。然而，亦如前面的论述，当描写被赋予一种高雅写作修养与学识品味时，描写就不仅仅是一种单纯的写作技巧，而是暗含着这一社会历史时期所需要的某种重要东西。

一、人性人情的细腻描写

谈到小说人物的描写，论者几乎都有一致的看法：小说最重要的是人物。"一部成功的小说，作者一定会交待出几个突出而鲜明的人物，也唯有这样，读者才会对某部小说的印象深刻"。[3] "只要你能够写出活生生的人物，虽然故事不动人，你的小说还是好的小说。换句话说：一篇小说，故事并不顶重要，人物描写才是占着最大的分量。"[4] "人物在作品中，比故事结构，主题发展，高潮起伏的讲求要重要得多。人物几乎像是故事的神经系，支配着作品内容的成败，又仿佛是作品耳目显露着这作品全体的巧拙、真伪、虚实。"[5]

要塑造出生动真切的人物，我们就是要抓住形形色色的人物特征。前述的写实主义讲求的精准观察，仔细琢磨正为其提供了指导。比如描写装饰人物外形的服装，我们要从"服装的形式，质料及色彩上"进行精细刻画。这并不随意描写人物的衣着打扮，而是"很可以发现人物的性格，是冷静的，还是急躁的，是时髦的，还是保守的，是虚伪的，还是老成的，是乐观的，还是悲观的"。"有时候还可以看出人物的修养，判断他们的生活经验。""像一位宽衣博带，长袍马褂的人物，一定是一位阅历较深的知识阶层"，"而劳动阶层的服装通常是坚牢的质料，清灰的颜色，短小的形式"。服装是我们最容易识别人物的东西，描写时需充分注意。再有"人物起居的住室，习用的化妆品，特别爱好的艺术

① 函授学校的课程安排详见《中华文艺函授学校第三届招生简章》，《中华文艺》，1954年7月第1卷3期，第108页。
② 李辰冬：《初学写作的几个基本步骤》，《革命文艺》，1956年5月第2期，封面内页。
③ 碧天：《试谈〈红楼梦〉的人物描写》，《军中文艺》，1956年2月第26期，第3页。
④ 正谊：《看小说和写小说》，《革命文艺》，1956年12月第9期，第13页。
⑤ 黄公伟：《人物描写——写作方法论之二》，《革命文艺》，1958年3月第24期，第1页。

品，在职业上学问上离不了的工具"，通过精心恰当的刻画也都可以衬托人物的背景，表现人物的特点。① 总之，创作者应该培养起自己细腻丰富的感觉经验和敏锐的洞察力，以小见大，从细节中展露人物的精神气质。除了这些外部修饰的间接衬托之外，要使人物栩栩欲生，我们也还要对人物本身的体貌神色等特点作直接的观察分析。② 比如对于"声音的变化，视线的近视，远视，须发的颜色，皮肤的光泽，面颊上的痕印"，③ "须发的灰白和全白，皮肤的白嫩和粗糙，面额上皱痕的多寡，走路时步伐的快慢，脊背的弯曲和平直，说话时的动作和姿势等等"。④ 我们需要"从各方面经过一番研究的功夫，研究到像自己一位最熟悉的朋友一样，才可以写在纸上的"。当然，也不必要像生理学家那样精密的分析，在精确观察之余，还要引入作者全神贯注的想象，"也应该加以一番创造的功夫"，"运用想象力来捏制，才可以把人物塑造得真切"。⑤ 这样，才会真正抓住人物的特征气质，而不是仅凭表面上的印象，同时"以一种独特的、创新的方式加以表现"，"避免陈腔滥调的描写"。⑥

显然，这样的人物描写，显示了一位富有教养的创作者的高级而专业化的艺术趣味，它摒弃了那些平庸俗套的描写空话，坚持具体而微的精准观察与体味，从而把握人物内在本质，创造独特的生命生活。但是它也假定，我们只需把注意力集中于这些从社会和历史语境孤立出来的琐碎、细小的感觉经验，敏于从生活细部现象认出这些细微差别暗示出来的，朦胧而复杂的人性奥秘，就能创造出伟大的人物，伟大的文学。

此外，这种透过服装等细节来暗示人物的生活、职业及其社会上的地位，也是一种值得考察的说法。它的一个前提假设就是人物的言行举止应合乎身份。这也是当时很多论者反复提醒作者应予以注意的，否则就要闹笑话。"一个青年人穿上老年人的服装，并不是少年老成，而是未老先衰。在年青人认为是时髦的服装，穿在老年人身上，并不是返老还童，而是不合时宜，滑稽可笑。"⑦ 同

① 史痕（王平陵）：《论人物的背景》，《中国文艺》，1954 年 4 月第 3 卷 2 期，第 2 页。
② 史痕（王平陵）：《论人体的刻画》，《中国文艺》，1953 年 8 月第 2 卷 6 期，第 2 页。
③ 晓风：《论小说人物性格的创造》，《中国文艺》，1952 年 12 月第 1 卷 10 期，第 3 页。
④ 王平陵：《短篇的人体刻划》，《野风》，1962 年 10 月第 168 期，第 36—38 页。
⑤ 王平陵：《谈创造人物的方法》，王平陵先生遗著编辑委员会编辑：《王平陵先生论文集》，台北：正中书局，1975 年 8 月，161—162 页。
⑥〔美〕艾略特·布莱克斯顿著，丁树南译：《泛谈人物刻划》，《写作的方法和经验》，台北：大地出版社，1975 年 11 月，第 65 页。
⑦ 史痕（王平陵）：《论人物的背景》，《中国文艺》，1954 年 4 月第 2 卷 2 期，第 2 页。

样，在描写人物言谈时"什么样的性格，有什么身份，处在什么地位，才会说出什么话来；在什么时候，对什么地位的人，说什么样的话"。[①] "各阶层人物讲各阶层的话"，"我们能把握住什么人说什么话，才有希望把人物写得活生活现。"[②] "人物命名，要自然、合理、明朗，与身份和地位相称"。[③]

这种看似合情合理的描写原则，在当时要求和谐平衡的意识形态诉求下，却有着一种新的重要意味。它要求每个人的言行都应该符合自己的身份地位，也就是说，作为上层阶级，应该时刻注意自己的言行是否合宜得体，而作为下层阶级更应该恪守自己的本分，而不是总想着那些"令人生厌的社会革命"，以下犯上，乱了规矩。因此，这种"合乎身份"的描写的全部关键就在于对既有社会行为规范和等级地位的驯服和维护。它把身份、阶级的划分和差异当作一种毋庸置疑，天然存在的客观真理去描写，而不去涉及其背后的价值判断和利害关系，由此，社会各阶层都能心平气和地安于自己的社会地位和关系，从而实现整个社会的和谐统一。

于是要想充分实现这种符合身份的真实合理的描写，"创作者就要和小说中的主人翁化为一个，达成一片"，"哪怕是最最微末，最渺小的意念变化都由你自己去体验一下"，[④] 通过对人物的"同体感"，[⑤] 使他们活跃在稿纸上，"这是移情的作用"，作家要设身处地替人物想一想，最好不断的问自己"我自己在这样的情况下是否会这样做，这样说"。[⑥] 同时，切忌"作者自己在作品中发表议论，或提出主观的判断"，人物一旦塑造出来就是一个"具有情感与意志的"独立生命，应由人物自己的所思所感表现出来。[⑦]

这正是前述福楼拜的"无我性"的描写范式的延续，作者不应该对小说中

---

① 谢冰莹:《怎样描写人物》,《文艺列车革新号》,1954 年 3 月第 2 卷第 2、3 期合刊, 第 10 页。

② 王蓝:《什么人说什么话》,《写什么？怎么写？》台北：红蓝出版社印行, 1955 年, 第 52 页, 第 54 页。

③ 王平陵:《人物的典型和创造》, 王平陵等著:《怎样写作》, 台北：台北联合书店, 1964 年 6 月, 第 6 页。

④ 谢冰莹:《怎样描写人物》,《文艺列车革新号》,1954 年 3 月第 2 卷第 2、3 期合刊, 第 10 页。

⑤ 〔美〕佩吉·西蒙·库里著, 丁树南译:《从人物到情节》,《写作的方法和经验》, 台北：大地出版社, 1975 年 11 月, 第 131 页。

⑥ 同上, 第 138 页。

⑦ 王平陵:《人物的性格与类型》, 王平陵先生遗著编辑委员会编辑:《王平陵先生论文集》, 台北：正中书局, 1975 年 8 月, 第 35 页。

的人与事进行批判性的、评价性的价值判断，要做的只是准确描摹记录下人物"体验"它时会有何种感觉感受。换言之，为了把握人物个人独特的心灵感受，我们不必涉及作品中实际历史语境，也不用讨论作者个人的立场和倾向，而是要清除自己的偏见，移情的投入人物的心灵世界中，切不可被"人物的'社会型'（特别是阶级性之类）等皮相的考察所毒害"，对于人物，我们必须作"内心的体验"，[①]"让你自己与他人同感——让你自己变成为他人——训练自己去感受他人的情绪反应"。[②] 如此，我们既可以感同身受于底层群众物质生活的悲惨，又能推己及人的有感于上流社会那些郁结的精神烦恼。这样我们就能够在年代背景全然无关，阶级极不相同的各类人物的心灵之间自信的游走，坚定地追寻着种种普世的人性统一。

这些人物描写的基本观念在当时小说研究的文章中，到处都可以发现它们的回响，不仅局限于小说人物的处理上，在下面将要讨论的情节描写中，我们更可以发现一种动人的内在敏感性。

二、情节冲突的淡化描写

在这种细腻精致的描写要求中，我们还可以察觉到了另一种强调，就是描写应围绕小说的主题，有助于推动情节的发展。"你可以利用描写减缓小说的'步度'；利用它去暗示人物的个性；利用它去制造或强调某种情绪气氛。""描写完全和情节交织在一起。"[③] 在1957年《中华文艺》刊登的一篇小说批改示范中，论者楚茹对于一篇习作的描写不满，原因不在于不够真实、生动、细腻，而是不够"戏剧性"，并且指出这种戏剧性"不一定要大打出手"，而是"表情与心理的刻画，以泄露人物心情的矛盾也是其一"。"景物也好，人物也好，动作也好，应该相互配合融化在一起，互相刻画衬托，使构成几个鲜明有力的'景'（Scene）"，"故事的进展能够用'景'（Scene）来串连起来"，这样才是好小说[④]。楚茹在这里对描写提出了更高的要求，描写应该暗示出一种独特的"戏

[①] 戴杜衡：《人物的共性与个性》，《小说写作技巧》，台北：文坛社，1955年10月，第28页。

[②] 〔美〕艾略特·布莱克斯顿著，丁树南译：《作品的风格》，《写作的方法和经验》，台北：大地出版社，1975年11月，第182页。

[③] 〔美〕埃洛伊斯·贾维斯·麦格劳著，丁树南译：《谈描写》，《写作的方法和经验》，台北：大地出版社，1975年11月，第122页。

[④] 作者：翁俊英，批改者：楚茹：《小说批改示范：人心》，《中华文艺》，1957年7月第6卷6期，第20—21页。

剧意味"，构成情节的发展。而这一批改意见正源自楚茹所翻译的罗伯特·史密斯的《小说创作法》，此书当时正在《中华文艺》上连载。①

史密斯特别指出小说的"戏剧性"并不只是一种外部激烈的冲突，一个人突然被人杀死是一种戏剧性，一个漂亮的人穿了一件华丽的服装也未尝不具有"戏剧意味"。倘若一些细节琐事能够恰当地挑逗读者的情感，同样也具有"戏剧性"。② 史密斯还提醒作家应警惕芜杂不当的描写冲淡故事情节，而应置于"一种合乎逻辑的因果范型"里，③ 注重各种描写、事件的精当与呼应。显然，史密斯提出的"戏剧性"基本上放弃了以往故事情节对一个外在叙述冲突的依赖，而是转向在人物、对话、心理、场景等描写的细部中进行。

这种观点在当时丁树南译自美国著名小说家谈创作的文章中，也是反复指出"对话、描写以及各项细节，无不属于策划情节"。"在卓越的情节设计中，背景、人物以及动作彼此密切适应，浑然交融到不可能截然分开的地步。"④ 不一定要发生什么重大戏剧性的事件，一种戏剧性情势也能造成一种危机感。"所谓戏剧性情势，就是置人物于进退维谷的一种复杂的情势，此中不一定包含有戏剧性事件。譬如，人物与人物间发生不同的意见，或人物与人物间发生误解……从而造成种种冲突（特别是情绪的冲突，精神上的冲突）。"⑤ "事实上，那些在实在生活与艺术中叫我们着迷的外在的戏剧性动作，即是那些涉及思想的各种内在冲突的反映。此等内在的'撞击'（clash），由于摩擦而产生的'热'，我们称之为情绪。"这种情绪的反映就可以用于情节的发展，"一个具有'人性的趣味'的情势在根本上便是戏剧性的。""小说中许多最微妙而又叫人着迷的效果乃是

---

① 译者楚茹是中华文艺函授学校小说组的批改教师，其所翻译的罗伯特·史密斯（Robert Smith）的《小说创作法》在《中华文艺》上连载了此书的 6 个专题，依次是《把意念变成故事》，《戏剧化》，《结构与计划》，《使人物有生命》，《对话》，《风格与手法》。全书于 1957 年由文华文丛出版发行，1971 年又由阿波罗出版社出版。

② 〔美〕罗伯特·史密斯著，楚茹译：《小说中不可缺少的要素——戏剧性》，《中华文艺》，1956 年 2 月第 4 卷 1 期，第 7 页。

③ 〔美〕罗伯特·史密斯著，楚茹译：《结构与计划》，《中华文艺》，1956 年 5 月第 4 卷 3、4 期合刊，第 9 页。

④ 〔美〕佩吉·西蒙·库里著，丁树南译：《从人物到情节》，《写作的方法和经验》，台北：大地出版社，1975 年 11 月，第 133 页。

⑤ 〔美〕艾略特·布莱克斯顿著，丁树南译：《危机与高潮》，《写作的方法和经验》，台北：大地出版社，1975 年 11 月，第 178 页。

基于一些轻微的戏剧性的撞击而产生的。"①

当然，并不是所有论者对情节都能有像史密斯等这样眼界较高的认识，情节结构的曲折生动，在当时仍受到肯定。但是很多一般论者却也意识到"仅仅追求曲折新奇，不是小说中构想故事的唯一重点"。"一个能够充分表现主题，人物和情感的故事，才是小说中的好故事。"②"无论情节的发展多么的动人，但除了人物动作的进展而外，便没有什么了。因为这种描写缺少情感的动机或心灵的共鸣性。"③"情节的发展，则根据人物的个性与情感而来；当然，个性与情感都不是不可以改变的，不过作者一定得说明其改变的过程与理由，这可能就构成了最好的情节。过程愈细腻，理由愈充分，往往它的艺术价值也愈高。"④

因此，当时小说创作的精彩不在于处理一个重大的事件和冲突，而在于当时作家对各种人物、景物、情绪感觉等的细部描写上，形成了台湾文坛所独具的"大时代，小儿女"⑤的细腻风格。它通过个人情绪感觉上丰富的联想、暗示带起情节的流动，指向一种静态而非动态的故事演变。正如史密斯所说的，"我们不需要常常把冲突表现得极端严重——一次善与恶，左与右，高与底的正面冲突，我们可以仅仅暗示冲突是存在的"。⑥

这种实际意味着对矛盾冲突的处理方式不是明确与解决，而是模糊与压抑。它缺乏对一个正面、核心冲突事件的提炼，回避与压抑了对矛盾问题的某种明确意识形态的表达与解决。当时的小说家正是通过这种方式将重大历史事件弱化为小说的背景，将焦点放在了个体日常生活，悲欢离合的敏锐细致的描写上，从而规避了对社会历史问题做直接的政治判断，这虽然避免了作者为国民党当局的"反共"政治宣传背书，然而，在更深层上，这种明确价值判断与政治批评的付之阙如，导致了当代台湾作家对现实历史所采取的一种根深蒂固的暧昧

---

① 〔美〕托马斯·H.乌泽尔著，丁树南译：《小说的戏剧原理》，《写作的方法和经验》，台北：大地出版社，1975 年 11 月，第 220、222、223 页。

② 南郭：《小说的故事和结构》，《幼狮文艺》，1962 年 6 月第 16 卷 6 期，第 17 页。

③ 〔美〕威廉·B.莫维利著，纪乘之译：《论小说中的人事成分》，《革命文艺》，1957 年 4 月第 13 期，第 5 页。

④ 龙天：《夏日炎炎好读书》，《幼狮文艺》，1960 年 7 月第 13 卷 1 期，第 11 页。

⑤ 朱双一：《台湾文学创作思潮简史》，北京：九州出版社，2010 年 6 月，第 184 页。

⑥ 〔美〕罗伯特·史密斯著，楚茹译：《小说创作法：小说中不可缺少的要素——戏剧性》，《中华文艺》，1956 年 2 月第 4 卷第 1 期，第 10 页。

态度，^①时代历史通常只在个人主观情感记录下点到为止。

由此，当时的小说创作往往是内省思悟式的，它把重点放在了个体的主观感受、情感生活的关注，显示了富于教养品位的知识分子在内心情感上的复杂和丰富。于是，形成了文学的一种内向性、个人化的发展趋势，而这种丰富敏感的情感体验与创作经验，正有助于现代主义文学的发展。在内容上，伴随普遍人性论的观念，表达日常生活的各种感受和情绪，分析评价人性的琐碎经验和感受，引导作者去研究自我，唤起对内心探索的兴趣。在形式上，追求情节发展的收敛而含蓄，创作者将自己的意图隐藏起来，通过描写人物的行为、神态、语言以及环境氛围来渲染，暗示、推想、召唤一种情绪的内在戏剧性，而读者则需要对人性人情细致幽微的洞察力，通过揣摩、联想的方式寻找到情感的细枝末节，这也就使得小说的表达不再有明确的指向，而是含混多义的。这种内向性、含混性、压抑感在后来的现代主义文学中得到了更深刻，更具创新性的发挥。

第二节 "向内转"：心理叙事时间与心理象征结构

20世纪60年代以来，现代主义文学思潮在台湾文坛渐趋高潮。现代派文学更能细腻的处理人性情感的曲折微妙，它关注内心的欲望矛盾，对各种情感的压抑和冲突有着强烈的兴趣，也更能敏锐的察觉出一种越来越滋长的情感上的辗转涌动，并且发现内心世界要远比之前文学描写的深不可测、错综复杂，惊心动魄。于是，退台以来的焦虑感、危机感、恐惧感等情感经验，在现代主义文学中开始构成一种新的叙事方式。

一、心理叙事时间

在一般的小说创作中，叙事时间往往作为一种作品的结构布局问题来认识的，比如，作者有意设置的一种叙事时间上的倒叙、插叙、交错叙述等小说布

---

① 张诵圣在一定程度上深刻指出了那些女作家经营的儿女私情，看似与"反共"宏旨无关，实则规避了历史现实，沉浸在个人的情感世界里，养成了一种"保守自限与世故妥协心态"，在当时讲求平衡和谐的威权统治下扮演了一个格外重要的角色。张诵圣：《袁琼琼与八十年代台湾女性作家的"张爱玲热"》，《文学场域的变迁》，台北：联合文学出版社，2001年6月，第64—65页；张诵圣：《台湾女作家与当代主导文化》，《文学场域的变迁》，台北：联合文学出版社，2001年6月，第113—133页。

局，以此达到一种勾起悬念、出人意料、紧张激烈等的叙事效果。然而，现代主义小说对时间的全新把握就在于完全超越了这样外在的线性时间，而强调一种内在心理时间的深刻感知和认识。

比如，外在的物理时间可能是几秒钟、一个片刻的时间历程，但在某些人的内在感受来说，很可能就是一生的经验。就像夏济安对彭歌《落月》的极力称赞，"我是喜欢《落月》所采用的方法的。作者似乎并不想反映大时代，故事的开始是在第五页上：平静地拭去了脸上的泪痕，她打开了照相册的第一页……故事的结束是在第一一九页上：她翻到了照片本子的最后一页……翻一本照相册需要多少时间？我想十几分钟足矣。作者敢于把十几分钟以内一个女人的回忆、思想、情感等心理活动组织起来，写成这样一本小说，他的魄力和眼光是值得钦佩的"。[1]

此外，当时论者更从一些西方现代主义的经典作家作品中，深入地理解现代小说的叙述时间问题，比如福克纳的小说是"不按编年的时序"，[2] 对于福克纳而言，时间不是纯客观存在的，是在人物的感觉体验中表现出来的，是人通过联想、追忆等情绪、行为变化而得到他对于时间的概念。"时间的要素，和真相的要素一样，存在于人的行为和动作里。"[3] "记忆把人幽禁于'过去'之内，想象把人从'过去'解放出来，可是想象也能更坚固地把人幽禁于'过去'中。只有想象力才能重造过去的事件使其成为真实的事件。"[4] 也就是说，现代主义小说对回忆、联想、想象等心理活动的深入探索不再是引发倒叙、插叙、交错叙述等小说布局的技巧问题，而是个人独特的感觉经验对现实存在的重新拼贴组合，是关于人重新认识自我与外部世界关系的深刻问题。

现代主义小说对于这种内在叙事时间的经营，最基本，也最典型的就是意识流小说。这种手法在20世纪60年代台湾文坛被广泛引介并受到鼓励。"意识流"这一概念最先由美国心理学家威廉·詹姆斯提出，他认为，"意识并不只是片段的连接，而是流动的，用一条河，或者一股流水的比喻来表达它是最自然的"。"正常的清楚的意识，即理性的意识，不过是意识中的一种特殊的类型。在它的周围，隔着一层稀薄的纱幕，还以潜在的形式躺着另外一种完全不同的

---

① 夏济安：《评彭歌的〈落月〉兼论现代小说》，《文学杂志》，1956年10月第1卷2期，第26页。

② 何欣：《三十年来的福克纳研究》，《现代文学》，第11期，第27页。

③ 朱立民译：《福克纳和时间境界》，《现代文学》，第11期，第16—17页。

④ 同上，第11期，第19页。

意识。"

由此，詹姆斯还提出了"感觉中的现在"这样一种意识的存在方式，"在这一概念中，人过去的意识会浮现与现在的意识交织在一起"。[1] 也就是说人内在世界的种种情感意识并非是直线式的前进发展，而是分散的非连贯性的发展，意识的流动正是一种现在、过去、未来各个时刻的相互重叠渗透，而糅合为一个永恒的时间。意识流小说的鲜明特点就是对于这种无序的，非理性的叙述时间的处理。小说的叙事时间不是直线式的展开而是错综的流泻，以此方式更细腻剖析内心世界涌现的种种瞬间、律动，转瞬即逝的变幻、跳跃，并事无巨细的直接呈现在读者眼前。意识流小说不再是一个连贯的，可依照理性原则精心组织的叙事，而是"一个心灵的战场、一个无法解决的疑难或一个知觉与感觉之流"。[2]

显然，意识流小说将叙事时间片段化、错叠化，最直接、最有力地冲击了传统的线性时间和情节中心的叙事模式，引起了文坛的广泛关注，是当时作家模仿借鉴的重点。

20 世纪 50 年代王梦鸥就在其《现代小说之基本动向》《小说人物之构造》《情节的间歇作用》《现代短篇小说性质》等多篇讨论文章中清楚指出，"前世纪的小说无论在结构以及人物心理描写方面，跨进二十世纪，渐渐有新的尝试与变化……作为普通心理描写或说明的方法，也趋于精神分析或是个人意识的传译。""在这个纷扰时代，亦处处予人以'变动不居'的感觉。现实的情形既是如此变动不居，所以要求合乎事理的写实，不能不对这事理加以深长的考察。十九世纪末至二十世纪初头，许多哲学上的思维即趋于剥削科学确实性的道路……科学只是可以得到正确结果的数字计算的方法，但用这方法来阐明那变动不居的现实状态是不可能的"。[3]

王梦鸥注意到柏格森在对于时间的考察方面就透彻地指出了，科学方法测定的等值的时间，只是一种"假定"，时间实际的存在只是"现象的延续"，"而

---

① 林伟淑：《〈现代文学〉小说创作及译介的文学理论的研究》，台湾中山大学中国文学研究所硕士学位论文，1995 年 6 月，第 107 页。

② 〔俄〕索洛约娃：《维吉尼亚·吴尔芙：一个色彩趋于黯淡的世界》，《吴尔芙研究》，转引自林伟淑：《〈现代文学〉小说创作及译介的文学理论的研究》，台湾中山大学中国文学研究所硕士学位论文，1995 年 6 月，第 113 页。

③ 王梦鸥：《现代小说之基本动向》，《文艺技巧论》，台北：重光文艺出版社，1959 年 4 月，第 91 页。

这延续不断的现象，此一瞬间又未必相同于彼一瞬间。严格地说：所谓'延续'，其本身即是'不同'，即是不断的变化。因此，可用科学方法处理的抽象事物，仅限于单纯的，同性质的，静止的现实。然而现在所发现的现实，却是如此变化不已而且是复杂多样的东西。"于是现代作家正是力求"打破现实撒下的迷障而从其空隙中瞭望那未见过的黑暗的意识世界"。①

在此，王梦鸥还介绍了普劳斯特、吴尔芙、乔伊斯等意识流小说的经典作家作品。比如普劳斯特的《寻找已失的时间》（即《追忆似水年华》），指出其以一种非理性的"记忆连锁"，来打开那些囤积在精神世界的错杂而闪烁的灵感，"从第一眼瞥见一个女郎起至说出第一句话止，这霎那的经过即可写成一个长篇，而且其中还不是专为着爱慕，而是兼有无数复杂的事件的。在这情形之下，所谓小说的结构或情节，当然被推翻了"。②"现代心理派女作家吴尔芙（Virginia Woolf）在其《墙上的斑点》中，已经放弃任何结构上的形式，仅书写其饭后看其墙上一点斑痕时的心理，以缠绵的笔致表出起伏的思潮这种短篇小说已近乎随笔或散文诗了。"③"乔伊斯（J.Joyce）在《尤里西斯》中所表现两个主人公一日间的精神生活"，采取瞬间的心理写照摄成意象，移植到作品中。④还有如李察德逊（D.M.Rechardson）的《蜂窝》，她在最后用许多如街道、音乐会、婚礼、母亲的病、医生等等这类复杂繁乱的印象来再现人物的心理。⑤王梦鸥向当时的读者、小说家初步展现了意识流小说摆脱了情节时间的顺序而随人物的感觉之流重新加以编排，将客观世界错置在人物的主观思绪感觉中，形成一个一个乍现而含义丰富的片段、印象。

到了20世纪60年代，随着现代主义文学思潮在台湾的日趋高涨，对意识流小说的介绍也更加深入和丰富。《现代文学》创刊伊始，就相继推出了乔艾斯、维吉尼亚·吴尔芙、威廉·福克纳等的译介专辑。⑥更精准地向文坛示范这

---

① 王梦鸥：《现代小说之基本动向》，《文艺技巧论》，台北：重光文艺出版社，1959年4月，第97页。

② 同上，第98页。

③ 王梦鸥：《现代短篇小说的性质》，《文艺技巧论》，台北：重光文艺出版社，1959年4月，第122页。

④ 王梦鸥：《小说人物的构成》，《文艺技巧论》，台北：重光文艺出版社，1959年4月，第108页。

⑤ 同上，第108页。

⑥ 它们分别是1960年9月第4期的乔艾斯专辑，1961年1月第6期的维吉尼亚·吴尔芙专辑，1961年11月第11期的威廉·福克纳专辑。

种叙事技巧。比如《现代文学》第 6 期的吴尔芙专辑上，翻译的《新装》一文中，呈现的就是当下与过去时间的错叠，现实与内心活动的交织。吴尔芙描述的是主人公麦白儿穿着一件样式老旧的新装赴宴时的内心活动，麦白儿穿着黄衣服，她感到自己被人轻视和嘲笑，"她知道（她不停地照着镜子，浸在可怕地炫耀的蓝色之池里）她被人谴责，轻视，像这般地被困在死水里，因为她像这样——一个薄弱，寡断的动物，她觉得黄衣服就是她应得的处罚……她想她是无法逃避的了——无论如何也逃不了。"由此，麦白儿不断联想起自己贫困破旧的家，想起她的十口之家，"从来就没有足够的钱，总是过着寒酸的日子"，想起"她的母亲替人运罐头"，想起"楼梯旁的油毡破旧不堪"，想起"养羊场经营失败"，"她的大哥娶了一位地位低的太太"，想起她自己曾梦想住在印度，"但她完全失败，她嫁给了郝伯，他在法院担任一个安全长久而低下的工作"。[①]麦白儿以此时此刻的心理状态为基点，回忆过去，也想象着未来，由此，现在、过去、未来的时间界限完全被打乱了，它们在麦白儿个人的主观感受中溶为一个混沌不明的时间，相应于她与现实之间的混乱、不协调。

这种意识流小说技巧，在当时台湾小说家的作品也逐渐发挥出色。比如白先勇的《游园惊梦》、施叔青的《瓷观音》、李昂的《长跑者》、水晶的《爱的凌迟》等等都充分展示了当时的小说家对意识流手法的积极学习与借鉴。在白先勇小说《游园惊梦》中描写钱夫人蓝田玉赴窦夫人的宴会，物是人非，今昔对比的尴尬窘境下的复杂内心活动，正如前述吴尔芙所描写的麦白儿赴宴时的内心挣扎，白先勇也出色的将蓝田玉内在精神的崩溃展示在读者面前，在急剧跳跃的思绪中，蓝田玉眼前浮现出"钱将军的夫人，钱将军的参谋，钱将军。"想起钱将军说，"老五，可怜你还那么年轻。"想起"瞎子师娘说，你们这种人，只有年纪大的才懂得疼惜啊"。过去与现在的情景重叠，蓝田玉仿佛与虚幻的从前的自己无奈地说，"懂吗？妹子，他就是姐姐命中招的冤孽了"。"冤孽，我说。冤孽，我说。"[②]白先勇正是运用意识流的方法，将蓝田玉混乱跳跃，虚实不明的联想连缀在一起，以此象征蓝田玉这样一批"台北人"在现实历史中的失落与迷茫。

而意识流小说正是提供了这样一种规避历史现实的方法。我们的意识可以抽离于历史时空的定位和指涉，不受外在现实世界的种种界限，自由穿梭于历

---

① 〔英〕维吉尼亚·吴尔夫：《新装》，《现代文学》，1961 年 1 月第 6 期，第 39 页。
② 白先勇：《游园惊梦》，《现代文学》，1966 年 12 月第 30 期，第 141 页。

史的时间隧道中，并且任凭自己的感觉之流重新组合一个现实。正如当时论者津津乐道的，在这里我们能通过记忆向过去倒退，也能让过去和现在联系，还可以臆测未来。我们说着，想着，感觉着昨天的事、今天的事，和将来可能发生的事。我们可以自由不羁地遨游于过去，重温我们自己和我们朋友的过去事件，我们还可以重温整个历史。我们可以想象未来的岁月与未知的星球上的生命。[①]意识流手法其实为我们提供了一个相当浪漫主义的方式来应对现实的混乱，我就是现实的全部，"现实与'我'融合无间，物我相忘"，[②]我们不仅可以用自我意识来代替客观现实，而且天真地相信凭自己一念之间的跳跃、转折就可以改变历史，重组现实。

由此，意识流小说叙事方式，真正实现了对外在现实历史的抽离，成功地将小说的创作重心真正移向了主观个人情感。从而更全面调整了小说的叙述结构，形成了一种心理象征结构。

二、心理象征叙事结构

在探讨心理象征结构方面，弗洛伊德的精神分析理论占据十分重要的位置。弗洛伊德最重要的贡献就是揭示了人的精神世界中还有一个潜意识领域。它是一种人的更为深层的心理结构，隐藏着人的生物本能，人的欲望。弗洛伊德精神分析的基本理念就是一切心理活动即是以潜意识的存在及活动为基础的。并且还指出，了解潜意识最重要的途径就是对梦的解析。"借着梦的分析，我们能够了解最神秘最奇异的心理构造。"[③]但是潜意识并不是在梦里直接呈现出来，它是通过象征、抽象、变相等的转化改装表现出来。因此，弗洛伊德认为，除了梦之外，文学艺术的创作，其实也是作家、艺术家的被压制的潜意识欲望经过变形、改装，转化成文字、艺术的创作。由此，弗洛伊德的精神分析理论为文学艺术的创作和研究提供一个崭新的领域。

《现代文学》第47期、48期就专门推出了《心理分析与文学艺术》专号，翻译了心理分析的相关理论学说，重点介绍关于文学艺术的理论阐释。在《现

---

①〔美〕佩吉·西蒙·库里著，丁树南译：《小说的时间问题》，《写作的方法和经验》，台北：大地出版社，1975年11月，第94页。

② 王梦鸥：《现代小说之基本动向》，《文艺技巧论》，台北：重光文艺出版社，1959年4月，第98页。

③ 转引自林伟淑：《〈现代文学〉小说创作及译介的文学理论的研究》，中山大学中国文学研究所硕士学位论文，1995年6月，第99页。

代文学》翻译的弗洛伊德的《诗人与白日梦》中，认为作家诗人们就像在做游戏中的孩童，"他创造了一个幻想天地，他十分热心正经地接受它；而仍然很明确地把它与现实分开。语言提供了这孩童游戏与诗人的创造间关系"。① 当人们长大之后，放弃游戏，但却开始制造幻梦，如果这种幻想过于强烈，就造成了一种心理或精神的疾病，而文学则可以让这些幻想得到适当的发泄。在《艺术的心理分析观》中，论者就指出弗洛伊德认为"人经由幻想，而使在现实生活中由于外在阻碍或受道德禁制而受到挫折的欲望有机会得到满足"。② 文学可以使人被压抑的情感得到释放，进一步说，作者对文学作品的描写也是呈现自我心灵的情形。在《佛洛伊德与文学》一文中，就指出"一般而言，很可能是由于现代作家又一种倾向，即借自我观察而把他们的自我分出许多部分自我成分，并且在许多主角中人格化了他们自己心灵生活的许多互相冲突的倾向，才使得心理小说具有这种特异性"。③

　　由此，弗洛伊德对文学作品的分析，往往从文字的表面描述中，挖掘出一种内在心理意识的象征。最著名的就是弗洛伊德提出的"伊底帕斯情结"。佛洛伊德对希腊悲剧《伊底帕斯》的解读，正是心理分析的典范，他指出"《伊底帕斯》一剧表现出人们或陷溺于其中的潜意识经验；预言的最终判定则揭明了每一做儿子的人所无法避免的命运，亦即是说每一个儿子都被判定为必须经过伊底帕斯情意症结"。即"弑父恋母"情结，"此情结源自于男孩对母亲的爱，男孩因罪恶感而压抑对父亲的仇恨心理，并希望自己快快长大成人，能与父亲一般强而有力。而扭转伊底帕斯情结的重要因素是男孩对于阉割的恐惧"。④ 此外，佛洛伊德对于莎士比亚的《哈姆雷特》，陀思妥耶夫斯基的《卡拉马佐夫兄弟们》的作品分析，共同处理的都是这一象征问题："弑父"问题。⑤《现代文学》上还翻译了一篇用心理分析理论对卡夫卡小说《审判》的论述，"《审判》就最深层意义来说是一部心灵挣扎和崩溃的半抽象性小说"，"是一种与伊底帕斯情

---

　　① 〔奥〕弗洛伊德著，文可秀译：《诗人与白日梦》，《现代文学》，1972年6月第47期，第63—64页。

　　② 〔美〕托马斯·曼著，石不左译：《佛洛伊德在现代思想史上的地位》，《现代文学》，1960年7月第3期，第18页。

　　③ 〔美〕莱昂内尔·特里林著，思果译：《佛洛伊德与文学》，《现代文学》，1972年6月第47期，第68页。

　　④ 叶颂姿：《心理分析与文学艺术》专号·引介，《现代文学》，1972年6月第47期，第9页。

　　⑤ 同上，第9—10页。

结有关的恐惧和罪恶感"。主角 K 的挣扎和自我矛盾正是象征着"对一般化了的权威和一般化了的罪恶的反抗——即对'超我'的反抗，'法庭'（此指'超我'）的审判除了死亡或疯狂以外是没有办法加以逃避"。"这本书混合了我们对自我、本能的冲动、威权的偶像、和社会组织等复杂情感"，"是一种对人类行为和困境的了解的延伸"。[①]

随着这些大量心理分析理论的引入译介，建构出一种心理象征的深层结构，自表面混乱矛盾的叙述中呈现内心世界的真实，成为当时小说创作的重心之一。《现代文学》上刊载的不少小说都着重表现这种内心的象征。比如王文兴的《玩具手枪》，李昂的《长跑者》《海之旅》，陈若曦的《阿里的旅程》等作品中，那些看似毫无意义，荒诞不经的故事叙述和文字描写，其实都是一种心理意象，在表层叙述之下，隐藏着关于生死、命运、人生人性等的象征结构。

特别是欧阳子的小说，往往在表层的现实层面下酝酿着一个被扭曲的变态心理和潜意识世界，《半个微笑》《素珍表姐》《木美人》等作品中，主人公在平凡的外表下，过着平庸的生活，但其真正的内心世界却是无比的狂热，偏执。作者致力于表现出这种被压抑的欲望、情感、矛盾的心理层面，以此来象征他们的生存境遇。小说《最后一节课》中在平淡日常的叙述描写中却营造了一种复杂的心理象征。作品描写作为一名教师的李浩然在一节课前休息时间，"回到教员休息室里"，"拿出手帕，抹掉额上的汗，倒杯冷开水，端在手中，坐进一张藤椅子里，一口气把水喝干。在这种大热天下午上课，实在不是滋味。"在这样最正常最普通的感觉感受下，却又交织着李浩然对于自己学生令人惊骇的强烈的爱，"想着杨建那张痛苦的脸，那对充满嫉妒、绝望的眼睛，李浩然心里，为这个孩子，感觉绞痛起来。""他精神上对这孩子这种爱，这种关怀，强烈得几乎使他在肉体上感觉出来。"李浩然"眯眼端详杨建伏在桌上写字的模样"，"瞧他的手，白里透青，指头这般纤细，只比女孩的手大一点，并不很像男人的手。""瞧他嘴唇上已长出了不少毛，稀稀软软的毛。"[②]在李浩然对杨建的这种近乎变态的关注下，我们不禁怀疑李浩然真正的心理世界和精神状态，那些在现实世界法则规范下被压制的欲望、情感以及创伤。正如作者欧阳子自陈，"对

① 杨庸一译：《罪恶感与罪恶来源——论卡夫卡的〈审判〉》，《现代文学》，1972 年 6 月第47 期，第 113—114、116—117 页。

② 欧阳子：《最后一节课》，《现代文学》，1967 年 4 月第 31 期，第 108 页。

于人类复杂微妙的心理,我一向最感兴趣。我喜欢分析探究人类行为的动机"。①

现代主义文学的作家正是集中精力发掘这种神秘幽微的心理象征世界,所需要做的是根据种种象征关系来认识我们身处的世界,而不需要任何一种现实的关系。我们只需跟踪、追随自己的潜意识,发现那些压抑的性心理,潜藏的乌托邦梦想,通过扑朔迷离的意象暗示出来,就足以反映整个人类的生存实况。这种心理象征结构将文学更加局限在一个封闭内在的王国,更可以一劳永逸的拉开文学与社会现实的距离。更何况,一些弗洛伊德的研究者进一步强调,通过文学,我们可以使现实中受阻的本能、性欲、野心得到满足,"他事实上成为一位英雄、国王、创造者,或他喜欢的任何角色,而不必在现实世界费心寻求欲望的满足"。② 于是,心理象征在当时更可以使我们摆脱现实生活的种种桎梏,而在文学的精神家园里自由自在。

小结

结合前述的文学价值理念,当时这些理论批评在创作上也正是强调一种高雅的写作修养与艺术品位。致力于精致细腻的细节描摹和内心刻画,偏向于内省和思悟的创作风格。通过个人情绪感觉的细部描写、暗示,带起情节的流动。创作的重点在于对日常生活各种感受情绪,琐碎人性经验的分析描写上,回避对一个重大事件或冲突的处理与把握。时代历史问题通常弱化为创作的背景,只在个人主观情感记录中点到为止,形成了台湾文坛所独具的"大时代,小儿女"的细腻特点。

这些理论批评显示了,当时台湾文坛已经积累了丰富的内省式、个人化的情感体验与创作经验,在内容上,伴随普遍人性论的观念,表达日常生活的各种感受和情绪,分析评价人性的琐碎经验和感受,引导作者去研究自我,唤起对内心探索的兴趣。在形式上,追求情节发展的收敛而含蓄,创作者将自己的意图隐藏起来,通过描写人物的行为、神态、语言以及环境氛围来渲染,暗示、推想、召唤一种情绪的内在戏剧性,而读者则需要对人性人情细致幽微的洞察力,通过揣摩、联想的方式寻找到情感的细枝末节,

---

① 欧阳子:《那长头发的女孩·自序》,台北:文星书店,1967年。
② 〔德〕瓦埃尔德著,李东明译:《艺术的心理分析观》,《现代文学》,1972年6月第47期,第31页。

　　正是在这种创作趋势下，现代主义文学应运而生，成功地将创作重心完全移向内心世界，形成心理叙述时间和心理象征结构，通过神秘幽微的潜意识流动、象征结构来认识身处的世界，而不需要任何一种现实的关系。我们只需跟踪、追随自己的潜意识，发现那些压抑的性心理，潜藏的乌托邦梦想，通过扑朔迷离的意象暗示出来，传达宇宙万物和普遍人性的永恒价值和意义。这种内向性、含混性、压抑感在现代主义文学中得到了更深刻，更具创新性的发挥。

第五章　重塑批评：台湾文学批评标准
与方法的实践

　　结合前述的文学理念和创作方法的论述，当时的批评标准同样也呈现出一种美学艺术标准和人性人生标准相结合的特点。强调批评者应该具有专业的文学艺术理念和品位修养，才能辨明抉微那些精湛高超的艺术之美，才能更好地体察心灵生命的高深境界。目前文学史叙述基本上只涉及"新批评"理论方法的引介，在此之外，往往认为只是"反共"宣传或简单的读后感，没有什么有价值的批评。本章正是力图从这些史料的挖掘中，呈现出当时文坛其实一再提出建设一种广博精深的文学批评标准。由此，在这种批评标准取向下，重新考察"新批评"理论方法的价值和影响。

第一节　纯正的批评标准：以艺术心灵烛照人性生命

　　建立一种严肃的纯正文学批评标准是当时很多论者的呼声。不断有读者，作者投书，"在今日文坛，不论作者和读者，对于纯正的文艺批评的需要，似乎更显得迫切了！但纯正的文艺批评，依旧是踏破芒鞋无觅处"！[①]"批评问题：这问题我们也已经谈过不少次了。但我们文艺界的严正批评，并没有建立起来。"[②]"现在的文艺批评几乎都成了一个无聊与谄媚的饶舌；不会说话，不能说话，不敢说话"，[③]"一向讲友谊讲情面的人们，在批评别人的文章时，免不了鼓鼓掌喊喊好了。纵然批评家在喝彩之余，也想找些小毛病出来，以保持其严正态度罢，也只不过在文字捡几个小错儿。如此而已，难怪人们都喊要'严正

---

① 玄白：《扩大"自我检讨"》，《幼狮文艺》，1958年7月第8卷6期，第3页。
② 李平御：《一年来文艺界的风气》，《幼狮文艺》，1959年12月第11卷6期，第4页。
③ 寒流：《关于文艺批评》，《幼狮文艺》，1959年5月第10卷5期，第11页。

的批评哩'"。① "目前的文艺批评，十之八九是宣传广告，写书评的，十之八九是受人之托，既是受人之托，便不得不好话多说，在好话说尽之后，偶尔良心发现，最多是拖上一条尾巴：'希望作者今后给我们写出更伟大的作品'云云。"② "批评是有理性的成分和事实的根据，绝不是感情用事的吹毛求疵或者是对作者有所忌恨怀着意见的肆意谩骂，那样的批评是无理取闹的没人格的不值得重视的。"③

有论者总结检讨当时文艺批评有两种毛病，"第一种是乱捧：不管作品本身的好坏，只要有情感关系，便在报章杂志上，来一篇书评捧捧场，作一番违心之论，说这本书如何如何好，结果书评变成了电影广告，鱼目混珠，吃亏的还是读者。第二种是谩骂：一看到某本书，凭自己的意气用事，抓住创作中的某一缺点，集中火力，予以破坏性的攻击——至于他好的地方便一概抹煞——像泼妇骂街，臭气熏人，使读者摸不清头脑。以上这两种毛病，我们必须给予纠正！树立严正的文艺批评"。④

特别是 1953 年发生的一起"爱德乐佛"事件。作者韩剑琴化名为"爱德乐佛"所写的一本小说《世界永久没战争》，募集到 52 位当时名气响亮人士的签名推荐，其中不乏党国元老、军政要人。⑤ 但这样一本"文艺名著"却是内容荒谬，行文粗鄙，引来读者投书抗议。论者余铮刊登在《自由中国》的《为一本"文艺名著"的出版与推荐而抗议》一文中难掩怒气地说道，"现在坊间出卖的出版物，狗屁不如的多的是，值不得一一详细批评。淘汰作用，会把它们扔到毛厕去。""新生报是今台湾两大权威报纸之一。它的读者服务部，为读者来这么一次服务，出版这样一部'文艺名著'。我们说句同情它的话，是奇耻大辱；说句斥责的话，是误尽苍生！"对于这些推荐者的草率马虎，更是指责，"对于自己的姓名不珍惜，其言行何以取信于人"？"是非没了准绳、美丑没了标准，报纸成了扯谎的工具，大人先生的芳名成了贩卖狗肉者的金字招牌。"⑥ 于是一些签名的推荐者，如于右任、罗家伦、赵友培、陈纪滢、苏雪林、谢冰莹等纷

---

① 贾铭：《文坛闲话 严正的批评》，《半月文艺》，1953 年 11 月第 10 卷 2 期，第 69 页。

② 方心：《传单式的书评要不得》，《幼狮文艺》，1955 年 11 月第 3 卷 4 期，第 4 页。

③ 日新：《谈文学的创作与批评》，《晨光》，1953 年 11 月第 1 卷第 9 期，第 3 页。

④ 张自英：《现阶段文艺的总检讨——为响应总统"推行文化建设"的号召而作》，《革命文艺》，1956 年 12 月第 9 期，第 8 页。

⑤ 陈纪滢：《文坛闲笔 一本书所给人的教训》，《晨光》，1953 年 12 月第 1 卷 10 期，第 11 页。

⑥ 余铮：《为一本"文艺名著"的出版与推荐而抗议》，《自由中国》，1953 年 11 月第 9 卷 9 期，第 31 页。

纷投书到《自由中国》澄清原委并撤销推荐。①

　　此事使很多论者感到，"《世界永久没战争》一书的欺骗读者，足以说明建立文艺批评之迫切需要。不但为使今后的文坛不再有这种荒唐的事情，即对于已出版的文艺作品（尽管是畅销的）也要加以评隲，鉴定，不容许粗制滥造的东西，攫取读者的金钱与光阴"。②"说真的，我们的文艺界实在迫切需要建立一个判别真伪是非的客观标准。"③于是，有论者提出，我们的批评不能"毫无准则"，"想怎么批评就怎么批评"，"处于随意评判，漫天乱捧，或破口大骂的'无政府'状态"，"必须建立完善而公正的新的批评准则"，"那就是民生史观的批评准则"，这一批评准则就是"综合人生主义批评和艺术至上主义的批评，取其长而去其短，既要注意文艺与人生的关系，探究作品的人生意义，也要注意技巧，注意艺术表现"，"努力研究文艺理论，各家的文艺批评论著和重要的文艺创作，以丰富我们的文艺知识"，"把人生意义与艺术价值统一起来，深入研究，仔细分析，以评论作品的优劣得失"。④当时的论者正是认为既要对文学进行美的深奥鉴赏，又能指导人生，才能称得上是健康积极的文学批评。

　　正如前述文学本质论中对于审美性与人性心理的特别凸显，相应的，文学批评也应该秉持一颗善于发现美的敏感的心，去指导我们更好的体察人性生命的美好。于是，文学批评首先"要有够资格的学人做严正的批评"，⑤批评家要有"崇高的人格、渊博的学识与严肃的工作态度"，⑥"真正的批评家尤当博览古今中外作家的名著，明了他们的思想及创作方法，并须根据精深的阅历、知识素养来建立一个哲学体系，这才能觅得公正的天秤，衡量作品，纠正错误的意识，积极指示创作的道路"。⑦

　　然后，批评家"必需要对作品下过充分研究的功夫，发掘作者的内心所在，

　　①《〈世界永久没战争〉的"推荐者"苏雪林、赵友培、陈纪滢三先生声明撤销推荐》，《自由中国》，1953 年 11 月第 9 卷 10 期，第 30 页。《赵友培先生的来信》，《自由中国》，1953 年 11 月第 9 卷 10 期，第 30 页。《罗家伦先生的来信》，《自由中国》，1953 年 12 月第 9 卷 11 期，第 33 页。相关论述可参看郭淑雅：《国族的魅影，自由的天梯——〈自由中国〉与聂华苓文学》，私立静宜大学中国文学系硕士学位论文，2001 年 7 月，第 40—43 页。

　　② 杜蘅之：《文坛走笔》，《晨光》，1953 年 12 月第 1 卷 10 期，第 5 页。

　　③ 本刊：《给读者的报告》，《自由中国》，1953 年 11 月第 9 卷 10 期，第 33 页。

　　④ 易林：《文艺批评的准则问题》，《革命文艺》，1959 年 6 月第 39 期，第 1—5 页。王集丛：《文艺批评的准则》，《中国文艺》，1955 年 9 月第 4 卷 6 期，第 8 页。

　　⑤ 贾铭：《文坛闲话 严正的批评》，《半月文艺》，1953 年 11 月第 10 卷 2 期，第 69 页。

　　⑥ 司徒卫：《一年来的文艺批评》，1956 年 1 月第 3 卷 6 期，第 23 页。

　　⑦ 史痕：《论批评家的风度》，《中国文艺》，1954 年 6 月第 3 卷 4 期，第 2 页。

了解文字内外的意义，解析作品整个与片段的内涵，以哲学体系与理论观点，批评其主题，以技巧论其技巧。还得本身具有优美的文字，与博得读者共鸣的掘发"。① "一个权威的批评家，必须是作者与读者的中间人或指导人，因为批评家负有文艺鉴赏的任务，他必须排斥文学上一般偏见，很忠实，很诚恳的纠正作者与读者的谬误。"② 批评家要 "诚恳的说服而不是无情的谩骂，要说明理由，'好在哪里？ 这作品为什么是可取的'"，③ 要指出 "某篇作品为什么好？ 为什么不好？ 某篇作品假如换一个写法可能更好；不仅帮助欣赏者知所选择，且可帮助作家知所改进。不要以捧场代批评，不要以浮骂代批评"。④

最后，文学批评之于文学创作应该像一个 "好医生"，"悉心诊治，开药方，配药饵"，"绝不至于袖手旁观，仅是面对病人的病态，浇一盆冷水，发一顿牢骚"。⑤ 应该像一个 "助产士"，帮助作家产出新的作品，"评衡主题是否正确，再根据艺术的观点，研究作者对故事的处理，人物的刻画，描写的技巧，能否尽到表现的极致"？ "提供一些写作的理论及经验方面，指陈自己的心得，补养 '婴儿' 的先天，这才有助于新作品的产生。"⑥ "批评家是公正的，诚实的，客观的，严肃的，精细的和冷静的。作品到了他们的手里，正好像一件珠宝落在专家们眼里一样，真假高低绝不能逃避现实精确的分析和鉴别。"⑦ 批评家还应该是一座 "探照灯"，对于作者、读者 "能烛照他的远处，也烛照他的近处。能高能低，可深可浅。发掘他所未发掘，纠正他的谬误；同时也能同情他，更要进一步地引他到高深境界。最严正的批评无过于每位读者内心说不出来的语言和无法形容的心思"。⑧

于是我们看到当时一些 "纯正" 批评文章主要集中于 "作者的感情是否真挚热烈？ 想象是否丰富？ 主题是否正确？ 形式是否完美？ 作者在艺术上的主张及派别"。⑨ 批评者或凝视沉思于作者读者的内心，仔细鉴别分析于人物塑造是否 "微入毫发"，性格特征，人性发展，内心情感是否 "调和"，"一气呵成，不

---

① 陈纪滢：《文艺闲笔》，《晨光》，1953 年 11 月第 1 卷第 9 期，第 18 页。
② 朱力行：《我对当前文艺的观感和建议》，《革命文艺》，1957 年 4 月第 13 期，第 39 页。
③ 史痕：《论批评家的风度》，《中国文艺》，1954 年 6 月第 3 卷 4 期，第 2 页。
④ 本社：《掌握新的时代》，《革命文艺》，1961 年 1 月第 58 期，第 2 页。
⑤ 史痕：《论批评家的风度》，《中国文艺》，1954 年 6 月第 3 卷 4 期，第 2 页。
⑥ 王平陵：《建立纯正的批评》，《幼狮文艺》，1956 年 11 月第 5 卷 4 期，第 3 页。
⑦ 日新：《谈文学的创作与批评》，《晨光》，1953 年 11 月第 1 卷第 9 期，第 3 页。
⑧ 陈纪滢：《文艺闲笔》，《晨光》，1953 年 11 月第 1 卷 9 期，第 18 页。
⑨ 谢冰莹：《文学批评应注意》，《文艺生活》，1961 年 12 月第 5 期，第 23 页。

蔓不枝，绝无凌乱芜杂之感"，[1] 由此体认出"那一份合情合理的真诚和执着的人性"；[2] 或像探照灯那样深刻烛照那些平凡琐事的故事处理中，所蕴含的"难得的耐心、仁慈的爱心、与伟大的人格，使人犹如看到一幅最富人性光辉的图画"；[3] 或全神贯注于意境、气氛的营造与渲染上，发掘诗人的诗心诗眼是否"周详而细密"，想象力是否丰富，是否锤炼语言文字，运用多方面的艺术手法，"触动着读者的神经末梢"，"漾起情感的涟漪"，"使感受者心脾舒融"，"而造成悠然神往的境界"，[4] 显示出"人类生命力之平衡，使之趋向永远和谐的秩序"；[5] 从作者含蓄的思想，体悟出"他对自然界的宇宙，抱有生命观念，使自然物与诗人的生命，相互渗透，此即'心物合一'"。[6]

当时的批评者正是凝神沉思或埋头于广博精深的艺术体系里，努力探照出人性主体的生命或心灵，达到对现实、人生的指导，以此为批评之本质。正如上述指出的，这种批评标准也一再强调要与现实、人生进行接触，才是积极的批评，然而，它对现实生命的关切局限在从整体社会历史境遇内抽离出的人性内心的种种体验与问题，而非种种更为宽广的社会关系。正如当时批评者强调一部有价值的小说，最重要是"从内层探索到人心的处境"，"天下滔滔，又焉知动乱的根源，竟存于个人的一念之私"？[7] "请相信我这份虔诚的忠告。维持生命发展的平衡，安于'平凡的真实'"就能使我们的生命不再因"生之挣扎"，疲倦迷茫。[8] 因此，这种对现实人生的批评态度，仅仅全神贯注于个人的内心修养问题，道德问题上的论辩上，这实际上是将人的社会生活从属于一种孤独的个人事业。

---

① 高阳君：《评田原〈这一代〉》，《革命文艺》，1960年12月第57期，第36页。
② 龚声涛：《温和而有力的控诉——私逃》，《革命文艺》，1958年9月第30期，第44页。
③ 吴哲朗：《人性的光辉——评〈我是盲聋教师〉》，《文坛》，1970年2月第116号，第14页。
④ 王方曙：《江上数峰青》，《文坛》，1970年2月第116号，第5页。
⑤ 上官予：《评〈旋风交响曲〉》，《幼狮文艺》，1956年3月4卷2期，第31页。
⑥ 思古：《评山河诗抄》，《幼狮文艺》，1956年6月4卷5期，第28页。
⑦ 马观正：《评〈劫火〉——江流著·是一部有价值的长篇小说》，《文坛》，1962年8月第26号，第9页。
⑧ 陈慧：《〈涑川集〉读后抒感》，《半月文艺》，1953年1月第7卷第5期，第91页。

第二节 专业的批评方法：从文本细读构建有机统一

在上述这种艺术指导人生的批评标准下，有论者为帮助评鉴作品的艺术形式、技巧、含意等而提出"印象批评，鉴赏批评，比较批评和解释批评种种方法"，[①] 也有论者为指导时代人生而提倡"历史的文学批评"。[②] 而在当时将艺术批评与人生批评两方面结合的最生动表现，则是 1956 年《文学杂志》上，夏济安发表的《评彭歌的〈落月〉兼论现代小说》一文，[③] 完美地实现了上述要求。目前研究者往往将这篇批评文字视为横空出世而极力赞赏，实际上，夏济安的这篇文章正与当时的批评取向与标准一拍即合。

文中，夏济安对《落月》的分析认真而恳切，并且还积极为作者出谋划策，指导作者彭歌如何修改，如何创作。这不正是上述论者殷殷期盼的批评家应诚恳地向作者、读者指出"好在哪里？这作品为什么是可取的"，"为什么不好？某篇作品假如换一个写法可能更好；不仅帮助欣赏者知所选择，且可帮助作家知所改进。不要以捧场代批评，不要以浮骂代批评"。[④]

而夏济安在这篇文章中所使用的方法，正是他所推崇的英国批评家利维斯所发明的"仔细阅读"。有不少论者认为这篇文章贡献了一种"像老师批评小学生作文似的"批评方法。这种看法很容易误导我们认为对作品各部分形式、内容、技巧等的仔细分析，就是夏济安采取的"细察"。如此，像印象式批评、鉴赏式批评、历史考据式批评也都可以做到对作品字斟句酌的品评。亦如前述列举的，当时的一般批评者也都能从作品的遣词造句，想象灵感等着手分析。那么，夏济安的这篇批评文章为什么到后来会脱颖而出？

实际上，利维斯所发明的"仔细阅读"，力主对于作品文字技巧的一种敏锐地注意与分析，不仅出于技术的或美学的原因，而且也是因为"它与现代文明的精神危机紧密相关"，如何评价语言文字与如何判断时代人生紧密相关。[⑤] 夏

---

① 日新：《谈文学的创作与批评》，《晨光》，1953 年 11 月第 1 卷第 9 期，第 3 页。

② 张振玉：《历史的文学批评发凡》，《幼狮文艺》，1956 年 6 月第 4 卷 5 期，第 27 页。"历史的文学批评是做审美的文学批评的准备，有助于审美的文学批评的成功。"

③ 夏济安：《评彭歌的〈落月〉兼论现代小说》，《文学杂志》，1956 年 10 月第 1 卷 2 期，第 25—44 页。

④ 史痕：《论批评家的风度》，《中国文艺》，1954 年 6 月第 3 卷 4 期，第 2 页。本社：《掌握新的时代》，《革命文艺》，1961 年 1 月第 58 期，第 2 页。

⑤ 〔英〕特雷·伊格尔顿著，伍晓明译：《英国文学的兴起》，《二十世纪西方文学理论》，北京：北京大学出版社，2007 年 1 月，第 31 页。

济安对心理活动描写的强调，不单是因为要表现人物情感，细致塑造人物形象等这样的一般问题，而是有其内在的重要性。余心梅的"内心动作"是浓缩了她生命中种种生死攸关的"大事"，[①] 在夏济安的精彩分析下，我们看到余心梅小时候第一次进戏园子听戏，正是"她生平一件大事"。[②] 戏院里弦管锣鼓，人潮如沸，色彩艳丽的服饰，眼花缭乱的动作，一刹那间给她最大的刺激，这一刹那的内心冲击，一定给她"开辟了新的天地，使她领略到从未有的快感美感和奇异之感"。[③] 在这一刹那的心理活动中决定了余心梅后来吃了"梨园行"的饭，她第一次看到的戏，《挑华车》给她情感上的"一点点颤动"，[④] 则在后来的种种人生际遇中持续显露。

因此夏济安对女主角回忆、联想等心理活动的深入分析，不再像一般批评者那样，止于人物心理的揣摩是否细腻婉转，情绪情感的描写记录是否恰当生动等技巧问题，而是在这里存在着关乎生死、关乎命运、关乎人生的最丰富意义，而这才是"细察"的对象。在现实人生一个个重要的岔路口面前，是前进还是倒下，是升起还是堕落，全系于余心梅自己一刹那间的"悔"与"悟"。通过培养这种"丰富的""深远的""有道德勇气"的"慧心妙悟"，[⑤] 就能帮助我们在人生困境面前，在时代危机中有真实而透彻的认识，而不至于落入歧途。

可见，利维斯发明的"仔细阅读"在最初并没有走上与社会现实隔绝之路，相反，在夏济安的批评文章中，我们可以看到他对作品的"细察"正源于他对时代人生的关切。但是夏济安过于天真地相信，凭借一种有鉴别力的慧心妙悟，对人性善恶的敏锐细察，就能揭示一切矛盾冲突的根源。

因此，夏济安奉行的这种时代人生的"细察"并不愿意设想一种政治的解决方法，他的整个计划就是我们尽可以"忽略好些政治经济方面的大问题"，[⑥] "用'主观的现实'来代替'客观的现实'"，[⑦] 凭借对语言文字的敏锐感受，对人性心理的深刻洞悉就能击退种种现实问题。于是要做的事情就只是评价某一段文字的诗意、调门和敏感性，是否能够帮助我们克服混乱，重新恢复内心之光。这

① 夏济安：《评彭歌的〈落月〉兼论现代小说》，《文学杂志》，1956 年 10 月第 1 卷 2 期，第 29 页。
② 同上，第 31 页。
③ 同上，第 32 页。
④ 同上，第 32 页。
⑤ 同上，第 25 页。
⑥ 同上，第 25 页。
⑦ 同上，第 39 页。

实际上正隐藏着一种将文学局限于内心，孤立化的危险倾向。而这种孤立化最终在 20 世纪年代中后期由颜元叔引介的美国"新批评"的方法中臻于极致。

颜元叔是一位经过"新批评"训练的学者。自 1958 年赴美留学，至 1965 年获得美国威斯康星大学英美文学博士学位。其博士论文《曼殊菲尔小说的叙事观点》就是受"新批评"训练而写成的。①回台后，颜元叔任教于台湾大学外文系，力推"新批评"的理论方法，用它来教学授课。当时他选用的正是新批评大将布鲁克斯的《理解小说》《理解诗歌》《理解歌剧》，②对台大外文系的教材进行革新。同时将"新批评"的方法实际运用到他对当时台湾文坛作家作品的仔细评判和深入解读中，在各类期刊杂志上，发表了一连串的批评文章，在批评界掀起了一阵狂潮。③还创办了《中外文学》《淡江文学评论》（Tamkang Review），提倡比较文学，创立"中华民国比较文学学会"。

颜元叔发起的这一系列重大文学举措和批评活动，使"新批评"在当时台湾文坛备受瞩目，成为一时之选，深刻影响了台湾文学批评的面貌。至今仍有不少论者认为"新批评"之前，台湾文坛几乎没有真正的批评，台湾的文学批评，要到"新批评"的引入，才出现成熟的面貌。④

"新批评"是美国 20 世纪 30 年代末至 50 年代盛行一时的文学理论，70 年代逐渐走向衰落。"新批评"根植于美国的南部——一个经济落后，思想保守，重视传统的地区。由于当时资本主义机械化工业大生产的侵入，南部传统的农业社会面临崩溃，南方知识分子对此深感忧虑，亦如前述阿诺德、利维斯等的思想学说，这批南方作家集团同样赋予文学文化以改变世界的重任。他们的努力就是发展出一种敏锐的审美鉴别能力，建立起一种稳固而有秩序的文学批评活动，通过对作品内在本性的深入分析，传播最优秀的思想和知识，就能使被资本主义生产方式异化的社会和人性重新恢复丰富多样性，更加和谐地发展。这批南方集团的学者蓝荪、退特、布鲁克斯及沃伦在 20 世纪 30 年代开始发表

①　颜元叔自陈："我个人曾经深受新批评的影响；我的博士论文《曼殊菲尔的叙事观点》，即是用新批评的手法写成的。"颜元叔：《文学的玄思》，台北：惊声文物供应公司，1972 年 5 月再版，第 109 页。

②　卢玮雯：《颜元叔与其狂飙的文学批评年代》，台湾中兴大学中国文学研究所，硕士学位论文 2008 年 1 月，第 27 页。

③　胡耀恒：《喝过湘水的好汉 悼念元叔兄》，《文讯》，2013 年 2 月第 328 期，第 52 页。吕正惠：《做了很多别人没有做过的工作 怀念颜元叔教授》，《文讯》，2013 年 2 月第 328 期，第 57—59 页。

④　陈芳明：《新批评：从夏志清到颜元叔》，《文讯》，2011 年 5 月第 307 期，第 16 页。

了一系列重要论文，提出了"本体论""有机说""结构与字质""张力说"等批评概念。① 美国的"新批评"正是以此为核心，最终把利维斯式的仔细阅读以一套系统的文学批评术语和范式切实的固定下来，通过集中精力于作品语言和结构的分析，企图构建出一个统一有机的作品内在世界而相应于资本主义社会的传统秩序的崩解。

颜元叔正是承续了这样一套价值系统和批评方法来振兴台湾文学。1969 年，颜元叔在《幼狮文艺》上发表了介绍"新批评"理论的长文《新批评学派的文学理论与手法》，② 在台湾文坛第一次全面而完整的概括介绍了"新批评"的相关理论家及其批评主张。包括休谟、庞德、李察士（瑞洽慈）、欧立德（艾略特）四位源头，以及"新批评"的核心理论家，蓝荪、退地（退特）、布鲁克斯、华伦、翁特斯、布雷克谋。

在文章中，颜元叔直言不讳地指明了 1930 年前后兴起的新批评学派本身也是"一种反动潮流的产物"，是对当时美国思想界的"左倾"趋势的反对。新批评家"虽然都是现代文学的中坚人物，却不是所谓的前进分子；相反的，他们全是保守主义者与传统主义者，他们所反抗的正是那些所谓的前进分子"。"新批评学派的成员多数来自美国的南方，一个以农业为基础的贵族式的社会。这个社会被美国北方的工业社会所征服；因此，这些学者对他们的旧社会更产生一种大世家破落后的思想，他们的思想情操仍旧是农业社会的。"③ 各个新批评家的细部理论虽然纷纭错综，大家却有一个共同的认定，那便是"现代情操的分离"，"大概地界说，便是现代人的精神分崩离析"。这主要表现在"传统的丧失""固定成规的丧失""信仰的丧失""世界秩序的丧失"等等方面。④

由此，新批评家的根本见解是，"现代人生处于一个危机时代"，"现代文化正遭受着'个人分裂'与'社会分裂'的危机"，外在世界凌乱不堪，现代人的内在世界也分裂了，丧失了统一。⑤ 新批评家给出的解决办法就是"在文学的

---

① 卢玮雯：《颜元叔与其狂飙的文学批评年代》，中兴大学中国文学研究所，硕士学位论文 2008 年 1 月，第 70 页。

② 颜元叔：《新批评学派的文学理论与手法》，《幼狮文艺》，1969 年 1 至 3 月。后收录于颜元叔：《文学的玄思》，台北：惊声文物供应公司，1972 年 5 月再版。

③ 颜元叔：《新批评学派的文学理论与手法》，《文学的玄思》，台北：惊声文物供应公司，1972 年 5 月再版，第 110 页。

④ 同上，第 111—113 页。

⑤ 同上，第 114—115 页。

领域中，建立起自卫的堡垒"。① 颜元叔援引布雷克谋的观念，"在二十世纪的今日，当各种传统渐趋沉落之时，批评家以及作家必须负起维系文化的全盘责任"。"布雷克谋指出在文化破落的现代最迫切的是重建一套价值系统，以应从事文化批判的需求。批评文化的先决条件，则是建设一个扩大的批评哲学，并且教导社会大众，如何从事象征主义式的思考。'为了达到上述的目的，文学批评必须摆脱自然科学与社会科学施于美学的影响，而让文学批评专注于文学技巧——广义的技巧——的本身'。"② 布雷克谋的这一主张，也正是颜元叔展开文学批评活动的信念。

同年，颜元叔又在《幼狮文艺》上发表了一篇长文《朝向一个文学理论的建立》，③ 明确提出了自己的结论："一、文学是哲学的戏剧化；二、文学批评生命。"④ "此处的哲学是指一个文学家对生命的看法，对生命的透视。"⑤ 作家、批评家必须要有自己对生命的见解，尤其是现代的世界，"一切太纷纭，一切太诡谲，一切太复杂"，⑥ 最敏锐的，最纯良的文学批评正应该指导我们"透视人生"，"认清现实的面目"，⑦ "把真理传给世人"，"文学的特殊力量在此，价值也在此。"⑧ 这两篇理论文章可以视为颜元叔企图在台湾文坛建立一种严肃批评风气和一套成体系的批评方法及规范的正式宣告。

随后，颜元叔就大刀阔斧的将"新批评"方法应用在台湾文学作品的批评上。20 世纪 70 年代以来在《幼狮文艺》《纯文学》《现代文学》《中外文学》《联合报》《中国时报·人间副刊》等期刊报纸上发表了一系列关于现代小说、现代诗、古典文学的评论文章，身体力行地向台湾文坛示范"新批评"的专业术语和方法规范，极力推动台湾文学批评的专业化，系统化。

颜元叔的批评焦点就在于字质和结构的分析。比如在《白先勇的语言》一文中，颜元叔对作品中"尹雪艳总也不老""连眼角儿也不肯皱一下""五陵少

---

① 颜元叔：《新批评学派的文学理论与手法》，《文学的玄思》，台北：惊声文物供应公司，1972 年 5 月再版，第 116 页。
② 同上，第 160 页。
③ 颜元叔：《朝向一个文学理论的建立》，《幼狮文艺》，1969 年 9 月。后收录于颜元叔：《文学的玄思》，台北：惊声文物供应公司，1972 年 5 月再版。
④ 颜元叔：《朝向一个文学理论的建立》，台北：惊声文物供应公司，1972 年 5 月再版，第 163 页。
⑤ 同上，第 168 页。
⑥ 同上，第 169 页。
⑦ 同上，第 186 页。
⑧ 同上，第 189 页。

年"等句式选词进行了精彩的细致解读，强调"它的稠密度（intension）是很大的"。事实上，人人都会变老，但是尹雪艳却总也不老，"这是一句违反事实的命题，是一句内在矛盾语"，接着，颜元叔就挖掘出这一矛盾吊诡的句子中，所隐藏的那些没有说出来的意义。尹雪艳为什么不老，"唯一的理由，唯一的能力，便是尹雪艳自己不肯老——当然也不能老，老了怎么做名女人呢？不老的尹雪艳要想保持不老，大概也煞费苦心的吧……作者这个'总'字在'尹雪艳总也不老'中，似乎道尽了自赞美以至揶揄的一切影射"。[①] 在这里，颜元叔提出了"语言稠密度"概念，向我们展示了作品的每一句话，每一个字，都有玄妙之处和多重含义。

这种对于作品语言文字的敏锐分析，尤其表现在他对王文兴《家变》的批评上。称其有三个特色，"一是文字的精确；二是笔触的细腻；三是细节抉择的妥洽"。颜元叔大加称赞其"是现代中国小说的杰作之一，极少数的杰作之一"！[②] 对《家变》中备受争议的、佶屈聱牙的文字和意象，颜元叔则认为《家变》的文字最是令人冒火，也最令我着迷"。[③] 颜元叔通过逐字逐句推敲细品，成功揭开了《家变》语言的奥秘，指点读者了解其中的丰富度和复杂度，体会王文兴的"文字之创新"，"笔触之细腻含蓄"，[④]"人物塑造之栩栩如生，题意（motif）的前后呼应，结构之通体统一"。[⑤]

在《笔触、结构、主题——细读於梨华》一文中，颜元叔又进一步提出了对作品结构的要求。相较于对白先勇和王文兴的细腻精致的文字运用的称赞，颜元叔批评"於梨华的笔触常常是粗重的""於梨华似乎不注重古典的收敛，或是含蓄之为美，或者话说七分便好的俗谚。她坚决说个十分，甚至十一分，才肯罢休。"[⑥] 这样毋宁是"太机械了，太矫揉造作了，太假！"[⑦] 这样人为操作的痕迹太重，致使作品的结构支离破碎。颜元叔提出，作品的结构是人物与环境

---

① 颜元叔：《白先勇的语言》，《现代文学》，1969 年 3 月。后收录于颜元叔：《文学批评散论》，台北：惊声文物供应公司，1972 年 8 月再版，第 163—164 页。

② 颜元叔：《苦读细品谈〈家变〉》，《中外文学》，1973 年 5 月第 1 卷 12 期。后收录于颜元叔：《颜元叔自选集》，台北：黎明文化事业股份有限公司，1975 年 1 月，第 122 页。

③ 同上，第 147 页。

④ 同上，第 157 页。

⑤ 同上，第 122 页。

⑥ 颜元叔：《笔触、结构、主题——细读於梨华》，《现代文学》，1969 年 8 月。后收录于颜元叔：《文学批评散论》，台北：惊声文物供应公司，1972 年 8 月再版，第 173—175 页。

⑦ 颜元叔：《文学批评散论》，台北：惊声文物供应公司，1972 年 8 月再版，第 175 页。

依着它们自身与内在逻辑形成的一个统一有机体，而不是作者凭借自己的意愿强制形成的。[①]颜元叔认为正是由于於梨华过于干涉和操纵，缺乏一个连贯统一的结构，造成作品在主题上停留在个别相的阶段，对人生通性没有透视。颜元叔以新批评的术语指出，"文学要把握具体通性（concrete universal）"。[②]像这样强调主题结构的内在贯通统一性，在颜元叔对现代诗的批评中尤为突出。

颜元叔评论现代诗的关键词就是"逻辑结构"与"意象结构"，它们能否达到内在的统一性是评价一首诗成功的标准。比如，在分析洛夫与罗门的诗作中，颜元叔就诟病其作品中存在"意象结构崩溃"。洛夫的《手术台上的男子》被颜元叔痛斥为一首坏诗，"这是一首光怪陆离的作品，文义的组合上整个崩溃，一堆破碎的影像。《手术台上的男子》描写一个十九岁的美国大兵，如何受伤，如何被抬进医院，送上手术台，如何死去。假使我们要说这首诗有结构，便是这个单纯的故事发展，还似乎有一点点结构可言。但是我们深究其内部，各个成分与各个成分的关系，语言与对象的关系，则其结构或组合是非常脆弱或者完全阙如的"。[③]

在《罗门的死亡诗》一文中，颜元叔再次指出意象的混乱，缺乏连贯统一性，而导致结构的溃散。"杂乱的意象语，随便堆砌在一起，实是许多现代诗人的通病。他们似乎不知道把握一个意象语，然后一再发展这个意象语，引进与之相类似的其他意象语，形成一个意象结构。要知道意象结构混乱，其所表达的情思，亦随之散乱。"[④]颜元叔反复强调繁复多样的意象若缺乏内在一致性，会让人摸不着头绪，给读者带来晦涩难解的阅读压力。因此，意象与意象之间要能够结合，相互关联，统摄于一中心象征语意之下，形成意象之间的整体感。在这方面，颜元叔在叶维廉的诗中找到了符合这种意象结构内在统一的示范。

在《叶维廉的"定向叠景"》中，颜元叔称赞叶维廉诗的意象正是具有这样高度的关联度和统一性，"在此叶维廉的意象语，有自我生长的趋势，这个意象长出那个意象，后来的意象常比前面的意义，含义要增添一层，而在新意象累积途中，老意象的影射也在扩大。这些意象语由于前者诞生后者，后者呼应前

---

① 颜元叔：《文学批评散论》，台北：惊声文物供应公司，1972 年 8 月再版，第 179 页。

② 同上，第 187 页。

③ 颜元叔：《细读洛夫的两首诗》，《中外文学》，1972 年 6 月，第 1 卷 1 期。后收录于颜元叔：《文学经验》，台北：志文出版社，1972 年 7 月，第 124 页。

④ 颜元叔：《罗门的死亡诗》，《中外文学》，1972 年 8 月，第 1 卷 3 期。后收录于颜元叔：《谈民族文学》，台北：台湾学生书局，1973 年 6 月，第 247 页。

者，自然形成一个严谨的有机结构"。① 因此，叶维廉的诗艰深但不晦涩，"晦涩诗的情感思想，四方乱射，令读者无所适从，结果感到迷失与迷惘。艰深诗的情感思想，则有一定的发展或投射的方向，读者可以按照这个方向领略探讨，越是往前走，越见情思的风景层出不穷。"② "他的诗篇虽然不常常透露明显的主题，却提供一个确切的感触方向———一个定向叠景。"③ 颜元叔自己发明了这个"定向叠景"的批评术语来要求诗人在创造意象时，应该有一个符合主题的固定方向，由此形成一个有机统一的整体。

可见，这种内在的有机统一，连贯一致被颜元叔如此推重。而这正是因为"新批评"将作品内在的统一性相应于外部世界的混乱失衡，文学应该创造一个自混乱而臻于统一的内心世界来力挽狂澜，这一精致完满的文字世界应该是外部大世界的缩影或蓝图。由此，"新批评"对字质、意象、主题、结构等的严格审查，就是为了看它们能否最终被消融而整合为一体。"反讽""张力""矛盾语"等批评术语也正是用来描述一种各部分互相牵制而趋于平衡的关系，种种对立矛盾无论有多大，只要它们最终能融为一片和谐就行。

新批评家们对内在统一性的精心培养，正是因为他们不愿设想一种政治的解决方法以应对外部社会的纷繁混乱，他们并不鼓励人们真正去改变社会，而是提供一种审美的替代物，我们可以在文学中重新虚构出在现实中所无法找到的和谐统一。"新批评"对于种种冲突对立的调和平衡的观点，正是一个让人屈服于政治现状的处方。④ 当时经历过"保钓"运动洗礼的台湾作家郭松棻就对这套美国"新批评"在台湾文坛的大行其道，深刻反省到，"把这一套文学批评法移植到台湾，无形之中助长了保持现状的意识形态。它忌讳变革，间接助长

---

① 颜元叔：《叶维廉的"定向叠景"》，《中外文学》，1972年12月，第1卷7期。后收录于后收录于颜元叔：《谈民族文学》，台北：台湾学生书局，1973年6月，第275页。
② 同上，第259页。
③ 同上，第263页。
④ 〔英〕特雷·伊格尔顿著，伍晓明译：《英国文学的兴起》，《二十世纪西方文学理论》，北京：北京大学出版社，2007年1月，第49页，第46页。

所谓'避秦'和偏安的生活态度。"①

　　因此，"新批评"对当时台湾的知识分子具有深刻的吸引力。颜元叔之后，在欧阳子评白先勇小说的《王谢堂前的燕子》中，以及更后面的龙应台的小说批评中，这种不偏不倚，包容万象，把各种矛盾对立溶化为一个有机统一结构的"新批评"方法也都历历在目。这种内在统一性推而至极，则会使文学完全孤悬于历史现实之外，沉醉于一套精致的分析工具，只在自己狭小的文字世界里打转。这一点，在颜元叔逐步铺开的文学批评中表现得越来越明显，尤其是在他对中国古典诗歌的批评上。

　　1972 年起，颜元叔陆续发表了多篇援引"新批评"方法分析古典诗的批评文章。② 他认为，"在我国，传统的文学研究过分注重文学的外在关系，以致于产生错觉，把外在视为内在，把历史传记视为文学本身；因此，我以为应该积极提倡文学的内在研究，矫正这个流弊"。③ 于是，我们看到颜元叔以"新批评"方法视文学作品为一个独立自足的世界，就文学谈文学，不顾作者与时代的历史背景，自顾自地挖掘于其中的字质、意象、结构等的内在整体性与一致性。虽然颜元叔也提出了不少精辟而有新意的创见，但是颜元叔轻视古典诗所蕴藏的复杂的历史传承，仅以一套西方文学理论方法套用在中国传统文学上，自然会产生偏颇和扞格之处，甚至得出一些令人难以接受的观点，在当时文坛引起了很大的争议。其中叶嘉莹和夏志清分别与颜元叔的论战最为引人瞩目。

---

　　① 罗隆迈（郭松棻）在 1974 年香港《抖擞》上发表《谈谈台湾的文学》一文中深刻指出，"美国的'新批评'在阅读研究时，可以将作品孤悬起来处理。它的时空因素与作品本身没有必然关联。在批评实践上，他们的视野局限在作品的小天地里，做句读诠解的工作，力避对作品价值判断；在阅读时，他们是意象的狩猎者，追求他们特定意义下的隐喻、张力、冲突、讽喻、矛盾语法等等，而他们的目的是为这些作品中的谜语提供谜底。""把这一套文学批评法移植到台湾，无形之中助长了保持现状的意识形态。它忌讳变革，间接助长所谓'避秦'和偏安的生活态度。"《抖擞》，1974 年 1 月第 1 期，第 48—56 页。相关论述可参见简义明：《冷战时期台港文艺思潮的形构与传播——以郭松棻〈谈谈台湾的文学〉为线索》，《台湾文学研究学报》，2014 年 4 月第 18 期，第 207—240 页。

　　② 主要包括《细读古典诗〈析梨花一枝春带雨、析停红烛〉》，《幼狮文艺》，1972 年 10 月第 36 卷 4 期。《中国古典诗的多义性》，《中央月刊》，1972 年 11 月第 5 卷 1 期。《分析〈长恨歌〉》，《中华日报副刊》，1973 年 6 月 14 日至 19 日。《音乐的宣泄与沟通——谈琵琶行》，《中央月刊》，1973 年 10 月第 5 卷 12 期。《欣赏〈卖炭翁〉》，《中央月刊》，1975 年 12 月第 8 卷 2 期。《析杜甫的咏明妃》，《台湾时报》，1978 年 12 月 8 日。《分析李白的二首诗》，《中外文学》，1979 年 2 月第 7 卷 9 期。《析杜甫的〈秋兴八首〉之七》，《中外文学》，1979 年 3 月第 7 卷 10 期。《〈马前死〉——论〈长恨歌〉的辞构》，《中外文学》，1979 年 11 月第 8 卷 6 期。相关资料可参见卢玮銮：《颜元叔与其狂飙的文学批评年代》，台湾中兴大学中国文学研究所，硕士学位论文，2008 年 1 月，第 124 页。

　　③ 颜元叔：《就文学论文学》，《谈民族文学》，台北：台湾学生书局，1973 年 6 月，第 54 页。

　　叶嘉莹作为古典文学研究者，在 1973 年发表了《漫谈中国旧诗的传统——兼论现代批评风气下旧诗传统所面临之危机进一言》，[①] 指出我们目前所使用的新理论新方法，大多借于西方的学说和著作，"在这种情形下，我们对于旧诗的批评和解说，是否会产生某种程度的误解"，[②] 并且还指出中国传统的批评著述 "对旧诗鉴赏的深刻之处，却也不是借自西方的新理论及新观点所可完全取代的"。[③] 叶嘉莹强调对于旧诗文的历史和传统应该要用相当深入的认识和修养，在引用新理论来评旧诗时，才能做出恰当的评价。

　　有感于叶嘉莹对传统研究方法的辩护，颜元叔随即发表《现代主义与历史主义——兼答叶嘉莹先生》，反驳道 "这种方法的基本精神是拿文学当文学研究，不拿文学当历史传记或传记文献来研究；这种研究着重文学的结构与字质两方面；外加一点弗洛伊德及佛勒哲等人对人性的理论，作为文学内涵解说之助，如是而已"。[④] 颜元叔自信自己摆脱历史背景、传统脉络的考察，凭借一套精准科学的专业方法，就足以探得文学内部的奥秘。相较于叶嘉莹仅就旧诗批评提出自己的问题，夏志清的批评则就文学批评能否具有一种科学化系统化的方法发难，更加深入的撼动了颜元叔的这种自信。

　　1976 年，夏志清误以为钱钟书在大陆去世而发表《追念钱钟书先生——兼谈中国古典文学研究之新趋向》，[⑤] 文章钦佩钱钟书的治学态度和方法而有感于当下台湾文学研究隐藏的重大危机，夏志清认为当下的文学批评在一片科学化、系统化的表面蓬勃下，严重缺乏对于深厚学识、品位和阅读经验的培养，批评者不信任自己对生命人生的独特感受力和洞察力，而情愿相信一种 "方法"，"批评家剖析一部作品，正像生物学家在实验室解剖一只青蛙一样，把它的五脏六腑拿出来看一看。年轻学人受了这类理论家的影响，特别注重 '方法学'（Methodology），好像学会一套方法，文学上的一切问题皆可迎刃而解"。[⑥] 由

　　① 叶嘉莹：《漫谈中国旧诗的传统——兼论现代批评风气下旧诗传统所面临之危机进一言》，《中外文学》，1973 年 9 月、10 月第 2 卷 4 期、5 期。

　　② 叶嘉莹：《漫谈中国旧诗的传统——兼论现代批评风气下旧诗传统所面临之危机进一言》，《中外文学》，1973 年 9 月第 2 卷 4 期，第 4 页。

　　③ 同上，第 41 页。

　　④ 颜元叔：《现代主义与历史主义——兼答叶嘉莹先生》，《中外文学》，1973 年 12 月第 2 卷 7 期。后收录于《何谓文学》，台北：台湾学生书局，1976 年，第 69 页。

　　⑤ 夏志清：《追念钱钟书先生——兼谈中国古典文学研究之新趋向》，《中国时报》，1976 年 2 月 9 日至 10 日。后收录于夏志清：《人的文学》，台北：纯文学出版社，1977 年 4 月。

　　⑥ 夏志清：《追念钱钟书先生——兼谈中国古典文学研究之新趋向》，《人的文学》，台北：纯文学出版社，1977 年 4 月，第 185—186 页。

此，夏志清明确指出，"文学批评并无科学的客观的评断（evaluation）"，"真正值得我们注意的见解，都是个别批评家主观印象的组合"，① 文学批评最重要的还是人的主观性，对现实人生的敏锐察觉和深刻判断。

面对夏志清的责难，颜元叔则回击称这种对批评主观性的重视是印象主义的复辟。两人针锋相对，来来回回四篇文章，② 引起了文坛热议，很多论者都加入讨论中，比如黄维樑《中国历代诗话、词话和印象式批评》，③ 赵滋蕃《平心论印象批评》，④ 思兼（沈谦）《文学批评的层次——从夏志清颜元叔的论战谈起》⑤等等。其实我们不能就此认定颜元叔完全缺乏社会历史意识和对人生的关怀。正如前述提到的颜元叔曾在《朝向一个文学理论的建立》中明确提出"文学批评生命"⑥ 文学家应该有"对生命的看法，对生命的透视"。⑦ 而且颜元叔在20世纪70年代还专门发表过《谈民族文学》《民族文学及其创作与研究》《社会写实文学的省思》等，指出作家之间对文学之民族性非常淡漠，认为文学要担负起"发掘民族意识，塑造民族意识，传递民族意识"的历史责任。⑧ 文学应该承担起指导现实人生的责任，应该要去把握"人生的复杂真况""走向人生""求得人生真相"。⑨

很多论者深感颜元叔的文学理念上的矛盾，颜元叔一方面提倡作家应有民族意识，社会责任，但在实际批评中却又力主抛弃时代认识和民族传统，这使

---

① 夏志清：《追念钱钟书先生——兼谈中国古典文学研究之新趋向》，《人的文学》，台北：纯文学出版社，1977年4月，第193页。

② 分别是夏志清：《追念钱钟书先生——兼谈中国古典文学研究之新趋向》，《中国时报》，1976年2月9日至10日。《劝学篇——专覆颜元叔教授》，《中国时报》，1976年4月16日、17日。这两篇后收录于夏志清：《人的文学》，台北：纯文学出版社，1977年4月。颜元叔：《印象主义的复辟？》，《中国时报》1976年3月10日、11日。《亲爱的夏教授》，《中国时报》，1976年5月7日、8日。这两篇后收录于颜元叔：《鸟呼风》，台北：时报文化出版事业有限公司，1976年。

③ 黄维樑：《中国历代诗话、词话和印象式批评》，《中国时报》，1976年6月6日、7日、8日。

④ 赵滋蕃：《平心论印象批评》，"中央日报"，1976年8月14—16日

⑤ 思兼（沈谦）《文学批评的层次——从夏志清颜元叔的论战谈起》，《幼狮文艺》，1977年4月第280期。

⑥ 颜元叔：《朝向一个文学理论的建立》，台北：惊声文物供应公司，1972年5月再版，第163页。

⑦ 同上，第168页。

⑧ 颜元叔：《谈民族文学》，《中央月刊》，1972年8月。后收录于《谈民族文学》，台北：台湾学生书局，1973年6月，第5页。

⑨ 颜元叔：《社会写实文学的省思》，《中外文学》，1978年2月第6卷9期。后收录于《社会写实文学及其他》，台北：巨流图书公司，1978年8月，第27—28页。

得他的文学批评有很多难以自圆其说，可资质疑的地方。① 其至有论者以此认为"颜元叔引进'新批评'，不过他自己其实不算'新批评'真正的信徒。他把'新批评'当工具，却揭橥与'新批评'精神很不同的'民族文学'作理想"。②

事实上，颜元叔的这种矛盾表现正是"新批评"内在的结构矛盾。正如前述所言，"新批评"的产生正是因应于资本主义的社会危机和问题。"新批评"深感机械化社会对民族传统的破坏，文明的危机，人的异化问题，但是它并不愿意设想一种政治的解决方法去实际改变这个社会，而是寄希望在少数知识精英身上发展出一种丰富而敏锐的文学研究，来保存优秀思想，教化群众，以此来击退种种社会问题。正如伊格尔顿所指出的"新批评"的意识形态正是一群失去依傍的、处于守势的精英知识分子的意识形态，③ 它一方面严厉指责高踞其上的统治阶级的精神衰微，另一方面又极力与底层的劳动阶级划清界限，以免被平庸的大众所污染。正如颜元叔强调"处理社会问题是一个知识的问题"，④ 社会写实文学必须由具备专业知识的知识分子来担当，才能有深度的探讨人生，文学的求人生"不应该接受任何政治主义的驾驭"，"不为任何的群众政治的运用去歪曲"。⑤

于是我们看到，颜元叔一方面强调文学要批评生命，走向社会人生，但在实际批评中却又否定性的切断了自己与那些不那么专业，不那么敏于认出什么"定向叠景"的底层男男女女之间的联系。⑥ 由此，颜元叔的文学批评在事实上越来越走向一个专业精深而又自我封闭的小圈子。

夏志清的批评正是意识到颜元叔的"新批评"方法大有成为一种过分专业化、精英化的危险，而与那些广大世界里的鲜活生命越来越背离，于是他重新提出人生的文学批评，文学批评的重点不在于一套理论方法，而应该有自己对于现实人生的深刻捕捉和领悟。然而，夏志清的这种人生批评也并非是真正的解毒剂，因为他同样也并不关心社会人生的政治决定因素，他把自己主要局限

① 柯庆明：《现代中国文学批评述论》，台北：大安出版社，1987 年 10 月，第 124—125 页。
② 杨照：《梦与灰烬——战后文学史散论二集》，台北：联合文学，1998 年，第 25 页。
③ 〔英〕特雷·伊格尔顿著，伍晓明译：《英国文学的兴起》，《二十世纪西方文学理论》，北京：北京大学出版社，2007 年 1 月，第 46 页。
④ 颜元叔：《社会写实文学的省思》，《社会写实文学及其他》，台北：巨流图书公司，1978 年 8 月，第 38—39 页。
⑤ 同上，第 29 页。
⑥ 〔英〕特雷·伊格尔顿著，伍晓明译：《英国文学的兴起》，《二十世纪西方文学理论》，北京：北京大学出版社，2007 年 1 月，第 35 页。

在人与人之间的人性问题上，道德问题上，企图通过一种道德性的论辩、玩味就可以更好地了解人生，解决问题。新批评的内在矛盾也正是自由人文主义的局限性。

即便如此，夏志清与当时众多论者与颜元叔的论战，也标志着这种"新批评"方法在20世纪70年代后期已经到了进退维谷的境地：随着台湾内外环境的遽变，国际情势的严峻挑战，社会矛盾的激增，越来越多的知识分子意识到，现实的紧迫感已使其不能在字质、结构的光环中打转。1970年的"保钓"运动，1972年的"现代诗论战"，直至1977年台湾文坛爆发了"乡土文学论战"，在这一连串极为重要的论战中，唐文标、陈映真们揭橥的关怀现实已不再安于夏志清的那些道德性玩味就能丰富和深化我们的生命生活，而是深刻指出对现实人生的深切关怀必然要求对一个贫富分化，阶级不平等的社会进行改造。由此，引领了台湾社会文化思潮的转向，对笼罩在台湾思想界的"冷战思维"和"反共意识形态"发起诘问和批判，猛烈批评当前台湾文坛的"西化"倾向，抨击台湾知识界逃避现实，沉溺于个人狭窄世界，自娱自乐的僵毙思想。其中丰富的政治讯息不仅触动当局敏感的神经，而且也刺激了同时代的知识分子重整问政的勇气，要求政治民主、社会变革、反对民族分裂、反对依赖外国的社会思潮随之而起。

小结

结合前述的文学理念和创作方法的论述，在批评标准上，形成了艺术批评与人生批评相结合的标准。不断有论者提出要求建设一种广博精深的文学批评标准，要求批评者应该具有专业的文学艺术理论素养和艺术修养，才能辨明抉微那些精湛高超的创作技巧，才能更好地体察人性人情的高深境界。

正是在这一批评标准取向下，"新批评"理论方法在台湾文坛逐渐兴盛起来。在夏济安、夏志清、颜元叔的批评示范和论争中，深刻体现出"新批评"方法的特点和局限。在20世纪50年代夏济安对彭歌《落月》的分析中，"仔细阅读"并没有走向与社会现实隔绝之路，而是与时代人生紧密相关。夏济安希望凭借对语言文字的敏锐感受，来培养一种有鉴别力的慧心妙悟，就可以帮助我们深刻洞悉人性心理，克服混乱，击退种种现实问题。这正完美实现了以艺术指导人生的批评标准。然而这种对现实人生的关切，仅仅全神贯注于人性内心的种种体验与问题，而非种种更为宽广的社会关系。这实际上正隐藏着一种将文学局限于内心，孤立化的危险倾向。这种孤立化最终在 60 年代中后期在颜元叔的"新批评"方法引介中臻于极致。70 年代，颜元叔与叶嘉莹、夏志清等一众学者作家的论战，正是这种"新批评"理论方法的局限性和内在矛盾的充分体现。它一方面要求文学批评生命、指导人生，但在实际批评中却又退回到内心世界的玩味中，而与那些广大世界里的鲜活生命越来越背离。事实上，越来越走向一个专业精深而自我封闭的小圈子。

20 世纪 70 年代后期，这种"新批评"方法在台湾岛内外环境与矛盾的遽变与激增中，已经到了进退维谷的境地。在 70 年代一连串极为重要的论战中，唐文标、陈映真们揭橥的关怀现实已不再安于那些内在有机统一的细察，人性心理的敏锐鉴别就能丰富和深化我们的生命生活，而是深刻指出对现实人生的深切关怀必然要求对一个贫富分化，阶级不平等的社会进行改造。真正促成了台湾文学的发展走向实质性的重大转变。

结　论

　　20世纪50年代以来台湾文学一向被认为是"文学的荒漠""反共文学"当道，外来西化的理论流行。然而考诸事实，情况并非全都如此，在当时各种官办、民营、同人文学期刊以及学者著述中，散落着相当数量的关于文学在理念、创作、批评等方面如何建设和发展的理论批评，具有重要的学术研究价值。然而在一般文学史著作中，并没有对这些文艺理论批评加以关注和呈示，这些被遗漏的文学理论批评，正是我们重新梳理和考察1949年以后台湾文学建设与发展的重要的第一手史料。

　　本书正是力求弥补这一空白和缺陷，挖掘整理当时的文学期刊史料上的理论探讨和批评实践，分析其中的思想理论问题，总结其有价值的理论成果。对目前文学史叙述中含糊的地方，不够准确的判断加以明晰补充，打破流于片面、僵化的刻板印象，从而深化对台湾文学发展的总体认识。

　　通过对这些理论批评论述的爬梳和勾连，呈现出在"反共文艺"政治宣传下，台湾文坛仍然十分强调文学的美学艺术实践和发展，事实上普遍存在着一种美学艺术的发展倾向。

　　当时大量的理论批评论述普遍呈现出一种以人性、人情为宗旨的文学价值理念。这些讨论继承了"五四"新文学传统中"人的文学""自由的文学"的理论资源，但是却削弱了"五四"个人情感表达背后暗示出的现实批判精神，而是强调对于人性情感的理解回归到一种符合社会秩序和道德规范的情感表达方式，重视的是情感的冲动与苦闷，可以通过何种方式得到改善与陶冶。这种对情感的处理方式正因应于退台的动荡与危机，希望通过文学找到一条可以疏解忧愤的管道，减少人与人，人与外部世界的紧张关系，从而获得一种安抚的力量。

　　当时批评者还承续传统诗教观对人格修养的培养，"天人合一"的美感和谐，引介西方阿诺德、白璧德、利维斯一脉的理性调和的人性学说，以及西方审美心理学的理论方法；强调文学对人性情感的疏导平衡作用，要求发挥文学的审美功能，使矛盾、痛苦得到净化和升华，实现精神世界的完美和谐。当时的文学理念正是强调文学应作用于人的内心，去控制和抑制过激或卑俗的情感欲望，把情感上升到一种高尚文雅的道德层面或审美境界。

在这种文学理念的指导下，当时台湾文坛在创作上也强调一种高雅的写作修养与艺术品位。以小说创作方法为例，形成了台湾文坛所独具的"大时代，小儿女"的细腻特点。致力于精致细腻的细节描摹和内心刻画，偏向于内省和思悟的创作风格。通过个人情绪感觉的细部描写、暗示，带起情节的流动。回避对一个重大事件或冲突的处理与把握，创作的重点在于对日常生活各种感受情绪，琐碎人性经验的分析描写上。时代历史问题通常弱化为小说的背景，只在个人主观情感记录中点到为止。

正是在这一内省式、个人化的创作趋势下，现代主义小说应运而生，成功地将创作重心完全移向内心世界，形成心理叙述时间和心理象征结构，通过神秘幽微的潜意识、象征结构来认识身处的世界，传达宇宙万物和普遍人性的永恒价值和意义。

在批评标准与方法上，也要求批评者应该具有专业的文学艺术理论素养和艺术修养，才能辨明抉微那些精湛高超的创作技巧，才能更好地体察人性人情的高深境界。正是在这一批评取向下，当时文坛广泛引介"新批评"理论，试图建立一套专业精深的文学批评体系，通过对于作品内部高深的审美分析与研究工作，来指导文学朝向更为高层的艺术趣味和美学境界发展。

在当时台湾文坛特定的历史语境下，这样一批文学美学艺术的理论批评，突破了"反共"宣传的政治教条，但是这样的突围仍然具有很大的局限性。它通过对情感的调控和审美净化，调和分化了社会矛盾，它沉浸在个人孤独的内心世界中，从而与社会历史疏离，它告诉人们文学就是一种"纯粹"的艺术，文学本身就是一个独立自足的有机世界。这种"去政治化"的美学艺术理论，虽然拒绝表达简单的"反共"意识形态，但也滋长了不能关心现实政治、社会问题的政治冷感，而这也正与国民党文艺政策相契合。在"反共文艺"的政治宣传下，国民党更希望通过一种审美的、高雅的文学来调和控制社会不满与矛盾，要求文学发挥修养身心，陶冶性情的作用，以此调和平衡不良情绪，疏导化解社会矛盾，最终实现完美和谐的境界。因此，当时这一整套美学艺术理论对于人性论、审美性等的执着追求，绝非偶然。

只有进一步反思这样一批美学艺术理论的局限与缺陷，我们才能更加深刻的理解 20 世纪 70 年代"保钓"运动、"现代诗论战""乡土文学论战"的重要意义究竟何在。陈映真们揭橥的左翼现实批判精神，不再是对"反共文学"的表面突围，而是与这种保守妥协的政治原则和意识形态价值标准进行彻底的决裂。不再屈从于这种精致文化的崇拜，不再安于那些人性道德、审美性的玩味就能丰富和深化我们的生命生活，而是深刻指出对现实人生的深切关怀必然要求对一个贫富分化，阶级不平等的社会进行改造。戳穿了这种表面中立的、人性的、自由的审美意识形态的"正当"外衣。

由此，引领了台湾社会文化思潮的转向，对笼罩在台湾思想界的"冷战思维"和"反共意识形态"发起诘问和批判，猛烈批评当前台湾文坛的"西化"倾向，抨击台湾知识界逃避现实，沉溺于个人狭窄世界，自娱自乐的僵毙思想。其中丰富的政治讯息不仅触动当局敏感的神经，而且也刺激了同时代的知识分子重整问政的勇气，要求政治民主、社会变革、反对民族分裂、反对依赖外国的社会思潮随之而起。真正引领了台湾文学思想的根本转变。

总之，这样一整套相对完整的文学美学艺术理论批评被挖掘整理出来，充分证明了当时台湾文坛并非一片荒芜，反而是存在着非常值得深入探究的文学理论现象与思想问题。通过对其理论成果的研究、总结，反思，可以深化我们对台湾文学发展的总体认识。

参考文献

一、原始期刊

[1]《自由中国》1949 年 11 月第 1 卷 1 期至 1960 年 9 月第 23 卷 5 期。

[2]《半月文艺》1950 年 3 月第 1 卷 1 期至 1954 年 6 月第 10 卷 6 期。

[3]《军中文化》1950 年 5 月第 1 卷 1 期至 1950 年 8 月第 1 卷第 12 期。

[4]《火炬》1950 年 12 月第 1 期，1951 年 1 月第 2 期，1952 年 8 月第 13 期。

[5]《文艺创作》1951 年 5 月第 1 期至 1956 年 12 月第 68 期。

[6]《中国文艺》1952 年 3 月第 1 卷 1 期至 1957 年 12 月第 6 卷 1 期。

[7]《集粹》1952 年 5 月第 1 卷 2 期，1953 年 2 月第 1 卷 6 期，1954 年 7 月第 2 卷 2 期。

[8]《文坛》1952 年 6 月第 1 期。

[9]《国风》1952 年 10 月第 1 期至 1953 年 8 月第 12 期。

[10]《幼狮》1953 年 1 月第 1 卷 1 期至 1954 年 12 月第 2 卷第 12 期。

[11]《文艺列车革新号》1953 年 1 月第 1 卷 1 期至 1963 年 4 月第 10 卷 1 期。

[12]《晨光》1953 年 3 月第 1 卷 1 期至 1958 年 2 月第 5 卷 12 期。

[13]《军中文摘》1953 年 3 月第 49 期至 1953 年 11 月第 57 期。

[14]《军中文艺》1954 年 1 月第 1 期至 1956 年 2 月第 26 期。

[15]《文艺月报》1954 年 2 月 15 日至 1955 年 12 月第 2 卷 12 期。

[16]《中华文艺》1954 年 5 月第 1 卷 1 期至 1960 年 3 月第 8 卷 6、7 期合刊。

[17]《文艺春秋》1954 年 5 月第 1 卷 2 期至 1955 年 5 月第 2 卷 5 期。

[18]《幼狮文艺》1955 年 9 月第 3 卷 2 期至 1966 年 2 月第 24 卷 2 期。

[19]《新新文艺》1955 年 7 月第 2 卷 1 期至 1956 年 5 月第 4 卷 5 期。

[20]《海风》1955 年 12 月第 1 卷 1 期至 1959 年 12 月第 4 卷 12 期。

[21]《今日文艺》1956 年 1 月第 1 卷 1 期至 1956 年 6 月第 1 卷第 6 期。

[22]《革命文艺》1956 年 4 月第 1 期至 1962 年 2 月第 71 期。

[23]《复兴文艺》1956 年 12 月第 1 期至 1957 年 7 月第 6 期。

[24]《文学杂志》1956 年 9 月第 1 卷 1 期至 1960 年 6 月第 8 卷 6 期。

[25]《文坛季刊》1957 年 11 月第 1 号至 1970 年 5 月第 119 号。

[26]《现代文学》1960 年 3 月第 1 期至 1973 年 9 月第 51 期。

[27]《文艺生活》1961 年 9 月第 4 期至 1961 年 12 月第 5 期。

[28]《中外文学》1972 年 6 月第 1 卷 1 期至 1977 年 12 月第 6 卷 7 期。

二、相关著作

[1] 蒋介石:《民生主义育乐两篇补述》,台北:"中央"文物供应社,1953 年。

[2] 蒋介石:《中国之命运》,台北:正中书局,1953 年。

[3] 叶青(任卓宣):《"国父"育乐两篇研究》,中国政治书刊出版合作社发行,台北:帕米尔书店,1954 年。

[4] 黄龙先编著:《民生主义育乐两篇之研究与实施》,台北:复兴书局,1954 年。

[5] 秦绶章、张溉著.民生主义育乐两篇补述之理论与实施》,台北:东方日报社,1956 年。

[6] 国防研究院编纂:《民生主义育乐两篇补述研究》,"国防部总政治部"发行,国军军事学校深造教育政治教材,"国防部"印制厂,1963 年。

[7] "中华文化复兴运动推行委员会"编:《中华文化复兴论丛(第十二集)》,台北:"中华文化复兴运动推行委员会",1980 年。

[8] "中国文艺协会"编:《文协十年》,台北:"中国文艺协会",1960 年。

[9] "中华民国党中央文工会"编:《第二次文艺会谈实录》,台北:"中华民国党中央文工会",1977 年。

[10] "中国文艺协会"编:《文协 60 年实录》,台北:普音文化,2010 年。

[11] 张道藩:《张道藩先生文集》,台北:九歌出版社,1999 年。

[12] 任卓宣等著:《文艺写作修养》,台北:半月文艺社,1953 年。

[13] 王集丛:《三民主义文学论》,台北:帕米尔书店,1952 年。

[14] 王集丛：《战斗文艺论》，台北：文坛社出版社，1955 年。

[15] 王集丛：《写作与批评》，台北：帕米尔书店，1953 年。

[16] 王集丛：《王集丛自选集》，台北：黎明文化事业股份有限公司，1978 年。

[17] 王更生等著，国军战斗文艺理论研究会主编.《中国文学的探讨》，台北：中央文物供应社，1981 年。

[19] 董保中：《文学·政治·自由》，台北，尔雅出版社，1978 年。

[20] 董树藩：《民族文艺丛谈》，台北：水芙蓉出版社，1976 年。

[21] 李辰冬：《文学与生活》，台北：中华文艺出版社，1954 年。

[22] 李辰冬：《文学新论，台北：中华文艺出版社，1954 年。

[23] 赵友培：《文艺书简》，台北：重光文艺出版社，1952 年。

[24] 赵友培：《答文艺爱好者》，台北：复兴书局，1958 年。

[25] 赵友培：《文艺论衡》，台北：台湾商务印书馆，1966 年。

[26] 赵友培：《赵友培自选集》，台北：黎明文化事业股份有限公司，1981 年。

[27] 尹雪曼：《泛论文学与写作》，台北：星光出版社，1975 年。

[28] 尹雪曼：《"中华民国"文艺史》，台北：正中书局，1975 年。

[29] 尹雪曼：《现代文学与新存在主义》，台北：正中书局，1975 年。

[30] 尹雪曼：《中国新文学史论》，台北："中央"文物供应社，1983 年。

[31] 陈纪滢：《文艺运动二十五年》，台北：重光文艺出版社，1977 年。

[32] 刘心皇：《现代中国文学史话》，台北：正中书局，1971 年。

[33] 刘心皇：《当代中国新文学大系：史料与索引》，台北：天视出版事业有限公司，1981 年。

[34] 孙旗：《论中国文艺的方向》，香港：亚洲出版社有限公司，1956 年。

[35] 王平陵等著：《怎样写作》，台北：台北联合书店，1964 年。

[36] 王平陵：《王平陵先生论文集》，台北：正中书局，1975 年。

[37] 穆中南：《写作的境界》，台北：文坛社，1960 年。

[38] 王蓝：《写什么？怎么写？》，台北：红蓝出版社印行，1955 年。

[39] 彭歌：《小小说写作》，远景出版社，1980 年。

[40] 戴杜衡：《小说写作技巧》，台北：文坛社，1955 年。

[41] 纪乘之：《小说写作的技巧》，台中：光启出版社，1961 年。

[42] 周伯乃:《现代文艺论评》,台北:五洲出版社,1968 年。

[43] 周伯乃:《现代小说论》,台北:三民书局,1971 年。

[44] 洪炎秋:《文学概论》,台北:中国文化大学出版部,1979 年新一版。

[45] 黎烈文:《艺文谈片》,台北:传记文学出版社,1964 年。

[46] 虞君质:《艺术概论》,台北:大中国图书公司,1964 年。

[47]〔德〕E.卡西瑞著,张秀亚译:《论艺术》,台北:大地出版社,1972 年。

[48] 程大成:《艺术论》,台北:半月文艺出版社,1961 年。

[49] 刘文潭:《现代美学》,台北:台湾商务印书馆,1967 年。

[50] 刘文潭:《艺术品位》,台北:台湾商务印书馆,1977 年。

[51] 何欣编选:《当代中国新文学大系:文学论争集》,台北:天视出版事业有限公司,1979 年。

[52] 何怀硕:《苦涩的美感》,台北:大地出版社,1973 年。

[53] 胡品清:《现代文学散论》,台北:传记文学出版社,1969 年。

[54] 丁树南译:《写作的方法和经验》,台北:大地出版社,1975 年。

[55] 司徒卫:《五十年代文学论评》,台北:成文出版社,1979 年。

[56] 沈谦:《期待批评时代的来临》,台北:时报文化出版事业公司,1979 年。

[57] 梁实秋:《文学因缘》,台北:文星书店,1964 年。

[58] 梁实秋、侯健著:《关于白璧德大师》,台北:巨浪出版社,1977 年。

[59] 梁实秋:《梁实秋自选集》,台北:黎明文化事业股份有限公司,1975 年。

[60] 梁实秋:《梁实秋论文学》,台北:时报文化出版事业有限公司,1978 年。

[61] 侯健:《从文学革命到革命文学》,台北:中外文学出版社,1974 年。

[62] 侯健:《文学·思想·书》,台北:皇冠出版社,1978 年。

[63] 王梦鸥:《文艺技巧论》,台北:重光文艺出版社,1959 年。

[64] 王梦鸥:《文艺美学》,台北:远行出版社,1970 年。

[65] 王梦鸥编选:《当代中国新文学大系:文学论评集》,台北:天视出版事业有限公司,1980 年。

[66] 姚一苇:《诗学笺》,台北:台湾中华书局,1966 年。

[67] 姚一苇:《艺术的奥秘》,台北:台湾开明书店,1968 年。

[68] 姚一苇：《美的范畴论》，台北：台湾开明书店，1978 年。

[69] 姚一苇：《审美三论》，台北：台湾开明书店，1993 年。

[70] 姚一苇：《艺术批评》，台北：三民书局，1996 年。

[71] 夏志清：《爱情·社会·小说》，台北：纯文学出版社，1970 年。

[72] 夏志清：《人的文学》，台北：纯文学出版社，1977 年。

[73] 夏志清：《新文学的传统》，台北：时报出版社，1979 年。

[74] 夏志清著，刘绍铭等译：《中国现代小说史》，香港：中文大学出版社，2001 年再版。

[75] 颜元叔：《文学的玄思》，台北：惊声文物供应公司，1972 年再版。

[76] 颜元叔：《文学批评散论》，台北：惊声文物供应公司，1972 年再版。

[77] 颜元叔：《文学经验》，台北：志文出版社，1972 年 7 月。

[78] 颜元叔：《谈民族文学》，台北：台湾学生书局，1973 年。

[79] 颜元叔：《颜元叔自选集》，台北：黎明文化事业股份有限公司，1975 年。

[80] 颜元叔：《何谓文学》，台北：台湾学生书局，1976 年。

[81] 颜元叔：《鸟呼风》，台北：时报文化出版事业有限公司，1976 年。

[82] 颜元叔：《社会写实文学及其他》，台北：巨流图书公司，1978 年。

[83] 联副三十年文学大系编辑委员会主编：《联副三十年文学大系·评论卷 5·文学评论》，台北：联合报社，1981 年。

三、相关理论及研究著作

[1]〔英〕特里·伊格尔顿著，王杰、傅德根、麦永雄译：《美学意识形态》，桂林：广西师范大学出版社，1997 年。

[2]〔英〕特雷·伊格尔顿著，伍晓明译：《二十世纪西方文学理论》，北京：北京大学出版社，2007 年。

[3]〔英〕特里·伊格尔顿著，方杰、方宸译：《甜蜜的暴力——悲剧的观念》，南京：南京大学出版社，2007 年。

[4] 童庆炳、程正民等著：《马克思与现代美学》，北京：高等教育出版社，2001 年。

[5] 朱双一.：《近二十年台湾文学流脉——"战后新世代"文学论》，厦门：厦门大学出版社，1999 年。

[6] 朱双一、张羽著:《海峡两岸新文学思潮的渊源和比较》,厦门:厦门大学出版社,2006年。

[7] 朱双一:《台湾文学创作思潮简史》,北京:九州出版社,2010年。

[8] 郑明娳主编:《当代台湾政治文学论》,台北:时报文化出版社,1994年。

[9] 吕正惠:《战后台湾文学经验》,北京:生活·读书·新知三联书店,2010年。

[10] 杨照:《梦与灰烬——战后文学史散论二集》,台北:联合文学,1998年。

[11] 杨照:《文学、社会与历史想象——战后文学史散论》,台北:联合文学,1995年。

[12] 应凤凰:《五十年代台湾文学论集》,高雄:春晖出版社,2004年。

[13] 封德屏主编:《台湾文学发展现象——五十年来台湾文学研讨会论文集(二)》,台北:文讯杂志社,1996年。

[14] 龚鹏程主编:《五十年来的中国文学研究(1950—2000)》,台北:台湾学生书局,2001年。

[15] 张诵圣:《文学场域的变迁》,台北:联合文学出版社,2001年。

[16] 王鼎钧:《文学江湖》,台北:尔雅出版社,2009年。

[17] 王奇生:《党员、党权与党争:1924年—1949年中国国民党的组织形态》,上海:上海书店,2003年。

[18] 王奇生:《革命与反革命:社会文化视野下的民国政治》,北京:社会科学文献出版社,2010年。

[19] 倪伟:《"民族"想象与"国家"统制:1928—1948年南京政府的文艺政策及文艺运动》,上海:上海教育出版社,2003年。

[20] 陈康芬:《断裂与生成:台湾五十年代的"反共/战斗"文艺》,台南:台湾文学馆,2012年。

[21] 张大明:《三民主义文艺与民族主义文艺》,台北:秀威资讯科技,2009年。

[22] 姜飞:《国民党文学思想研究》,广州:花城出版社,2014年。

[23] 彭怀恩:《台湾政党政治》,台北:风云论坛出版社,1994年。

[24] 台湾教授协会编著:《"中华民国"流亡台湾60年暨战后台湾国际处境》,台北:前卫出版社,2010年。

[25] 周策纵：《五四运动：现代中国的思想革命》，南京：江苏人民出版社，2005年。

[26] 刘永明：《国民党与五四运动》，北京：中国社会科学出版社，1990年。

[27]〔美〕格里德著，鲁奇译：《胡适与中国的文艺复兴——中国革命中的自由主义（1917—1937）》，南京：江苏人民出版社，2010年。

[28]〔美〕格里德尔著，单正平译：《知识分子与现代中国》，桂林：广西师范大学出版社，2010年。

[29] 段怀清：《白璧德与中国文化》，北京：首都师范大学出版社，2006年。

[30] 张源：《从"人文主义"到"保守主义"——〈学衡〉中的白璧德》，北京：生活·读书·新知三联书店，2009年。

[31]〔英〕利维斯著，袁伟译：《伟大的传统》，北京：生活·读书·新知三联书店，2009年。

[32]〔英〕阿伦·布洛克著，董乐山译：《西方人文主义传统》，北京：生活·读书·新知三联书店，1997年。

[33] 柯庆明、萧驰主编：《中国抒情传统的再发现（上、下）》，台北：台湾大学出版中心，2009年。

[34] 陈映真主编：《暗夜中的掌灯者——姚一苇先生的人生与戏剧》，台北：书林出版有限公司，1998年。

[35] 卢善庆：《台湾文艺美学研究》，长春：东北师范大学出版社，1992年。

[36] 周庆华：《台湾当代文学理论》，台北：扬智文化，1996年。

[37] 陈建忠、应凤凰、邱贵芬等著：《台湾小说史》，台北：麦田出版社，2007年。

[38] 王德威主编：《中国现代小说的史与学：向夏志清先生致敬》，台北：联经出版社，2010年。

[39] 陈平原：《中国小说叙事模式的转变》，北京：北京大学出版社，2010年再版。

[40] 柯庆明：《现代中国文学批评述论》，台北：大安出版社，1987年。

[41] 温儒敏：《中国现代文学批评史》，北京：北京大学出版社，1993年。

四、学位论文

[1] 余凯：《台湾威权体制下的知识分子》，复旦大学博士学位论文，2008年。

[2] 牟泽雄：《1927—1937 国民党的文艺统制》，华东师范大学博士学位论文，2010 年。

[3] 张辰源：《南京十年国民党的文艺统制政策》，吉林大学硕士学位论文，2004 年。

[4] 陈秋慧：《新文学传统与一九五〇年代台湾的文学教育》，南京大学博士学位论文，2011 年。

[5] 马丽玲：《教育政策与台湾 1950—60 年代文学》，吉林大学博士学位论文，2005 年。

[6] 杨明：《1949 大陆迁台作家的怀乡书写》，四川大学博士学位论文，2007 年。

[7] 王勋鸿：《君临之侧，闺怨之外——五六十年代台湾女性文学研究》，山东大学博士学位论文，2008 年。

[8] 汤振纲：《夏志清文学批评研究》，山东师范大学博士学位论文，2009 年。

[9] 陈冬梅：《试论 20 世纪五六十年代台湾小说叙事模式的转变》，厦门大学硕士学位论文，2009 年。

[10] 闫秀菊：《台港当代文艺美学研究简述》，山东大学硕士学位论文，2008 年。

[11] 封德屏：《国民党文艺政策及其实践（1928—1981）》，淡江大学中国文学系博士学位论文，2009 年。

[12] 陈康芬：《政治意识形态、文学历史与文学叙事——台湾五〇年代"反共"文学研究》，东华大学中国语文学系博士学位论文，2007 年。

[13] 萧阿勤：《国民党政权的文化与道德论述（1934—1991）——知识社会学的分析》，台湾大学社会学研究所硕士学位论文，1991 年。

[14] 蔡其昌：《战后台湾文学发展与国家角色（1945—1959）》，东海大学历史研究所硕士学位论文，1996 年。

[15] 蔡芳玲：《一九四九年前后迁台作家之研究》，台湾中央大学中国文学所硕士学位论文，1996 年。

[16] 秦慧珠：《反共小说研究（1949—1989）》，中国文化大学博士学位论文，2000 年。

[17] 简弘毅：《陈纪滢文学与五〇年代反共文艺体制》，静宜大学中文所硕士学位论文，2003 年。

[18] 黄玉兰：《台湾五〇年代长篇小说的禁制与想象——以文化清洁运动与禁书为探讨主轴》，台北师范学院台湾文学研究所硕士学位论文，2005 年。

[19] 黄怡菁：《〈文艺创作〉（1950—1956）与自由中国文艺体制的形构与实践》，台湾清华大学台湾文学研究所硕士学位论文，2006 年。

[20] 李丽玲：《五十年代国家文艺体制下台籍作家的处境及其创作初探》，台湾清华大学文学研究所硕士学位论文，1995 年。

[21] 石佳音：《中国国民党的意识形态与组织特质》，台湾大学社会科学院政治学系博士学位论文，2008 年。

[22] 萧淑惠：《迁台后蒋介石的反共论述（1949—1975）》，台湾师范大学历史学系硕士学位论文，2006 年。

[23] 胡芳琪：《一九五〇年代台湾反共文艺论述研究》，台湾清华大学台湾文学研究所硕士学位论文，2006 年。

[24] 林果显：《一九五〇年代反攻大陆宣传体制的形成》，政治大学历史学系研究部博士学位论文，2009 年。

[25] 简明海：《五四意识在台湾》，政治大学历史研究所博士学位论文，2009 年。

[26] 王梅香：《肃杀岁月的美丽／美力？战后美援文化与五、六〇年代反共文学、现代主义思潮发展之关系》，成功大学台湾文学研究所硕士学位论文，2005 年。

[27] 郭淑雅：《国族的魅影，自由的天梯——〈自由中国〉与聂华苓文学》，静宜大学中文系硕士学位论文，2000 年。

[28] 侯作珍：《自由主义传统与台湾现代主义文学的崛起》，中国文化大学中国文学研究所，2003 年。

[29] 徐筱薇：《战后台湾现代主义思潮之出发——以〈自由中国〉、〈文学杂志〉为分析场域》，成功大学台湾文学所硕士学位论文，2004 年。

[30] 颜安秀：《〈自由中国〉文学性研究：以"文艺栏"小说为讨论对象》，台北师范学院台湾文学研究所硕士学位论文，2005 年。

[31] 沈静岚：《当西风走过——六〇年代〈现代文学〉派的论述与考察》，成功大学历史语言研究所硕士学位论文，1994 年。

[32] 林积萍：《〈现代文学〉新视界——文学杂志的向量探索》，淡江大学中国文学研究所硕士学位论文，1996 年。

[33] 何立行:《六十年代〈现代文学〉杂志的中国文学论述》,台湾大学中国文学研究所硕士论学位文,2000 年。

[34] 林伟淑:《〈现代文学〉小说创作及译介的文学理论的研究》,中山大学中国文学研究所硕士学位论文,1995 年。

[35] 包雅文:《战后台湾意识流小说的理论与实践—以〈文学杂志〉及〈现代文学〉为例》,成功大学台湾文学系硕士学位论文,2012 年。

[36] 朱芳玲:《被压抑的台湾现代性:六十年代台湾现代主义小说对现代性的追求与反思》,台湾师范大学国文研究所博士学位论文,2007 年。

[37] 刘于慈:《想象世界·发现台湾:台湾现代主义文学研究的历史考察》,中兴大学台湾文学研究所硕士学位论文,2009 年。

[38] 廖淑芳:《国家想象、现代主义文学与文学现代性——以七等生文学现象为核心》,台湾清华大学博士学位论文,2005 年。

[39] 林淑慧:《艺术的奥秘:姚一苇文学研究》,政治大学台湾文学研究所硕士学位论文,2009 年。

[40] 李家欣:《夏济安与〈文学杂志〉研究》,中央大学中国文学所硕士学位论文,2007 年。

[41] 苏益芳:《夏志清与战后台湾的现代文学批评》,政治大学中国文学系硕士学位论文,2004 年。

[42] 李慰祖:《战后台湾文学批评话语转型试探》,台湾大学文学院中国文学研究所硕士论文,2010 年。

[43] 卢玮雯:《颜元叔与其狂飙的文学批评年代》,中兴大学中国文学研究所硕士学位论文,2008 年。

五、期刊会议论文

[1] 朱双一:《"反共文艺"的鼓噪与衰败——兼论 50—60 年代国民党的文艺政策》,《台湾研究集刊》,1994 年第 1 期。

[2] 朱双一:《当代台湾文学的人文主义流脉》,《厦门大学学报(哲社版)》,1995 年第 3 期。

[3] 朱双一:《近年来台湾文学中的新人文主义倾向》,《台湾研究集刊》,1995 年第 3、4 期。

[4] 朱双一:《〈自由中国〉与台湾自由人文主义文学流脉》,《文化、认同、

社会变迁：战后五十年台湾文学国际学术研讨会论文集》，台北："行政院文建会"，2000 年。

[5] 朱双一：《当代台湾的浪漫文学》，《台湾研究集刊》，2000 年第 1 期。

[6] 朱双一：《中国新文学思潮脉络在当代台湾的延续》，《台湾研究集刊》，2007 年第 2 期。

[7] 计璧瑞：《张道藩与国民党的文艺政策》，《中国现代文学研究丛刊》，2012 年第 1 期。

[8] 李怡：《含混的"政策"与矛盾的"需要"——从张道藩〈我们所需要的文艺政策〉看文学的民国机制》，《中山大学学报（社会科学版）》，2010 年第 5 期。

[9] 姜飞：《从"写实"到"主义"——论张道藩的国家文艺思想》，《四川大学学报（哲学社会科学版）》，2011 年第二期。

[10] 黄万华、黄一：《20 世纪 50 年代的台湾文学场域与媒介》，《台湾研究集刊》，2008 年第 3 期。

[11] 黄万华：《战后至 1960 年代台湾文学辨析》，《文学评论》，2008 年第 1 期。

[12] 黄万华：《1950 年代文学"悬置"中的突围：历史转折和作家身份的变动》，《闽江学院学报》，2004 年第 3 期。

[13] 黄万华：《边缘突围中的多种叙事：1950 年代的台湾小说》，《陕西师范大学学报（哲学社会科学版）》，2011 年第 1 期。

[14] 黄万华：《"内化"中的"缝隙"——从 1950 年代文学谈文学建制和文学转型》，《山东师范大学学报（人文社会科学版）》，2011 年第 6 期。

[15] 贺昌盛：《1950 年代台湾文学的现代性诉求——以〈自由中国〉"文艺栏"为中心："政治文艺"时期（1950—1953）》，《扬子江评论》，2007 年第 6 期。

[16] 贺昌盛：《1950 年代台湾文学的生存境遇》，《人文国际》，2010 年第 1 期。

[17] 李瑞腾：《张道藩先生"我们所需要的文艺政策"试论》，《市立图书馆馆讯》，1988 年第 1 期。

[18] 李瑞腾：《"中国文艺协会"成立与一九五〇年代台湾文学走向》，《台湾新文学发展重大事件论文集》. 台南：台湾文学馆，2004 年。

[19] 李牧：《新文学历程中的关键时代——试探 50 年代自由中国文学创作

的思路及其所产生的影响》,《文讯》.1984 年第 9 期。

[20] 萧义玲:《"文化清洁运动"与五〇年代官方文艺论述下的主体建构——一个诠释架构的反思》,《台湾文学研究集刊》,2011 年第 9 期。

[21] 黄怡菁:《五〇年代前期国民党文艺体系的建立与民族文化论述的转》,《第三届"全国"台湾文学研究生学术论文研讨会论文集》,台南:台湾文学馆,2005 年。

[22] 陈明成:《反攻与反共:关键年代的关键年份》,《文学与社会学术研讨会:青年文学会议论文集》,台南:台湾文学馆,2004 年。

[23] 曾薰慧:《书写"异己"——五〇年代白色恐怖时期"匪谍"之象征分析》,《淡江人文社会学刊》,2000 年第 5 期。

[24] 前田直树著,阮文雅译:《从"反共"走向"自由中国"——冷战时期美国对台湾政策的转换》,《台湾风物》,2006 年第 1 期。

[25] 简义明:《冷战时期台港文艺思潮的形构与传播——以郭松棻《谈谈台湾的文学》为线索》,《台湾文学研究学报》,2014 年第 1 期。

[26] 蔡盛琦:《台湾地区戒严时期翻印大陆禁书之探讨（1949—1987)》,《国家图书馆馆刊》,2004 年第 1 期。

[27] 梅家玲:《性别 vs. 家国:五十年代的台湾小说——以〈文艺创作〉与文奖会得奖小说为例》,《台大文史哲学报》,2001 年第 55 期。

[28] 梅家玲:《五〇年代国家论述/文艺创作中的"家国想像"——以陈纪滢"反共"小说为例的探讨》,彭小妍主编:《文艺理论与通俗文化》,台北:"中央研究院"中国文哲研究所筹备处,1999 年。

[29] 江宝钗:《重省五〇年代台湾文学史的诠释问题——一个奠基于"场域"的思考》,《东华汉学》,2005 年第 3 期。

[30] Christopher Lupke:《五〇年代台湾文学的初步分析》,《文化、认同、社会变迁:战后五十年台湾文学国际学术研讨会论文集》,台北:"行政院文建会",2000 年。

[31] 陈建忠:《转折与再转折的文学年代（1940—1950）——台湾当代小说传统的形构》,封德屏主编:《百年小说研讨会论文集》,台北:文讯杂志社,2012 年。

[32] 张素贞:《五十年代小说管窥》,《文讯》,1984 年第 9 期。

[33] 张素贞:《五十年代台湾新文学运动》,《中外文学》,1985 年第 1 期。

[34] 陈秀美：《五〇年代的穆中南与文坛》，《空大人文学报》，2002 年第 11 期。

[35] 张瑞芬：《赵兹蕃的文学创作及其时代意义》，《逢甲人文社会学报》，2006 年第 12 期。

[36] 廖清秀：《怀念张道藩先生——并忆文协小说研究组》，《文讯》，1988 年第 37 期。

[37] 廖清秀：《感念赵友培老师》，《文讯》，2006 年第 248 期。

[38] 廖清秀：《我的创作经验与文学因缘》，《考掘·研究·再现——台湾文学史料集刊》，2011 年第 1 期。

[39] 彭歌：《感时忧国与文学》，《印刻文学生活志》，2012 年第 8 期。

[40] 何欣：《六十年代的文学理论简介》，《文讯月刊》，1984 年第 30 期。

[41] 黄美娥：《文学典范的建构与挑战：从鲁迅到于右任——兼论新、旧文学地位的消长》，《"民国风雅——现代中国的古典诗学与文人传统"会议论文》，2012 年 12 月 14 日。

[42] 蒋小波、林婷：《启蒙的困境——20 世纪 50 年代台港地区"五四论争"的形成》，《台湾研究集刊》，2012 年第 6 期。

[43] 张羽：《试论〈自由中国〉的文艺栏目》，《台湾研究集刊》，2004 年第 4 期。

[44] 蔡明谚：《论〈自由中国〉文艺栏的新诗》，《第三届"全国"台湾文学研究生学术论文研讨会论文集》，台南：台湾文学馆，2005 年。

[45] 小山三郎著，许菁娟译：《〈自由中国〉知识份子的政治与文学——关于他们的批判性文学精神》，《台湾师大历史学报》，2003 年第 31 期。

[46] 张新颖：《论台湾〈文学杂志〉对西方现代主义的介绍》，《20 世纪上半期中国文学的现代意识》，上海：三联书店，2001 年。

[47] 陆士清：《〈文学杂志〉与台湾现代小说》，《复旦学报（社会科学版）》，1991 年第 6 期。

[48] 向忆秋：《自由主义、现代主义文艺思潮与台湾文艺期刊——20 世纪五六十年代台湾文坛的一种考察》，《华文文学》，2007 年第 1 期。

[49] 陈芳明：《台湾现代文学与五十年代自由主义传统的关系：以〈文学杂志〉为中心》，《后殖民台湾文学史论及其周边》，台北：麦田出版社，2002 年。

[50] 梅家玲：《夏济安、〈文学杂志〉与台湾大学——兼论台湾"学院派"文学杂志及其与"文化场域"和"教育场域"的互涉》，《台湾文学研究集刊》，

2006 年第 1 期。

[51] 周庆华:《〈文学杂志〉的成就》,《台湾文学观察杂志》, 1991 年第 3 期。

[52] 禇昱志:《五〇年代的〈文学杂志〉与夏济安》,《台湾文学观察杂志》, 1991 年第 4 期。

[53] 郭强生、林慧娥整理:《〈文学杂志〉、〈现代文学〉、〈中外文学〉——对台湾文学深具影响的文学杂志》,《中央日报副刊》, 1988 年 11 月 17 日。

[54] 张锦忠:《翻译、〈现代文学〉与台湾文学复系统》,《中外文学》, 2001 年 8 月第 3 期。

[55] 王润华:《解构〈现代文学〉与台湾现代主义文学的神话》,《台湾新文学发展重大事件论文集》,台南:台湾文学馆,2004 年。

[56] 张诵圣:《台湾现代主义文学潮流的崛起》,《台湾文学学报》,2007 年第 11 期。

[57] 张诵圣:《现代主义与本土对抗》,《华文文学》,2012 年第 113 期。

[58] 应凤凰:《十五年来台湾现代主义文学的再评价》,《文学台湾》,1997 年第 21 期。

[59] 奚密:《边缘·前卫·超现实:对台湾五、六十年代现代主义的反思》,《台湾现代诗史论:台湾现代诗史研讨会实录》,台北:文讯杂志社,1996 年。

[60] 苏益芳:《论夏志清在台湾文学批评界的经典化现象》,《第七届青年文学会议论文集——台湾文学的比较研究》,台北:文讯杂志社,2003 年。

[61] 白依璇:《学院现代主义的文艺批评体制与典律化:以王文兴与〈家变〉为中心的探讨》,《第七届"全国"台湾文学研究生学术论文研讨会论文集》,台南:台湾文学馆,2010 年。

[62] 陈芳明:《新批评:从夏志清到颜元叔》,《文讯》,2011 年第 307 期。

[63] 胡耀恒:《喝过湘水的好汉 悼念元叔兄》,《文讯》,2013 年第 328 期。

[64] 吕正惠:《做了很多别人没有做过的工作 怀念颜元叔教授》,《文讯》,2013 年第 328 期。

[65] 周淑媚:《论学衡派的思想资源——阿诺德的文化论与白璧德的人文主义》,《东海中文学报》,2009 年第 21 期。

[66] 陈后亮:《西方自由人文主义批评论略》,《学术界》,2012 年第 9 期。

后　记

　　本书修改自我的博士论文。这本小书最终得以完成首先要感谢我的博士论文指导老师厦门大学台湾研究院朱双一教授。当年确定这一论文选题后，跟随朱老师前往台湾驻点搜集资料，为了帮助我的研究获得更多更全面的史料支撑，朱老师不辞辛苦在各个图书馆一页页查找搜集。朱老师对于学生的无私付出和学术的执著追索，让我铭感于心也颇为惭愧。我只能以不断地努力进步来报答导师的殷切鼓励与思想点拨。厦门大学人文学院的林丹娅教授、王烨教授、杨春时教授、贺昌盛教授，厦门大学台湾研究院的张羽教授，中山大学中文系郭冰茹教授，在开题和答辩中均对我的博士论文提出深刻的批评和意见，让我汗颜不已，又受益匪浅。在此致以学生万分的感谢。

　　不得不说，这本书对于 20 世纪五六十年代台湾文学理论批评的讨论仍有很大局限和不足。本书仅仅是粗略勾勒了一个形貌，而且重点放在了外省作家学者的论述上。这倒不是我有意为之，从目前整理爬梳的大量期刊史料上来看，的确很少见到台湾本省作家的身影。但这并不意味着本省作家完全退出了文坛，近年来两岸的相关研究也证明了这一点。因此，本书如果能再扩大视野和范围，探讨这样一个由外省作者学者所主导的审美秩序对本省作家意味着什么，当一些本省作家逐步用汉语进行写作时，必然也需要学习一种审美的感觉结构。另外这样一个总体上颇显保守的审美心态与目前研究者论及的现代主义文学、自由人文主义文学、女性作家创作等之间又有着怎样更具体的竞逐关系。也就是说从文学场域的角度，将这一占据主导位置的审美秩序与其他各种"声音"展开互动，从动态的联系中作出更细致地检视与剖析，或许更能说明问题。在经历了一些思想方法的演进后，回过头再看本书的论述，产生了一些不成熟的新想法，还恳请学界前辈专家批评指正。

　　本书的出版受到厦门大学台湾研究院优秀博士文库的资助，感谢台湾研究院领导和老师们的鼓励提携。感谢所有同门师兄弟姐妹们的温暖相伴，你们的优秀不断鞭策我努力奋进。

最后还要感谢默默付出与无私支持我的父母。博士毕业已有四年，这四年经历了一些人生的重要时刻，能够坚持下来，全依赖家人的分担承受。

此刻，重新翻看当年的论文后记，我曾写下自己因这一论题而产生的思想冲击和启示。一直渴望让自己的台湾文学研究深一点，再深一点，能突破狭小的个体心灵世界，回应真实存在的台湾社会与人群。以上种种思考，苦恼着我，也激励着我，再一次出发。

张晓婉

2020 年 4 月 20 日